SAMANTHA VÉRANT

Cartas de amor de Paris

São Paulo
2015

UNIVERSO DOS LIVROS

Seven letters from Paris: a memoir
Copyright © 2014 by Samantha Vérant
All Rights Reserved.
Published by Sourcebooks, Inc.

Copyright © 2015 by Universo dos Livros
Todos os direitos reservados e protegidos pela Lei 9.610 de 19/02/1998.

Nenhuma parte deste livro, sem autorização prévia por escrito da editora, poderá ser reproduzida ou transmitida sejam quais forem os meios empregados: eletrônicos, mecânicos, fotográficos, gravação ou quaisquer outros.

Diretor editorial: **Luis Matos**
Editora-chefe: **Marcia Batista**
Assistentes editoriais: **Aline Graça, Letícia Nakamura e Rodolfo Santana**
Tradução: **Monique D'Orazio**
Preparação: **Viviane Zeppelini**
Revisão: **Geisa Olivera e Mariane Genaro**
Arte: **Francine C. Silva e Valdinei Gomes**
Capa: **Rebecca Barboza**

Dados Internacionais de Catalogação na Publicação (CIP)
Angélica Ilacqua CRB-8/7057

V853c

    Vérant, Samantha
    Cartas de amor de Paris / Samantha Vérant ; tradução de Monique
    D'Orazio. – São Paulo : Universo dos Livros, 2015.
    288 p.

    ISBN: 978-85-7930-836-9
    Título original: *Seven letters from Paris*

1- Não-ficção 2-História de Amor 3-Paris/França 4-Romance I. Título II.
D'Orazio, Monique

15-0235   CDD 920.7241

Universo dos Livros Editora Ltda.
Rua do Bosque, 1589 – Bloco 2 – Conj. 603/606
CEP 01136-001 – Barra Funda – São Paulo/SP
Telefone/Fax: (11) 3392-3336
www.universodoslivros.com.br
e-mail: editor@universodoslivros.com.br
Siga-nos no Twitter: @univdoslivros

Para Jean-Luc,

mon Prince Charmant, *que abriu meu coração e me ensinou que o amor não é complexo como ciência de foguetes.*

Nota da autora

Esta é uma história real. Não há personagens ou cenas inventadas; no entanto, eu mudei o nome de alguns indivíduos selecionados para proteger sua identidade, bem como para prevenir a ameaça potencial de um ataque de coquetéis Molotov atirados para dentro da janela do meu quarto. As conversas não são literais, mas foram reconstruídas a partir da minha memória de elefante e com minhas melhores habilidades. Ainda bem que não vou ter um questionário sobre conjugações do francês neste livro. Algumas sequências de eventos foram compactadas ou omitidas na totalidade, pois diminuíam o ritmo, não davam fôlego para a presente história ou foram classificadas como ID. (Sim, mesmo num livro de memórias existe algo como *informação demais*.) Assim, em vez de entrar para o Livro dos Recordes como o livro de memórias mais longo jamais escrito, vou me ater aos detalhes pertinentes e aos fatos que me conduziram numa aventura amorosa de um ano — ainda em andamento. E convido você, caro leitor, a se juntar a mim.

Pense nisso como um longo dia inteiro e uma longa noite inteira, brilhante e doce, e você quase vai ficar impressionado com sua sorte. Pois quantas pessoas existem e têm a memória de um longo dia inteiro e de uma longa noite inteira, brilhante e doce, para carregar em seus corações até morrerem?

— Dorothy Parker, *The Lovely Leave.*

1
Sete cartas

Eu não sabia como sobreviveria ao desastre.

Como a vítima mais recente da demissão de uma empresa inteira, eu era uma diretora de arte desempregada em Chicago, e novas oportunidades de emprego — freelance ou outras — eram difíceis de conseguir. O lobo mau da dívida do cartão de crédito tinha soprado e bufado e soprado para longe qualquer tipo de liberdade financeira. A raiva e o ressentimento tinham feito sua parte no que havia começado como um casamento feliz. Durante oito anos, eu dividi o quarto de hóspedes com meu cachorro, Ike. Não era de se admirar que meu marido, Chris, e eu não tivéssemos filhos, a não ser um "filho substituto", peludo.

Meu aniversário de 40 anos estava logo ali, e eu não sabia que direção tomar quando todas as estradas pareciam levar direto para o fundo do poço. Então, na noite de 6 de maio de 2009, encontrei-me com a única pessoa que eu esperava poder me empurrar para o caminho certo, ou, pelo menos, tirar-me do meu estado de pânico.

Tracey me ouviu reclamar, resmungar e gemer por uma boa meia hora. Então seus lábios se curvaram num sorriso felino. Ela pegou a garrafa de Pinot Noir de cima do bar e encheu nossas taças até a borda. Antes que o vinho tinto derramasse por todo lado, peguei meu copo, olhando para ela com desconfiança. Não tinha penas amarelas presas nos lábios de Tracey; no entanto, como depois de ser sua melhor amiga por mais de 25 anos, eu sabia que ela estava aprontando alguma — sempre tramando, aquela Tracey.

— Desembucha, Frajola.

— 1989. Vinte anos atrás. Paris.

E foi assim que a melodia de nossa conversa deprimente mudou de uma canção intitulada "Stormy Nights"[1] para "Happy Days",[2] e que nos deleitamos com nosso passado, revivendo cada momento glorioso, numa louca farra pela estrada da memória. Parecíamos muito com as duas mulheres de meia-idade daquele lendário comercial dos anos 1980, um em que elas ficam se lembrando da viagem que fizeram a Paris com uma xícara de café. Uma mulher diz: "Eu amava aquele garçom", e as duas riam e suspiravam. "Jean-Luc."

Porém, nossa aventura parisiense de 1989 não poderia ser comparada a um simples comercial de café; tinha sido a escapada mais sonhadora que tínhamos experimentado em nossa vida, a nossa maior aventura. *La vie en rose*, Paris seduziu nossa alma. Não apenas ficamos enfeitiçadas pela arquitetura, cultura e arte parisienses de tirar o fôlego, como Tracey e eu encontramos romance nas ruas históricas. Só que o *meu* Jean-Luc não era um garçom; era um "cientista de foguetes" sexy, que falava um inglês quase perfeito, graças ao seu trabalho na indústria aeroespacial e em parcerias internacionais. E teríamos sido totalmente relapsas se Patrick (o amigo dele, bonito do mesmo jeito) não tivesse desempenhado um papel importante naquela conversa animada.

Ainda sou grata por Tracey e eu não termos nos apaixonado pelo mesmo cara.

Uma faísca acendeu os olhos castanho-escuros de Tracey, que ergueu uma sobrancelha. Ela se inclinou para a frente e sussurrou:

— Você ainda tem as cartas do Jean-Luc?

Ela sabia muito bem que eu tinha.

— Estão guardadas em algum lugar lá em casa. Por quê?

---

1 Noites de tormenta.
2 Dias felizes.

— Porque vamos criar um blog chamado *As cartas de amor mais bonitas do mundo*. As pessoas vão mandar as cartas delas para nós, e nós vamos rejeitar ou aceitá-las, comparando-as com as de Jean-Luc. As cartas dele vão ser o parâmetro.

Como uma distração para minha vida desastrosa, a ideia despertou meu interesse.

Terminamos nossa garrafa de vinho e discutimos possibilidades para o blog. Concordei em pensar seriamente a respeito, mas não estava convencida por completo do entusiasmo de Tracey. Publicar as cartas de amor de Jean-Luc em um fórum público e compará-las a outras iria desmerecê-las. Eu não mantinha contato com o cara havia vinte anos. E se ele se deparasse por acaso com nosso "blog do amor" e reconhecesse suas palavras? Não seria pelo menos um tiquinho humilhante? Eu, sem dúvida, não ia querer *me* humilhar. O que eu precisava fazer era encontrar aquelas cartas, dar uma boa lida nelas e depois tomar uma decisão.

Já passava da meia-noite, e eu já estava sem assunto. Talvez tivesse sido o jeito com que eu estava batendo as unhas na taça de vinho que fez Tracey enfim captar a dica.

— Precisa de uma carona para casa? — perguntou ela.

— Não, a caminhada vai me fazer bem.

—Você decide...

— É sério, estou bem.

— Pense sobre o blog, Sam. — Tracey deixou seu copo no balcão, me deu um grande abraço e depois foi sacudindo os ombros para fora do restaurante, cantando: "O blog do amor é um velho lugarzinho em que a gente pode blogar juntas. Blog do amor, baby. Blog do amor, beibiiiiiiiiiii".

Deixo por conta da minha melhor amiga corromper uma música do B-52s com o único propósito de me fazer rir. Andando meio esquisito, saí do restaurante e corri duas quadras até em casa, pensando em desenterrar as cartas de Jean-Luc como minha prioridade *numero uno*.

Eu era uma mulher em uma missão. Quase me matei puxando a primeira caixa de plástico para fora do armário de tralhas. Ela caiu no chão com um baque retumbante, errando minha cabeça por pouco.

Felizmente, meu marido estava fora da cidade a negócios; portanto, o barulho não incomodaria ninguém, a não ser os vizinhos do andar de baixo e meu cachorro. Ike, curioso sobre a comoção toda, entrou de fininho no corredor, sua respiração era como uma nuvem esverdeada pairando sobre meu ombro. Não importava. Acariciando as orelhas aveludadas de Ike com uma das mãos, levantei a tampa da caixa com a outra. Álbuns de fotos. Fotos de modelo da minha infância. Memórias aleatórias do meu passado.

Seis caixas depois, eu ainda estava de mãos vazias e prestes a desistir, quando contei as caixas espalhadas pelo chão. Sete. O número exato de cartas que recebi de Jean-Luc.

Tinha de ser algum tipo de sinal.

Porém, com certeza, eu estava me preparando para a decepção.

À primeira vista, a última caixa não parecia promissora. Estava cheia de arquivos, declarações fiscais e demonstrativos de pagamento antigos. Mas então prendi a respiração, tirei algumas pastas, e aleluia, minha busca pela felicidade momentânea foi concluída sob a forma de uma pasta de plástico azul-piscina cheia de cartas antigas. Com dedos cuidadosos, puxei as cartas de Jean-Luc para fora e as inspecionei com atenção. Em estado impecável, pareciam ter sido escritas no dia anterior, apesar dos milhares de dias que tinham se passado. Todas as folhas eram de um lindo pergaminho creme, adornado com tinta preta. Comparada à minha letra, que parecia pegada de galinha, a caligrafia de Jean-Luc era poética, artística. Empilhei as cartas em ordem, me enrodilhei no sofá e li:

Carta Um

PARIS, 28 DE JULHO DE 1989

Minha doce Samantha,

Realmente não sei como começar esta primeira carta. Não por não ter nada a dizer, mas porque tenho tantas coisas para colocar neste papel, que não consigo organizar meus pensamentos. Não tenho nenhum dicionário aqui para escrever o inglês perfeito de Shakespeare, então, desculpe os erros que cometi e os que certamente vou cometer.

Por favor, não pense que é fácil para mim expressar meus sentimentos em uma carta, contudo, quando nosso coração bate por alguém, acredito que é melhor não esconder. Talvez você pense que é muito cedo para declarar meus sentimentos. Talvez a maioria das pessoas pense que é, contudo não me importa como os outros vivem, porque estou fazendo o que preciso para me expressar para você. Nenhuma antes de você abriu meu coração em tão pouco tempo, contudo, com você, todas as minhas barreiras se estilhaçaram em mil pedaços.

Sam, sei que vai ser difícil para nós mantermos um relacionamento forte, porém na minha vida eu aprendi que "onde há uma vontade, há um caminho", e acredito nisso. Encontrei em você uma menina gentil com muitas qualidades que podem fazer um homem feliz. Gostei do seu jeito engraçado, do seu tipo de loucura, da sua paixão pela arte, mas principalmente eu amei a sua presença ao meu lado. Sinto falta da sua voz. Ela ainda canta em minha mente como um pássaro meigo cheio de felicidade. Você coloca milhares de sóis na minha mente... como uma fada. Por isso, obrigado pelo tempo que compartilhamos juntos, repleto de carinho e alegria.

Seria um desastre se colocássemos um fim nessa paixão entre nós. E sou um homem que não pode viver sem paixão. É a força do meu ser, o melhor que podemos fazer. Senti isso naquela noite no restaurante: uma conexão silenciosa. Eu precisava falar com você ou ficaria decepcionado comigo mesmo se não soubesse o que poderia acontecer. Assim, por essa paixão, vou tentar o meu melhor para salvá-la. Sinceramente quero viver algo excepcional com você.

Quando seu trem partiu da estação, não perguntei onde você iria ficar em Nice. Fiquei louco, louco por você, é claro. Eu poderia ter ido até você no fim de semana. Minha cabeça estava nas nuvens e, hoje, o dia inteiro, fiquei muito irritado comigo mesmo por ter sido tão estúpido. Você me disse para ir junto, mas não pensei no fim de semana. Claro, Sam, eu teria feito isso por você.

Desejo de verdade que essa história seja incrível, romântica (ééé!) e ao mesmo tempo erótica (hummm!). Eu queria te dar muitos prazeres para você me manter no fundo da sua mente, e estou um pouco frustrado por não ter feito isso. Ainda assim, você continua sendo minha linda menina; a menina de quem eu gosto muito. Temos muitas coisas em comum, tanto intelectual quanto fisicamente, e é difícil ser atraído pelas duas coisas numa mesma pessoa. Por isso, quando a gente acha essa mulher, não quer deixá-la ir embora. Eu queria muito estar com você, mesmo que seja complicado. Temos de avançar juntos, de mãos dadas, coração com coração, pele contra pele.

Não posso terminar esta carta. É uma loucura. E eu sou louco também!

As palavras de Jean-Luc eram um afrodisíaco, um alimento para os famintos de amor. Lê-las era melhor do que comer chocolate compulsivamente, e consumi suas cartas com um apetite voraz, cada página era mais bonita, poética e romântica do que a anterior. Suas palavras eram requintadas, cheias de paixão e promessa. Por mais que ele tivesse escrito, eu sentia meu coração batendo a cada palavra. Eu definitivamente precisava de um impulso novo.

Eu admirava sua coragem. Nunca fui alguém de expressar meus sentimentos. Não como ele. E, Deus, naquele momento, o que eu teria feito para ter apenas um mínimo de paixão na minha vida. Mas ali estava eu, no sofá, me perguntando o que tinha acontecido, tentando entender em que momento tudo o que eu tinha sonhado um dia simplesmente tinha dado errado. Eu não tinha nada: apenas uma dívida e um casamento morto, culpa e medo. Onde estava tudo o que era meu? Segurei-me às cartas de Jean-Luc.

A ideia de Tracey usar essas cartas como uma espécie de barômetro do amor… bem, o conceito dela havia criado asas e voado janela afora. Eu me encontrei agarrada pelas mãos fortes da culpa e do arrependimento. Em 1989, Jean-Luc me escreveu sete lindas cartas numa tentativa de manter acesa a chama entre nós.

E nunca as respondi.

Nem uma palavra.

Pas un mot.

2

Fantasmas do passado

Meu Deus, que idiota eu fui. Pontuadas com paixão, as cartas de Jean-Luc ainda aqueciam minha alma, vinte anos depois. Então, por que eu não tinha respondido em 1989? Precisava encontrar a resposta. Procurando no meu passado, imaginei, talvez eu pudesse pensar no meu futuro. Porque eu não queria viver o resto da minha vida num casamento sem paixão, nem me tornar uma solteirona amargurada, com um coração de pedra. Se existia algum momento para mudar tudo na minha vida, era agora.

Colocando as cartas de Jean-Luc de lado, pulei do meu assento e liguei todas as luzes do apartamento. Ike ergueu a cabeça grande, e um olhar de irritação cruzou seu rosto. Meu velho filho peludo, inclusive com um focinho grisalho, esticou-se lentamente para fora da poltrona. Ele me lançou um outro "olhar" antes de arrastar as patas para o corredor. Pelo som, parecia que ele estava arrastando pantufas. E então veio: o rangido. Ele pulou para a cama do quarto de hóspedes — a nossa cama, desde que eu havia saído do quarto que dividia com Chris.

Sentei-me no sofá, perguntas roendo meu cérebro: por que uma mulher casada mantinha tantas cartas que supostamente não significavam nada para ela? Será que eu me importava tanto assim com o que o sexo oposto pensava de mim? Eu precisava guardar recordações para provar que eu era amada? Como se, para me responder, um cartão caiu no chão. Apanhei-o. Minhas mãos tremeram com desgosto e decepção. Era do meu pai biológico, Chuck.

Um homem enlouquecido com olhos azuis e cabelos escuros encaracolados estava na frente de um bolo de proporções cômicas, sob um cartaz de Feliz Aniversário, segurando uma arma apontada para a cabeça. Os convidados em volta de uma mesa, todos em poses exageradas de morte, com línguas de fora e olhos revirados. Chuck tinha escrito uma mensagem banal no interior do cartão, fechando com os dizeres: "Bem, aqui está o cartão de aniversário que fiz. Te amo".

Com certeza era melhor do que o outro cartão de aniversário que ele enviou alguns anos depois, com uma mulher vestida com um sobretudo e lingerie de renda. O texto dizia: "Toque mais uma vez, Sam".

Enfiei os dois cartões na pasta com a face para baixo, indagando se os jogaria fora. Verdade seja dita, eu estava questionando tudo.

Meu marido sempre me acusou de ter "problemas de abandono" por causa do Chuck — ou, como eu dizia, Vá Se Chucker. É suficiente dizer que eu sempre nutri um ressentimento profundo pelo meu pai biológico. Qualquer pessoa de mente sã o faria. Depois de um ano e meio de casamento, ele deixou a mim e minha mãe por outra mulher. Roubou o carro. Partiu para o sol da Califórnia. Deixou a porta do nosso apartamento aberta e os gatos fugiram. Nem sequer deixou um bilhete. Eu tinha seis meses, com icterícia e cólicas. Minha mãe era jovem, com 21 anos, temerosa de seu futuro. Pior ainda, a família de Vá Se Chucker também nos rejeitou, cortando todo o contato.

Ainda assim, a vida continuou para mim e minha mãe, e foi uma vida muito melhor. Quando eu tinha 6 anos, ela se casou com o homem que eu orgulhosamente chamo de pai, Tony. Como uma menina precoce de 5 anos, é provável que eu tenha desempenhado um papel pequeno em sua decisão de se casar com a gente quando olhei para ele com grandes olhos azuis e perguntei: "Você vai ser o meu pai?". E não, minha mãe não me encorajou a fazer a pergunta. Foi tudo ideia minha, uma menininha que queria completar o círculo familiar.

Tony aceitou minha proposta, e minha mãe se casou com ele um ano depois. Para o casamento, usei o cabelo com os cachos de Shirley

Temple. Nossa vida foi ótima… não, fantástica, perfeita de um jeito arco-íris, marshmallows e unicórnios, pelo menos para mim. Chuck não estava por perto para vetar a decisão do juiz, e meu pai me adotou formalmente quando eu tinha 10 anos.

Dois meses depois da minha adoção, minha mãe deu à luz minha irmãzinha, Jessica. Graças ao livro de Peter Mayle, *De onde viemos?*, eu sabia o suficiente sobre os fatos da vida. E então eu declarei com naturalidade:

— Papai vai amar mais a Jessica do que me ama. Ela é filha *verdadeira* dele. E eu não sou.

E comecei a chorar.

Mamãe e papai me colocaram sentada e explicaram que só porque o meu pai não tinha me feito durante um de seus espirros felizes (como descrito no livro), não significava que eu não era sua verdadeira filha. O amor não vinha apenas do DNA. Eu ainda estava com ciúmes da atenção que minha irmã recebia mas, por enquanto, a questão havia sido resolvida. Esqueci sobre minha adoção, do meu antigo sobrenome. Eu era uma Platt e tinha orgulho disso.

Até o dia em que me lembrei de que não tinha nascido Platt coisa nenhuma.

O que me leva de volta a Chuck.

Meu pai caloteiro e irresponsável fez o primeiro contato quando eu tinha 12 anos, bem quando eu enfrentava as dores da puberdade, bem na época em que eu não me encaixava. Como se a vida não estivesse confusa o suficiente. Claro, o desejo que ele tinha de me conhecer perturbou minha mãe, mas ela me deu a opção de falar com ele ou não. Curiosa sobre minhas origens, eu esperava ter algumas respostas. Como? Por quê? Por que ele havia deixado minha bonita mãe? Deixado a mim? No entanto, eu estava muito nervosa para fazer essas perguntas.

Logo depois daquele primeiro telefonema, os presentes chegaram: um casaco de camurça vermelha da Saks e um par de brincos de diamante. Como se aquilo pudesse compensar por ele *nunca* ter pago pensão alimentícia. Na oitava série, perdi um dos brincos. Uma colega de classe invejosa destruiu o casaco; as marcas de caneta azul rabiscadas nas costas não puderam ser removidas.

Depois do contato inicial, enviei algumas fotos minhas a Chuck. Em troca, ele enviou uma foto de si patinando pelo píer de Santa Mônica, vestindo uma sunga de oncinha. E depois, tão rápido quanto ele tinha entrado patinando na minha vida, desapareceu, prova de que as onças — em especial as que usam sunga — nunca mudam suas manchas.

Muitos anos se passariam antes que Chuck entrasse em contato comigo de novo. De alguma forma, ele conseguiu me rastrear na Universidade de Syracuse no verão anterior à mudança da minha família para Londres, por causa do trabalho do meu pai, e ele entrou em contato comigo, perguntando se eu precisava de alguma coisa. Bom, sim, foi a minha resposta. Eu contei a ele sobre os meus planos de viajar para a Europa, como eu trabalharia como garçonete durante todo o verão para pagar a viagem, e perguntei se ele não se importava em doar duzentos dólares aos meus fundos de viagem.

— Sem problema algum — ele disse. — O cheque está no correio.

Persegui o carteiro durante semanas. E todos os dias era a mesma coisa. Ele via meu rosto perder a expressão de expectativa e ganhar um olhar de decepção dolorosa. Ele fazia uma dancinha, deslocando o peso do corpo de um pé ao outro. Meus olhos procuravam uma resposta no rosto dele. Sua voz era sempre em tom de desculpas, como se trazer más notícias fosse culpa dele. O cheque nunca chegou e, mais uma vez, Chuck desapareceu da minha vida.

Jurei esquecê-lo.

Mas não o fiz.

Sempre otimista, ou talvez o tipo de pessoa que sempre volta para mais um pouco de dor e punição, eu dei a Chuck mais uma chance de ganhar minha confiança quando minha família se mudou de Londres para Newport Beach. Independente dos meus sentimentos em relação a ele, naquele verão não consegui ignorar minha curiosidade. Chuck morava a uma hora de distância. O momento parecia certo. Eu tinha 21 anos, era uma adulta de boa-fé e tinha uma forte vontade de conhecer aquele homem cara a cara. Então fiz o que qualquer garota americana com sangue nas veias faria. Liguei para ele.

Por incrível que parecesse, ele atendeu. Convidei-o para almoçar. Ele aceitou e combinamos de nos encontrar em algum café da moda.

Pedi para minha mãe jurar sigilo, pois não queria aborrecer meu pai, o homem que me criou. Seria um encontro clandestino. No dia seguinte, dirigi duas horas pelo inferno que sempre vai ser a rodovia 405, depois depois pela rodovia 10, e peguei a Pacific Coast Highway, nervosa para enfrentar o homem com metade da responsabilidade pela minha existência. Surpresa, surpresa, lá estava ele, do lado de fora do restaurante. Não tinha me dado o cano.

Durante o almoço, enquanto ele falava e falava — basicamente sobre ele mesmo — inspecionei Chuck como se ele fosse algum tipo de atração bizarra em um show de horrores, tentando ver se nós compartilhávamos quaisquer características semelhantes. Como os meus, os olhos dele eram azuis, mas eram mais escuros, não tinham os toques de verde ou o círculo dourado ao redor das pupilas. Seu cabelo, porém, era escuro, cacheado, quase preto, e sua pele também era mais escura. Contudo, a pior coisa que ele tinha era o sorriso. Ah, a alegria no rosto dele me deu náusea. Quem era aquela pessoa sentada à minha frente?

Então Chuck fez o impensável. Ele me arrastou por todo o restaurante, e me apresentou a todo mundo como *filha* dele. Acidez encheu minha boca e minha refeição ameaçou subir. O homem era um completo estranho. Depois que fui embora do restaurante, nunca mais falei com ele.

Eu tinha minha resposta. Mal sabia eu que Chuck influenciaria nas muitas decisões ruins que eu tomaria sobre o sexo oposto. Desenvolvi um padrão: ir atrás de caras que não me queriam, dispensar os caras que queriam. Se alguém gostava de mim, era porque devia ter algo de errado com ele. Afinal, meu pai biológico, sangue do meu sangue, tinha me abandonado.

Longe da vista, longe do coração. Antes que a aventura parisiense com Jean-Luc pudesse deixar meu coração em pedacinhos, voltei aos meus estudos na Universidade de Syracuse, para nunca mais ouvir falar dele. Não respondi às cartas porque eu *gostava* dele. O que, para mim, fazia todo o sentido do mundo. Sem risco, sem coração partido. Em vez de me expor à queda de todas as quedas, evitei qualquer tipo de intimidade real.

Só que agora, vinte anos depois, eu esperava que não fosse tarde demais para pôr um fim ao ciclo. Eu tinha tanto medo de me apaixonar, que nunca tinha feito isso de fato.

Sem nada a perder, tomei uma decisão.

Iria pedir desculpas a Jean-Luc.

Carta Dois

PARIS, 30 DE JULHO DE 1989

Minha menina, minha doce Samantha,

Sua lembrancinha da França está sentindo muito a sua falta. Tudo em mim sente a sua falta. Quero tanto compartilhar meu tempo com você, que esta carta nos une. Estou na frente do papel, como poderia estar na sua frente, falando com você mas, infelizmente, sem conseguir trocar carícias e beijos. Toda vez que saio do meu apartamento, me pergunto se você está me ligando de Nice, sem que eu possa chegar até o telefone. É uma sensação muito chata.

Se você tivesse ficado, em dois dias eu poderia ter te mostrado os fabulosos castelos franceses e a Normandia, uma lembrança dos seus compatriotas que vieram, 45 anos atrás, para morrer na praia. Eu teria gostado de te mostrar Paris e a França pelos olhos franceses, para que você entendesse nosso modo de vida, algo diferente do pão e da garrafa de vinho debaixo do braço. Conhecendo a França, quero que você conheça a mim. A vida de todo francês está intimamente ligada à história de seu país.

Sam, quero que você saiba que me sinto um menino escrevendo uma carta para a primeira namorada. Conheci muitas garotas durante minha vida, mas realmente foram poucas de quem gostei ou mesmo que amei. Não pense que tenho (como dizemos em francês) um "coração de açúcar", que me apaixono por toda garota que conheço. Esse não é meu estilo de vida. Mas é tão maravilhoso gostar de alguém, compartilhar pensamentos, viver para alguém. A vida é incrível.

Às vezes coisas engraçadas mudam nossa história com a força de um furacão. A gente não sabe como ou por quê, mas ela muda. Gosto de escrever quando sinto meu coração batendo a cada palavra.

Sou um garoto do mar, aquecido pelo sol da Provence, mas seu calor é maior e faz meu sangue ferver em todas as partes do meu corpo. Meu cérebro, geralmente frio, está queimando de tal forma que não o reconheço. Você é uma bruxa fugida de Salem, não é?

Samantha, acredite em mim quando digo que me sentia muito bem com você, muito bem amado em seus braços. Sua ternura me mostrou que estávamos em harmonia.

Nossa aventura não é de uma turista encontrando um estranho numa capital estrangeira. Não era esse o meu propósito desde o início. Você é a Sam que eu estimo. Espero que compartilhe dos meus sentimentos. Nos seus olhos azuis, quero me perder por muito, muito tempo.

Avec amour et désir,[3]

Jean-Luc

---

3 Com amor e desejo.

O blog do amor

Bom, não era como se eu pensasse que Jean-Luc estivesse sofrendo por mim durante todos esses anos, sentado em algum apartamento de Paris, gritando: "Oh, Samantha, você partiu meu coração! Nunca vou me apaixonar por outra mulher. Por que você não me respondeu? Por quê? Por quê? Por quê?".

Em primeiro lugar, se tivesse dito essas palavras, teria sido em francês. Em segundo, era provável que ele nem se lembrasse de mim. Em terceiro, eu tinha certeza de que ele fazia tipo. Afinal, ele era um francês atraente com uma boa lábia. Sinceramente, ele poderia ter escrito dezenas e dezenas de cartas para outras meninas.

Isso não mudou minha missão.

Ao pedir desculpas a Jean-Luc, eu estaria me defrontando com um arrependimento de cada vez, fazendo as pazes com meu passado, uma espécie de programa de doze passos para pessoas com deficiência emocional. Primeiro item da lista: encontrá-lo.

Sentei-me à mesa da sala de jantar com o notebook, abri uma janela do navegador e coloquei o nome dele e a ocupação na barra de pesquisa. Claro, eu não sabia se os profissionais da área dele *realmente* chamavam a si mesmos de cientistas de foguetes, mas já era um começo.

Prendi a respiração e…

Quarenta e dois mil resultados apareceram. O primeiro da listagem era Jean-Luc Picard. Bem, não sou nenhuma fã de *Jornada nas Estrelas*, mas eu sabia que o meu Jean-Luc não era capitão da USS *Enterprise*. Se ele estivesse usando o uniforme justo, marrom e preto, tamanho adulto, quando o conheci em Paris, nosso relacionamento teria sido muito diferente… significando que nunca teria acontecido. O pequeno problema técnico, porém, não me deixou desanimada. Quantos cientistas franceses de foguete poderiam ter o mesmo nome que ele?

Bem, o sobrenome, na verdade.

Usando um pequeno truque que aprendi para refinar as coisas, pesquisei o nome completo de Jean-Luc entre aspas. Mais uma vez, cliquei em pesquisar. Foi bem mais promissor: trinta e nove resultados. Cliquei em todos eles, o que incluiu a leitura de uma dissertação em PDF sobre a indústria aeroespacial. O que era um projeto hipersônico de alta entalpia? A entrada e a reentrada na atmosfera marciana? Posso não ter entendido uma única palavra do que li, mas *leve-me para cima, Scotty*. Como uma Mata Hari moderna, eu tinha rastreado meu cientista de foguetes.

Deixando minha compreensão limitada do que ele fazia para viver, me encontrei num enigma ainda maior. Não poderia simplesmente disparar alguma mensagem aleatória. O que eu diria? "Caro Jean-Luc, você pode não se lembrar de mim, mas sou a mulher meio neurótica que você conheceu há vinte anos em Paris. Você me escreveu sete lindas cartas de amor. Eu nunca respondi. Bem, só quero pedir desculpas. Sinto muito, não foi você; fui eu. Espero que esteja tudo bem, Samantha."

Não. Definitivamente não.

Considerando como a minha resposta estava atrasada, eu precisava fazer algo mais, algo especial, talvez até um pouco poético. A ideia da Tracey sobre o blog do amor começou a parecer boa, com grandes — eu quero dizer imensos — ajustes. Vigorosa como a corrida dos touros em Pamplona, a ideia avançou para dentro do meu cérebro. Liguei para Tracey a fim de colocar um freio em sua ideia de milhões de dólares.

— Hoje pensei sobre as cartas de Jean-Luc. — comecei — E em hipótese alguma vou publicar as cartas dele na internet para que a gente possa compará-las com outras. — eu não estava necessariamente divulgando a notícia de forma cuidadosa, mas pelo menos cheguei logo ao ponto — Trace, pensei em algo um pouco diferente. — a empolgação fez a minha voz falhar — Sua ideia sobre um blog do amor não foi tão ruim. Na verdade, ela me inspirou. — recuperei o fôlego — Vou escrever um blog de sete postagens, o mesmo número de cartas que ele me escreveu, contando sobre o tempo que passamos em Paris. Depois vou enviar o link a Jean-Luc junto do meu pedido de desculpas atrasado.

Eu meio que estava esperando Tracey disparar a música de Timbaland e OneRepublic, "It's Too Late to Apologize"[4] para contribuir com o choque. Ela não cantou.

— Fico feliz por você tomar alguma iniciativa. Afinal de contas, só comecei com toda essa coisa de "blog do amor" para chutar a sua mente numa direção melhor. — ela fez uma pausa — Você precisava de um bom chute.

Independente das verdadeiras intenções de Tracey, o plano dela funcionou. De repente, Jean-Luc e suas cartas eram tudo em que eu conseguia pensar. A lembrança era pura felicidade, e eu precisava de mais.

— Por favor, encontre as fotos da nossa viagem. — implorei — Estou morrendo de vontade de ver.

— Deixar de ver essas fotos não vai fazer mal algum, mas, ao continuar com o seu casamento, você estaria se matando. Então, quando é que você vai largar o Chris?

E eu que sempre pensei que era o tipo de mulher "até que a morte os separe".

— Quando for a hora certa.

— A hora nunca vai ser a certa.

— É tão difícil ir embora. Ficar é mais fácil. Minha confiança foi atingida.

— Não faça tanto drama. — disse ela — Pare de inventar desculpas.

Quando a minha melhor amiga tinha se transformado numa guru de relacionamento, eu nunca saberia.

---

4 É tarde demais para pedir desculpas.

Naquela noite, antes de eu ir para a cama, meu marido ligou. Conversamos por alguns minutos. Nada fora do comum. Ele me contou sobre a viagem. Minha voz estava animada o suficiente, mas meus pensamentos estavam em outro lugar. Ele me disse que estava sentindo saudades. Que me veria em poucos dias. Por força do hábito, eu disse que estava com saudades também, que mal podia esperar para vê-lo. A culpa pesava nos meus ombros como um traje de ferro que eu não conseguia tirar. Eu não estava com saudades dele.

De jeito nenhum.

No começo, eu tinha sido atraída pelo espírito empreendedor do meu marido, seu ímpeto e dedicação, o senso de humor sutil. Ele tinha uma bela casa no lado norte de Chicago, com um jardim espetacular e uma bonita árvore de magnólias. Eu era uma otimista de 27 anos e pensei que poderíamos construir o nosso futuro juntos. Nos primeiros anos, tínhamos sido o feliz casal clichê, dando jantares e saindo da cidade, fazendo viagens incríveis. Porém, depois de algumas empresas falidas, as coisas mudaram. Ele começou a nos comparar a outros casais, amigos dele ou meus, que tinham casas maiores, ganhavam mais dinheiro, tinham filhos. Optei por dormir no quarto de hóspedes com o meu cachorro, culpando o ronco do meu marido pela mudança. A portas fechadas, a fachada do casal feliz foi caindo por terra até que sobrassem apenas raiva (ele) e ressentimento (eu).

Desligamos. Abri meu blog e escrevi a primeira postagem. Eu não tinha nenhuma paixão na minha vida atual, mas pelo menos poderia reviver os dias de glória do meu passado. Sendo levada pela minha aventura parisiense, a primeira postagem foi seguida pela segunda, meus dedos assumindo vida própria. Liguei para minha irmã e passei o endereço. Alertei alguns outros amigos, via e-mail.

— Por que você nunca me contou sobre Jean-Luc? — minha irmã Jessica gritou ao telefone na manhã seguinte.

— Jessie, a gente não compartilhava as coisas naquela época. Crianças de 8 anos não costumam dar os conselhos de relacionamento mais espetaculares.

Ela bufou.

— Então é por isso que você nunca confiou em mim?

— Pode-se dizer que sim. — eu disse — Mas os tempos são outros.

Na verdade, parando para pensar, não existiam muitas diferenças entre uma mulher de 39 anos e outra de 28, ainda mais quando a primeira era um pouco mais louca do que a segunda. Considerando que eu definitivamente era filha da minha mãe, Jessica tinha a mente mais pragmática do nosso pai. Mesmo assim, nossa diferença de idade não era tão importante como tinha sido no passado, especialmente desde que ela mesma já havia experimentado um pouco da vida àquela altura.

— Quero ler essas cartas. — disse Jessica. Não era um pedido, mas uma exigência — Digitalize e mande para mim.

— Não.

— Por quê?

— Porque são melhores ao vivo.

Ela suspirou.

— Está bem. De qualquer forma, quero te fazer uma visita em breve.

Jessica não me deixou largar o telefone até que eu tivesse prometido continuar com a minha história. Verifiquei os comentários no blog, alguns minutos depois, e o consenso dos poucos seguidores que eu tinha era o mesmo. A história era um bombom coberto de chocolate, incrivelmente delicioso, de lamber os beiços, e ainda com recheio cremoso. Eu me encontrei desejando as palavras de Jean-Luc, um vício doce mascarando a acidez da minha vontade de me divorciar de Chris.

Contei sobre nosso primeiro encontro no café parisiense, em que, mesmo estando um de cada lado do salão, nossos olhares haviam travado, esperando que a explosão do passado fosse despertar as memórias de Jean-Luc, rezando para que ele se lembrasse do nosso tempo juntos. O e-mail para ele foi um pouco mais difícil de escrever. Demorou quatro dias, incontáveis rascunhos, e algumas dezenas de ligações para Tracey até chegar a um pedido de desculpas que não parecesse insano. Chegou o dia cinco. De acordo com o plano na minha cabeça, era hora de convidar Jean-Luc para visitar o blog. Antes de enviar a minha carta para o ciberespaço, liguei para Tracey.

— Isso é loucura. — falei — Passaram-se vinte anos. Eu deveria simplesmente apagar aquelas mensagens.

— Não se atreva. — disse Tracey — Termine o que você começou. Eu te conheço, Sam. Você quer fazer isso.

Queria? Diferente de uma carta de papel, eu não podia correr até a caixa de correio e rasgar a mensagem antes que o carteiro recolhesse. Bati o mouse sobre a minha mesa, deliberando, olhando para a tela do computador. Por outro lado, do que eu tinha tanto medo? Era apenas um pedido de desculpas — um que ele podia até não receber. Em um momento "agora ou nunca", prendi a respiração e cliquei em "enviar" antes que eu pudesse mudar de ideia. Observei a barra enchendo enquanto o e-mail era enviado. Estávamos em tempos modernos, e o que era feito, estava feito.

De: Samantha
Para: Jean-Luc
Assunto: Minha carta está muito atrasada

Caro Jean-Luc,

Caso você esteja se perguntando, sim, esta carta está vinte anos atrasada.

Semana passada, encontrei as suas cartas (sempre as guardei), e senti uma forte necessidade de me desculpar. Em profusão. Você me escreveu sete das mais belas cartas que já li, e nunca encontrei a coragem de responder. Tentei te encontrar alguns anos mais tarde, mas você tinha seguido em frente. Infelizmente, a internet não era tão poderosa como é agora.

Naquela época, a maneira como você expressou seus sentimentos por mim, do jeito que você escreveu, tão apaixonado, tão romântico, era muito intimidadora. Não importava o quanto eu tentasse, as minhas palavras saíam errado. Não preciso dizer que a lixeira no meu dormitório transbordava com folhas de papel amassado.

Mas esse motivo é apenas uma pequena parte. É hora de confessar e chegar à razão verdadeira.

Logo antes de eu partir para Paris, meu pai biológico entrou na minha vida. Tão rápido como ele apareceu, mais uma vez desapareceu. O que deixou minha cabeça muito confusa. Para ser breve, por causa dele, eu sempre afastei as pessoas (homens), em especial quando elas se aproximavam. E você chegou perto demais.

Então, aqui está. E realmente sinto muito.

Dito tudo isso, estou contando a nossa história em um blog. Minha intenção não é te envergonhar, mas suas palavras foram tão bonitas, que postei trechos das suas cartas on-line. E, por causa de como sou, estou colocando um pouco de humor na nossa história. Agora estou na quinta postagem, e nossa história vai durar sete postagens, o número exato das cartas que você me mandou. Um pouco de poesia da minha parte? Se você não me responder, naturalmente, vou entender.

Cuide-se,

Samantha

www.sevenloveletters.blogspot.com

Não pensei sobre a diferença de fuso horário ou o fato de que eu tinha acabado de mandar um e-mail para o endereço de trabalho do Jean-Luc em uma noite de sexta-feira. Não, eu atualizava minha caixa de entrada a cada dois minutos na esperança de uma resposta imediata. Fantasias brincavam com a minha cabeça.

"Eu te perdoo", ele escreveria.

Ao que eu responderia: "Obrigada. Eu sabia que você ia entender. Por acaso eu falei? Quero largar do meu marido. Não sei como fazer isso. Tem algum conselho?".

4

Quero o divórcio...
e o cachorro vai junto

Era hora de buscar Chris na estação de trem. Tínhamos concordado que ficar parada no tráfego do aeroporto de Chicago na hora do rush, seria inútil. No caminho, dois carros de polícia estavam bloqueando a minha via. Pela cara da coisa, uma apreensão de drogas ou um roubo de carro tinha dado errado. Havia policiais parados com armas em punho e um bandido irritado de calça jeans folgada sendo enfiado na parte de trás de uma viatura. Fiquei ali parada no meu carro, nervosa, e não por causa da cena se desenrolando na frente da minha janela do passageiro. Dez minutos se passaram. Meu celular tocou.

— Onde diabos você está?

— Estou a caminho. Aconteceu algum tipo de...

— Jesus Cristo, Sam. Só chegue logo. — disse ele, e em seguida, o telefone ficou mudo.

Os policiais finalmente me deixaram passar. O bairro da moda estava lotado de carros. Cerca de meia quadra da estação de trem, fiz uma conversão à direita logo após Wicker Park e liguei para o meu marido. Ele ficou confuso sobre onde eu disse que tinha estacionado e não me deu um segundo para explicar. Buzinei forte quando enfim o vi, embora algo em mim quisesse apenas ir embora. Ele veio pisando duro em direção ao carro. Meu sorriso trêmulo desapareceu e se tornou uma cara fechada. Chris jogou a mala no banco de trás, arrastou-se para o banco do passageiro e bateu a porta.

— Puxa, não precisa ficar tão feliz em me ver.

— Eu estava, mas então…

— Ótimas boas-vindas.

Na volta para casa, eu mal conseguia enxergar através das lágrimas de raiva e frustração. Brigamos o caminho todo. Sobre o quê? Não importava; nunca era importante. Manobrei o Jeep na nossa vaga e bati a mão no volante, soluçando. Quando ele tinha ficado tão irritado? Quando eu tinha ficado tão triste? Nosso casamento não tinha começado assim. Por um tempo, foi incrível.

Ele pediu desculpas. Tinha perdido a paciência. Estava cansado. Não estava se sentindo bem.

Eu estava cansada das desculpas.

Eu estava cansada das explosões.

Eu estava simplesmente cansada.

Subimos as escadas até nosso apartamento. Ele tirou da mala dois vidros de perfume Jo Malone. Aparentemente, ele tinha passado uma hora escolhendo com a vendedora, em Londres. Era para eu misturar o âmbar escuro e conteira com flor de nectarina e mel para personalizar o aroma. Ele perguntou se eu tinha gostado. Borrifei nos meus pulsos e confirmei.

Enxuguei as lágrimas e agradeci. Talvez eu estivesse exagerando. Talvez existisse algo naquele casamento que pudesse ser salvo. No entanto, se existia, por que meu coração escureceu no momento em que o vi? Por que eu me sentia mais eu mesma quando ele não estava por perto? Como é que alguém podia acionar todas as reações erradas, fazendo a gente se sentir incompleta? Como foi que eu também acabei fazendo tudo errado?

Eu tinha chegado ao meu ponto de virada.

Chris começou a roncar, cochilando na poltrona verde estofada demais. Fiquei simplesmente olhando para ele, um pouco anestesiada, perguntando quem era aquele homem com quem eu tinha me casado.

Eu não o reconhecia. Como foi que eu havia deixado as coisas chegarem àquele ponto? Roncos à parte, era quase como se eu não pudesse suportar o modo como ele respirava. Peguei-me tendo um devaneio Viúva Negra, matando-o num acidente de avião.

Nada bom.

Antes que Chris pudesse ir ao encontro da morte prematura, ele acordou e pegou as chaves de cima do balcão da cozinha.

— Volto mais tarde. Vou malhar e depois tenho um almoço de negócios.

Deprimida, deitei no sofá, observando um avião rasgar o céu azul pálido de Chicago, ouvindo os pássaros cantando a distância. Liberdade era algo difícil de se encontrar com o fardo daquela minha vida. Liguei para a agência de emprego e perguntei se tinha aparecido alguma oportunidade.

— Desculpe, Samantha. — disse a recrutadora — O movimento no mercado publicitário de Chicago está morto. Não há nada no momento, mas tenho esperanças de que as coisas vão entrar logo no ritmo. Eu te ligo no segundo que ouvir falar de qualquer coisa.

Lá estava eu, na esperança de encontrar trabalho como diretora de arte, diretora de criação, designer, um trabalho do qual eu já não gostava mais, talvez nunca tivesse gostado. Eu tinha caído nessa vocação porque era o jogo que meu pai tinha jogado com sucesso. Ele era um executivo requisitado, e o selo do meu pai no mundo da publicidade era o motivo de termos nos mudado tanto.

Tracey e eu muitas vezes brincávamos que eu tinha sido capaz de conhecer muito do mundo por causa das mudanças dos meus pais. De Chicago a Boston, de Boston a Londres, de Londres a Califórnia, da Califórnia a Virgínia, a Tucson, depois de volta a Virgínia e, então, à Califórnia novamente. Pensando nisso, eu nem era filha de militar, como a minha mãe. Não, meu pai era um *Mad Man*, um publicitário.

Nossa volta para a Costa Leste me afetou mais do que a maioria das pessoas, pois aconteceu no final do meu primeiro ano do ensino médio, enquanto eu frequentava a Chicago Academy for Performing and Visual Arts,[5] fazendo teatro e canto, embora eu tivesse continuado

---

5 Academia de Chicago para Artes Cênicas e Visuais. (N. T.)

envolvida com o clube de teatro depois da mudança. Ficava num subúrbio ao sul de Boston, no Cohasset High School, onde a arte se tornou uma parte da minha vida. No último ano, meus sonhos metamorfosearam, e eu decidi trocar as árias e os monólogos por blocos de desenho, tintas e gizes pastéis. Em vez de cantar *One* na Broadway, eu acabaria na Universidade de Syracuse, com especialização em design de publicidade, um último esforço de tornar meu pai orgulhoso. Após a formatura, não demorou muito para eu entender que aquele sonho simplesmente não era meu. Dezessete anos depois, eu era uma designer desempregada querendo redesenhar a vida.

Eu precisava organizar minhas ideias, focar e descobrir exatamente o que estava procurando, então decidi levar o Ike para uma longa caminhada. Era um belo dia quente de primavera, o Sol estava brilhando, e as aves gorjeavam doces canções. A calçada estava movimentada, cheia de famílias… e bebês.

Eles estavam por toda parte.

Mães caminhavam empurrando carrinhos de bebê ou de mãos dadas com crianças pequenas. Um pai todo bem-arrumado usava um canguru BabyBjörn chique, com um saltitante bebê de olhos azuis dentro, todo sorrisos. Era quase uma piada cósmica, o mundo me lembrando de que eu estaria batendo na casa dos 40 dentro de alguns meses.

E não tinha filhos.

Então, só para martelar esse fato lamentável na minha cabeça, uma mulher passou por mim, acompanhada por uma bebê que exibia um sorriso de "acabei de aprender a andar" no rosto coberto de baba, que esbarrou nos meus joelhos. A menina deu um sorriso banguela, seus grandes olhos azuis brilhando. Meu coração balançou.

Minhas amigas sempre perguntavam quando eu planejava engravidar, isso logo depois de terem me assustado até a morte, falando dos horrores do parto. Perdoem-me, mas eu não gostei de ter ouvido que meus mamilos ficariam grandes e marrons e possivelmente balançariam como dedos mindinhos do pé, que meu nariz ficaria largo, que eu teria muitos gases nos momentos mais inoportunos. Claro, eu entendia "peso de gravidez" e enjoo matinal, mas corrimento verde e incontinência?

No meu coração, sei que poderia ter superado todos os meus medos. Eu amava crianças. No entanto, com constantes desculpas fáceis, meu medo sempre tomava conta de mim. O mundo estava perdido. Filhos custavam caro; não tínhamos condições financeiras para isso. Precisávamos passar mais tempo juntos. Não teríamos mais vida, eu não seria capaz de viajar, de sair. E se o bebê nascesse com deficiência? As coisas não eram estáveis o suficiente. Estávamos muito velhos.

O ponto central da questão era que, se eu quisesse de fato ter tido filhos com o Chris, a gente já teria tido. Eu precisava de alguém para me dizer que mãe maravilhosa eu seria, que mulher maravilhosa eu era, e Chris não estava fazendo isso por mim.

Arrastando os pés, voltei para o apartamento e direto para meu salva-vidas: meu computador. Quando o nome de Jean-Luc apareceu na minha caixa de entrada, quase desmaiei. Estupefata, balançando a cabeça, tremendo no meu Keds branco, fiquei olhando para o nome dele pelo que pareceram horas e, quando enfim ganhei coragem para abrir o e-mail, tive de reler a mensagem cinco vezes para me certificar de que era realmente ele.

De: Jean-Luc
Para: Samantha
Assunto: Re: Minha carta está muito atrasada

Cara Samantha,

Da mesma forma que quando escrevi a minha primeira carta, não sei como começar esta. Vinte anos de memórias estão quebrando na minha cabeça como ondas. Vinte anos exatamente. Como faço para expressar as palavras que ficaram adormecidas, preservadas em algum lugar, mas um pouco cobertas pela poeira do tempo?

Sinceramente, quando vi seu e-mail pela primeira vez, não acreditei que era você, a Samantha bonita e alegre que eu tinha deixado partir para sempre. Pensei que se clicasse no link do seu blog, eu seria levado a algum site pornô e cairia na pegadinha. Mas como você fez comigo, eu fiz uma pequena pesquisa, e procurei seu nome, mas com um sobrenome diferente do que da última vez.

Lembro-me da plataforma na estação parisiense (Gare d'Austerlitz ou Gare de Lyon?). Meu cérebro ainda está um pouco nebuloso. Dissemos nossos "até logo", mas um *adieu* rapidamente os substituiu. Claro, pensando agora, tudo na minha cabeça estava me empurrando para subir naquele trem, para continuar nossa aventura de amor no sul da França. Eu deveria ter mantido o meu ardor. Falta de coragem? Durante os dias e noites seguintes, eu me culpei. Eu me culpei muitas vezes.

Sua mensagem e o blog são como um vento tempestuoso varrendo a poeira da minha memória. Bilhões de palavras estão surgindo nos meus pensamentos, uma empurrando a outra. Eu também tentei te procurar algumas vezes, encontrar uma maneira de entrar em contato com você, mas a vida decidiu outro caminho para nós.

Não se culpe. Na minha cabeça você era uma princesa (minha princesa americana), e a precisão da sua narrativa é fantástica. Sinto vergonha de não ter mais todos aqueles milhares de detalhes da nossa história. Envergonhado. Espero que eu não esteja te deixando constrangida. Só estou colocando palavras nesta "folha em branco", sem discriminação, mesmo depois de vinte anos.

Eu não sabia como começar esta mensagem, e ainda estou com dificuldade para terminá-la. Vou parar agora. Palavras demais para escrever. Poucos dedos para dizê-las.

Espero que esta primeira mensagem não seja a última.

Cuide-se,

Jean-Luc

Durante a semana seguinte, uma enxurrada de novas cartas começou, uma após a outra, e-mail após e-mail. Pela primeira vez na minha vida, não me contive e me abri completamente para ele. Era algo fácil de fazer atrás de uma tela de computador. Meus dedos voavam pelo teclado, digitando, revelando pedaços e fragmentos da minha situação a Jean-Luc, o que tinha dado certo e, principalmente, o que tinha dado errado. Um pouco reminiscentes de uma época passada, quando os amantes separados pela guerra só podiam se comunicar por meio de cartas, nós compartilhamos todas as esperanças, sonhos e medos, cada erro. Aceitamos os defeitos do outro, sem apontar dedos, sem julgar. Escrever. Apontar. Clicar. Enviar. Recebi um e-mail!

Nossa comunicação entrou em sobremarcha e passamos a trocar três a quatro e-mails por dia, alguns deles em francês. Como eu não tinha falado uma palavra da bela língua em mais de vinte anos, confiei no Google Tradutor para me ajudar. Barreira linguística à parte, eu estava me comunicando com alguém como eu nunca tinha feito antes. Como meu marido e eu nunca tínhamos feito.

Logo fiquei sabendo que Jean-Luc nunca havia se casado com a mãe de seus filhos, um menino de 10 anos, chamado Maxence, e uma menina de 12 anos, Elvire. Jean-Luc e Frédérique se separaram em 2002, e no meio de uma crise de meia-idade, ele se envolveu com uma mulher mais jovem que conheceu durante uma viagem de trabalho; um relacionamento que durou pouco. Ele tinha a guarda compartilhada dos filhos e os visitava nos fins de semana até o câncer tirar a vida de Frédérique, em outubro de 2006, uma semana antes do sétimo aniversário de Max. Como um pai solteiro, o mundo de Jean-Luc girava em torno dos filhos. Mas ele recentemente tinha se casado com uma física russa muito jovem, Natasha, que em vez de amor mostrava apenas tolerância pelos filhos dele. Jean-Luc e Natasha tinham passado por um relacionamento ioiô por três anos, antes que ele sucumbisse às pressões do casamento. Ele pensava que a estabilidade mudaria a relação tensa que Natasha tinha com as crianças. Aparentemente, isso não aconteceu. Ela se tornou mais sentimental, o amor dele foi esfriando, e agora ele estava no processo de pedido de divórcio.

De certa forma, parecia que ele precisava de mim tanto quanto eu estava começando a precisar dele. Poderia haver algo mais entre nós do que a amizade virtual que estava brotando? Em especial depois que ele descreveu a cor exata dos meus olhos sem ter me visto durante vinte anos, mas empurrei o pensamento para o fundo da minha mente.

Mesmo que Jean-Luc tivesse fornecido um tipo de sistema de apoio anônimo e me dado um impulso de confiança tão necessário, eu não abandonaria meu casamento por causa dele. Contudo, o que ele representava — aquele algo mais, algo maravilhoso, existindo para mim — era outra história.

Ele era a esperança.

Precisei de dez dias para encontrar coragem. Primeiro, veio uma grande briga com Chris e, depois, dois martínis de vodca amorteceram todo meu medo. Com o nível de álcool no meu sangue pairando em algum lugar entre coragem e loucura, eu finalmente disse ao meu marido o que deveria ter dito a ele muitos anos antes:

— Quero o divórcio. E o cachorro vai junto.

Em vez de lutar por mim, Chris foi para a casa do pai dele, e a cavalaria veio correndo, cascos ecoando, e cornetas com toda força.

— Tracey, por favor, me diga que eu não sou uma megera.

— Sam, você não é uma megera.

— Estou fazendo a coisa certa?

— Você sabe que está. Agora não me pergunte de novo.

Clique.

— Jess, eu vou deixá-lo.

— Diga-me quando e vou estar lá.

— Próximo fim de semana?

— Feito.

Clique.

— Mãe, posso voltar para casa?

— Vou com você. Quando você quer sair daí?

— A Jess vem me ajudar a fazer as malas. Então, não neste fim de semana, no próximo.

— Vou marcar minha passagem.

Clique.

— Tracey, me diga que eu não sou uma megera.

— Você *não* é uma megera.

— Estou fazendo a coisa certa, não estou?

— Você não quer a minha resposta.

— O que você quer dizer?

— Não gosto do jeito que ele… — ela parou no meio da frase — Vou guardar minhas opiniões para mim mesma até que você saia de casa e que o divórcio seja definitivo.

Recado entendido.

Clique.

5

A ressaca

Enquanto eu esperava minha irmã chegar, a correspondência entre Jean-Luc e eu se intensificou — de três a cinco e-mails por dia; na maior parte era ele me dando palavras de apoio. Como Tracey ainda não tinha desenterrado o álbum de fotos da nossa aventura europeia, a única imagem que eu tinha dele era uma impressão nebulosa na minha memória: uma foto nossa parados na escadaria da basílica de Sacré-Coeur. De qualquer forma, eu estava morrendo de vontade de ver com que cara estava meu cientista de foguetes, como ele tinha se saído ao longo dos anos. Enviei-lhe algumas fotos bobas minhas, tiradas com a câmera do meu computador, e pedi que ele me mandasse uma em troca. Ele topou.

Abri o anexo, que ele havia enviado como um documento do Word, e... e... e... aquilo devia ser a ideia dele de piada. A primeira foto era de Jean-Luc, mas ele tinha cortado a cabeça fora, então eu só conseguia ver um corpo (que parecia muito bom, magro e em forma) vestindo um terno bonito. A legenda da foto dizia: "Um cara decapitado vinte anos depois, cabeça nas nuvens. Apenas um cientista de foguetes comum e caseiro".

Girei a tela até a próxima foto, que era dos filhos dele sorrindo em um bonde nos Pireneus. Elvire tinha lindos cabelos ruivos e olhos azuis, e ela seria um absoluto arraso quando ficasse mais velha. O filho, Maxence, não era apenas adorável, mas tinha também uma atitude confiante que faria dele um verdadeiro destruidor de corações. Então Jean-Luc tinha feito umas crianças bonitas, mas eu me perguntava: Com que aparência *ele* estava?

Havia mais uma foto.

Era uma flor em seu jardim?

Ele estava me matando.

Ou ele era profissional em torturar as pessoas, só que sem causar dor, ou havia algo terrível de errado com ele. Talvez algum acidente horrível ou uma experiência aeroespacial que tinha dado errado o tivesse deixado terrivelmente desfigurado. Peguei o telefone e disquei o número da única pessoa com quem eu estava compartilhando todos os detalhes suculentos, cada palavra, cada frase, cada mensagem desde a primeira resposta.

— Jean-Luc me enviou uma foto, mas cortou a cabeça da imagem.

Tracey cuspiu uma risada.

— Ele deve ter ficado careca.

— Talvez — eu disse.

Dava tempo de ter manobrado um trem de mais de seis quilômetros de comprimento ao longo da pausa que se seguiu. Fiquei me perguntando: Será que eu realmente me importava se ele estava perdendo os cabelos? Só estávamos trocando e-mails. Meu computador apitou. Havia uma nova mensagem de Jean-Luc.

— Tem mais alguma coisa — eu disse, com a voz sumindo no final.

— O quê? O que foi?

— Ele acabou de enviar uma mensagem. Ele quer me ligar.

— Bom, não me deixe atrapalhar você. *Ciao.*

Clique.

Olhei para a tela do computador por um minuto. Aquele telefonema poderia mudar tudo. Estava eu pronta para abrir minha vida a Jean-Luc em tempo real? Além disso, eu conseguiria abrir? Era hora de descobrir.

Precisei de vários minutos para digitar três palavras simples: "Me ligue agora". Trinta segundos após eu ter enviado o e-mail, meu celular vibrou na mesa da sala de jantar. Antes que o telefone caísse no chão, com os meus nervos faiscando como se fossem fios eletrificados, tomei uma atitude e atendi.

— Alô? — falei, embora soubesse exatamente quem estava do outro lado da linha. Minha voz tremeu. Meu coração batia contra as minhas costelas. De um lado para o outro, eu andava por todo o comprimento do corredor.

— Samantha — mesmo com uma única palavra, profunda, forte e sensual, a voz de Jean-Luc carregava a confiança que faltava em mim — Nesta primeira conversa, você poderia falar devagar? — ele continuou — Inglês não é minha língua materna. Às vezes é difícil de entender pelo telefone, e eu não quero perder uma palavra que sair de sua boca.

— Isso é estranho — eu disse.

— Estranho? Como?

— Desculpe. É só que faz vinte anos que eu não falo com você. E a maneira como nos conectamos nas cartas… bem, estou achando isso tudo muito estranho. — fiquei em silêncio por um momento — Só estou tentando me desculpar com você, mas as coisas… Eu não sei. Só estou achando isso tudo um pouco louco…

— Sam?

Ai, Deus, era tão esquisito.

— Desculpe.

— Nunca, jamais se desculpe. Você não tem nada por que se desculpar.

Era hora de mudar de assunto antes que eu pedisse desculpas de novo. Além disso, minha curiosidade estava me matando.

— Seus filhos são absolutamente dois anjos. Adorei as fotos deles, mas quando é que você vai me enviar uma foto sua? Com a cabeça?

— Só estou com um pouco de medo de não ser mais o cara bonito que você conheceu. No momento, estou entre Richard Gere, para o cabelo grisalho, só que mais perto do Bruce Willis, pela falta dele. Não sou fotogênico. Sério, não sou. Quanto a você, Sam, e a suas fotos, você está muito bonita. Eu nunca poderia passar direto se te visse na rua. Não, nunca.

Sorri para mim mesma. Ele também estava nervoso.

— Só me envie uma foto, por favor, apenas uma.

Com um suspiro, ele concordou.

Uma vez que o choque inicial passou, Jean-Luc conduziu a conversa, pelo que eu ficava grata. As frases deslizavam facilmente da língua dele. Discutimos seu divórcio iminente, como ele tivera uma primeira reunião com um advogado, e como Natasha ainda não estava ciente por completo de suas intenções. Enquanto isso, a chamada em espera foi apitando, juntamente de dezenas de e-mails e mensagens de texto do Chris; de coração partido e suplicante, pedindo-me para pensar sobre nossos bons momentos. Minhas respostas a Jean-Luc eram de uma palavra só, sons: uh-hum, é, sim. Parecia que ele já tinha tudo sob controle. Eu, por outro lado, estava perdida.

— Você está bem? — perguntou Jean-Luc — Você mal disse uma palavra.

— Estou bem — menti. Meus olhos saltaram para o relógio na cozinha — Jean-Luc, eu realmente peço desculpas, mas agora preciso ir buscar a minha irmã.

— Eu entendo — respondeu ele — E lembre-se: você nunca tem de pedir desculpas para mim. Para nada.

Desligamos e eu me sentei à mesa da sala de jantar, com os cotovelos sobre o tampo, sustentando a cabeça com as mãos. O cheiro do âmbar escuro e conteira com flor de nectarina e mel ainda estava nos meus pulsos, evocando a memória da discussão que tinha acontecido minutos antes de Chris me dar os dois vidros. Náuseas rondavam meu estômago. O perfume só mascarava minha infelicidade, era uma correção temporária.

Meu celular apitou com uma mensagem de texto da Jessica, alertando-me para o fato de que seu avião tinha aterrissado mais cedo, e que agora estavam taxiando até o portão de desembarque. Mandei uma mensagem para ela com um "Estou a caminho. Encontre-me fora da esteira de bagagens". Achei que pela hora do desembarque, mais o tempo de pegar as bagagens, eu teria cerca de 45 minutos para percorrer uma distância de vinte minutos. Era cedo o bastante para fugir do rush do fim de tarde, não teria jogo dos Cubs nem dos Bears, e isso me dava alguns minutos. Antes de eu sair para o aeroporto, escrevi um e-mail rápido a Jean-Luc, agradecendo pelo apoio e explicando por que eu estava tão desanimada durante o nosso telefonema.

Não tínhamos nem subido as escadas, quando Jessica fez a exigência:

— Quero ler aquelas cartas.

— Eu também — reforçou Meg, uma amiga nossa que tínhamos pegado no caminho de volta do aeroporto O'Hare.

— Quais? — perguntei — As antigas ou as novas?

Jessica jogou a mala no chão no quarto de hóspedes.

— Quantas são as novas?

— Não sei. Cinquenta? Cem?

— Fala sério. — disse Jessica — Ele escreve em francês? — afirmei com a cabeça. Ela arregalou os olhos azul-bebê — E você lembra? Do ensino médio?

— Nem um pouco. — eu ri — Agradeça aos poderes do Google Tradutor.

Ou talvez não. De acordo com Jean-Luc, as cartas que eu escrevia em francês eram completamente sem sentido, e eu precisava reescrevê-las em inglês para esclarecer meus pensamentos.

Meg deu de ombros.

—Visitei seu blog. Quero ler as sete cartas.

Passeamos pela sala de estar, zigue-zagueando pelas caixas e mais caixas. As duas garotas se sentaram no sofá, ambas com expressões de expectativa, mãos no colo, os lábios franzidos. Provocando-as com um suspiro excessivamente dramático, peguei as cartas da mesa de cabeceira e as entreguei. Enquanto elas se ocupavam com a leitura, fazendo "ohs" e "ahs", fiz-me útil e servi o vinho. Depois verifiquei meu computador e encontrei a resposta de Jean-Luc para meu último e-mail.

Para: Samantha
De: Jean-Luc
Assunto: Re: Obrigada

Sam,

Eu falei demais e não deixei você explicar sua situação o suficiente. Desculpe pelo meu comportamento, mas eu estava tão nervoso, que as palavras simplesmente fluíram da minha boca como um rio. Não se sinta culpada. Você é corajosa e não covarde. Tem de fazer o que é certo para você e só para você. Estou do seu lado, independente do que a tempestade trouxer.

Obrigado por estar aqui e por sua boa alma.

Jean-Luc

Minha boa alma? Mesmo com todos os meus segredos mais profundos e sombrios revelados, Jean-Luc ainda me via como uma santa. Prendi a respiração.

Meg olhou para mim com lágrimas nos olhos. Ela estendeu as cartas.

— Meu Deus. Eu quero isso.

Eu também queria. Até aquele momento, eu não tinha percebido o quanto. Desviei o olhar e, nervosa, mexi nas alianças que eu ainda usava na mão esquerda. Naturalmente, aquele ato não passou despercebido. Jessica agarrou a minha mão e a soltou logo em seguida, como se eu tivesse uma doença mortal e contagiosa.

— Por que diabos você ainda está usando isso?

— Dá um tempo. Depois de quase doze anos de casamento, a gente se acostuma com algumas coisas. E eu tentei tirá-las, mas me senti muito estranha, nua sem elas.

— Ah, por favor. — a expressão de Jessica mudou o rosto de boneca Kewpie para Chucky. Ela afastou os cabelos loiros compridos de cima dos ombros, em postura desafiadora —Você está se divorciando. É por isso que eu estou aqui, não é? Para te ajudar a embalar as coisas?

Lá estava ela, a temida palavra com "d". Eu não sabia o que me assustava mais: o jeito definitivo de tudo ou o medo do desconhecido.

— Jessie, ainda não me divorciei. Preciso de um pouco de tempo para me acostumar com a ideia. Por favor, sem julgamentos. — agarrei meu casaco —Vamos sair para jantar.

Uma mulher de uns vinte e poucos anos apareceu através do teto solar aberto de uma limusine, com uma taça de champanhe na mão. Sua camiseta mostrava uma noiva arrastando um noivo pelo cabelo. Tive que apertar os olhos para entender as palavras acima das caricaturas: "Eu tenho um". Ah, sim, era uma festa de despedida de solteira com tudo o que tinha direito.

Já que eu estava sentada em um dos lotados cafés ao ar livre de Chicago, a coisa razoável que eu deveria fazer era levantar a minha taça de vinho e desejar os parabéns, como os outros clientes, mas um único pensamento amargo me conteve. Eu queria gritar: "Não faça isso!" e precisei de uma força sobre-humana para não abrir a boca. Só fiquei olhando para a menina e mordi meu lábio inferior. Infelizmente, a futura noiva captou meu olhar antes que a limusine se afastasse.

Ela gritou:

—Vou me casar...

Ao que eu respondi imediatamente, com todas as forças dos meus pulmões:

—Vou me divorciar!

O burburinho de conversas em volta de nós cessou.

Garfos e queixos caíram.

O que posso dizer, além de que tive um reflexo automático?

Jessica e Meg cuspiram vinho tinto por toda a mesa — um desperdício de um ótimo Pinot Noir, se querem saber minha opinião — e todo mundo no restaurante, e quero dizer todo mundo, olhou na minha direção com olhares do que eu só posso descrever como espanto e choque. Afundei em minha cadeira e dei de ombros, desculpando-me fingida.

Em poucos segundos, risadas sacudiram o pátio, copos foram erguidos ainda mais alto, e gritos de incentivo vieram de todos os cantos.

— Boa jogada, amiga!

— Os homens são uma droga.

E eu acho que pronunciei as palavras:

— Me dá seu número?

Jessica me acotovelou nas costelas, seus olhos azuis ficando úmidos com lágrimas de riso. Ela mal conseguia falar.

— Não acredito que você acabou de fazer isso.

Nem eu acreditava.

— É bom ter a velha Samantha de volta.

A afirmação de Jessica me deixou pasma.

— O que você quer dizer com isso?

— Bom, você tem uma faísca, um brilho nos olhos.

— O Chris não era um mau sujeito. — murmurei — Ele só não era o cara certo para mim.

— Puxa, nunca ouvi isso antes. — Jessica fez um ruído com o nariz e continuou — O que você está fazendo é muito corajoso.

Eu? Corajosa? Se eu fosse corajosa, não teria levado seis anos para reunir a coragem de terminar as coisas. Se eu fosse corajosa, não teria pedido o divórcio numa explosão como a de Hiroshima depois de beber dois martínis com um toque de limão.

— Foi como eu terminei tudo. Não foi certo.

— Como teria sido melhor? — perguntou Jessica — Olha, você finalmente disse o que estava na sua cabeça. Foi alimentado pelo álcool? Grande coisa. Supere isso. Sério, quantos casamentos acabam de um jeito legal?

Balancei a cabeça, agradecida por pelo menos não termos filhos para complicar a questão.

— Ainda assim, eu provavelmente deveria tatuar na minha testa a seguinte frase: "Cuidado: sou má e quase uma quarentona divorciada".

— Não, você definitivamente não é má. — disse Meg — E essa história com a noiva foi muito engraçada. As pessoas ainda estão rindo.

Engoli meu último gole de vinho.

— Acho que o tempo da piada é tudo.

Meg levantou o copo.

— Um brinde ao tempo certo.

Mais cansada do que nunca, fui para casa cedo e me arrastei para a cama, apenas para acordar na manhã seguinte com uma forte ressaca. Não era por causa do vinho que tomamos no jantar, mas por causa do medo. Jessica e eu passamos o dia todo arrumando o resto das minhas coisas. Folheei fotos antigas. Mesmo as fotos eram estranhas. A vida que eu tinha compartilhado com o meu futuro ex parecia estar a galáxias de distância. Quando terminamos, fiquei triste ao ver tudo dos últimos treze anos em dez caixas médias de mudança. Jess e eu deixamos tudo na agência de correio local, e enviamos para a casa dos meus pais, via UPS.[6] Isso acrescentou mais novecentos dólares à minha dívida já perigosamente alta de cartão de crédito.

Eu levaria todos os objetos de valor e os quebráveis no carro alugado que Jessica tinha me ajudado a conseguir. Na Califórnia, Ike poderia nadar e ir à praia. Ele não teria de enfrentar três lances de escadas, bufando e chiando no peito. Chris e eu tínhamos concordado que a mudança de estilo de vida seria boa para nosso filho peludo.

Jessica foi até a mesa da sala de jantar e pegou os saleiros e pimenteiros Nambé, que tinham sido presentes de casamento. Ela os jogou numa das caixas abertas.

— Você pode precisar deles.

Como eu precisava de um buraco na minha cabeça. Tirei-os dali.

— Estou tentando levar pouca bagagem.

Ela enrugou as sobrancelhas.

— Mas você não está levando quase nada.

Olhei para a mobília, para as coisas que tínhamos acumulado ao longo dos anos.

— São só coisas.

Lembranças de uma vida que eu estava deixando para trás. Mas eu sabia que a mudança não seria fácil.

---

6 Empresa de logística norte-americana.

Dois dias antes de me mandar da cidade, meu marido voltou para nosso apartamento, precisando de encerramento. Ele também queria dizer adeus ao Ike. Não importava como as cartas de Jean-Luc me afetavam, não importava o quanto eu tentasse evitar, abri a porta e convidei a culpa para entrar de volta na minha vida. Chris me disse como eu era uma mulher maravilhosa, como ele queria começar uma família comigo, tudo o que eu precisava ouvir. Conversamos sobre tudo, todos os pecados que tínhamos cometido um contra o outro, as coisas boas, as más e as feias, e confessamos e declaramos. Pelo menos uma vez, culpar um ao outro foi deixado de fora da equação. Ele quase me convenceu a ficar. Quase.

— Enquanto você estava fora, comecei a me comunicar com outro homem. — falei.

—Você está tendo um caso?

— Não. — respondi — Só trocando e-mails.

Eu estava esperando uma explosão. Ela não veio. A visão do homem com quem eu havia me casado há quase doze anos passou pela minha memória — um homem que eu não reconhecia mais.

— Bem, pare — disse ele — Pare agora. Coloque um fim. Por nós.

Talvez Chris estivesse certo. Talvez ainda houvesse um *nós*. Mas se houvesse, por que eu me sentia como se fosse tarde demais? Mantive minhas observações para mim mesma.

— Tudo bem — concordei, querendo saber se havia alguma coisa, algo em que me agarrar naquele casamento.

Conversamos e choramos e conversamos.

Após doze anos de mal-entendidos e sentimentos feridos, estávamos finalmente nos comunicando, mas o estrago já estava feito, as chamas vinham ardendo há muitos anos. A culpa entrou em cena. Eu estava me afogando. O fracasso do nosso casamento só poderia ser atribuído a uma pessoa: eu. Nunca expressei meus sentimentos para o Chris, e ao longo dos anos, tudo o que eu sentia por ele tinha se extinguido. Eu estava tão desconectada, tão sem emoção. Eu não reconhecia esse lado frio de mim mesma. Quando a comunicação foi interrompida, problemas ainda maiores surgiram. Era tarde demais. O amor não vinha com um interruptor que eu pudesse ligar e desligar quando queria.

Finalmente encontrei os olhos dele.

—Vou para a Califórnia, mesmo assim.

— Eu sei. — Chris retorceu as mãos — Talvez essa separação seja boa para nós.

Ike me seguiu até o quarto de hóspedes. Sentindo-me como uma completa porcaria, peguei meu computador e fiz um backup do meu blog, arquivando-o na área de trabalho antes de excluí-lo. Então mandei um e-mail a Jean-Luc, terminando o nosso caso de cartas. Eu não merecia a sua amizade. Eu era fraca e covarde e tinha concordado em uma separação temporária de Chris apenas para evitar uma guerra.

De manhã, antes que o Krakatoa pudesse entrar em erupção, cuspindo raiva líquida, Chris saiu do apartamento, a caminho de outra viagem de negócios. Da sacada, eu o vi entrar no táxi. Ele olhou para mim. Eu olhei para ele. Quando ele foi embora, uma nuvem escura saiu do meu coração. Eu conseguia respirar outra vez.

Carta três

PARIS, 3 DE AGOSTO DE 1989

Minha tão doce Samantha,

Realmente não sei onde você está agora, mas meu espírito te acompanha durante toda a sua viagem. Seus olhos azuis me lembram do céu do meu país, um azul profundo com raios de luz. Seu corpo cheira aos perfumes encontrados em toda a Provence, mas mesmo a Provence pode ter inveja do seu frescor. Sua pele é tão doce, tão bonita e macia, suave como as pétalas de uma rosa. Quero cheirar e sentir o gosto de cada centímetro do seu corpo, para despertar todos os meus sentidos latinos. Você bombardeou minha cabeça com foguetes de ternura. Minha cabeça pode explodir como os fogos de artifício queimados no Dia da Independência.

Samantha, eu sinto demais a sua falta. Acho que todas as minhas cartas podem ser uma prova disso. Claro, posso parecer louco, mas banalidade não é uma maneira de viver a vida; a paixão é. Fomos todos feitos em um momento de paixão porque o amor é um vínculo entre duas pessoas, dois corações e dois corpos. Tudo deveria ter paixão. Quando eu amo, eu amo com paixão, ou a coisa já estava morta desde o início.

Senti algo tão diferente com você, tão poderoso. Fui atraído para você no primeiro segundo em que nos conhecemos. Realmente quero ser algo diferente para você e te dar tudo o que você procura nas coisas. Sam, talvez não acredite em mim, mas você é a primeira pessoa a causar tal reação em todos os meus sentidos. Eu não sou um místico. Sou apenas Jean-Luc, ardendo de uma forma que nunca conheci antes de você. E você é Samantha, uma espécie de bruxa bem-amada!

Paris sente sua falta para contar toda sua história. Eu gostaria de te apresentar o meu país, que tenho certeza de que você vai adorar. Eu tinha tantas coisas para te dizer, para te mostrar, para te dar. Quando o trem deixou a estação, me senti muito triste e sozinho. Só quero que você, por meio destas cartas, me conheça um pouco melhor. Responda logo. Sinto sua falta. Esta noite vou mergulhar na memória dos seus olhos para te encontrar novamente.

Com amor,
Jean-Luc

6

Olá, Thelma. Ou seria Louise?

Olhei para a garrafa de vodca no balcão da cozinha, depois para o relógio, e então para a garrafa. Que tal um martíni, Sam? São cinco da tarde em algum lugar, certo? E então me senti como uma aberração. Meu Deus, não eram nem dez da manhã. Em vez de me dobrar à tentação de afogar minhas emoções, fui para o banheiro principal. Eu não precisava de um psicólogo para me dizer que o álcool encobria a realidade por um momento, muitas vezes tornando-a pior. E eu certamente não precisava que me dissessem como eu estava com uma cara péssima. Tudo o que eu precisava fazer era encarar o espelho. Quem era aquela pessoa? Ela realmente tinha se entregado.

Eu estava coberta de pelo preto de cachorro e estava usando o mesmo moletom fazia três dias. Meu cabelo estava oleoso, minha barriga estava inchada, e meus olhos estavam vermelhos. Não só isso, tinha uma espinha do tamanho do planeta no meu queixo. Manter uma boa aparência costumava ser uma fonte de orgulho para mim: saltos e maquiagem, brilho labial sobre o batom. Fazendo uma careta, saquei uma pinça e espremi, certa de que a velha Samantha estava escondida em algum lugar.

Quinze minutos mais tarde, entrei no chuveiro...

Deus do céu, minhas pernas estavam peludas, e minha virilha lembrava as selvas da Amazônia. Preparem o cortador de grama. Era a hora desta mulher recuperar um pouco de seu orgulho. Uma hora e quinze minutos depois, era hora de ir buscar minha mãe no aeroporto. Eu não sabia se estava pronta para ela. Não que ela fosse conferir minha virilha.

Cheguei ao aeroporto em cima da hora, e fui para a esteira de bagagens como o planejado. Olhei para minha mãe por um instante ou dois. No ensino médio, diziam que os meninos na escola não iam aos jogos de basquete por causa dos jogos, ou para me ver como líder de torcida, mas, sim, para ver minha mãe. Enquanto dava para perceber que éramos definitivamente mãe e filha, eu era uma versão mais sinistra da maçã na árvore dela: nariz um pouco maior, olhos azuis menores, e os lábios mais finos. Tentei corrigir essa última insegurança física com uma injeção de colágeno quando eu tinha 27 anos, só para acabar com a boca machucada e duzentos dólares mais pobre. Desde então, decidi que lábios finos eram sexy.

Como de costume, minha mãe parecia fantástica, toda bronzeada, loira, animada e alegre, com um largo sorriso superbranco cobrindo seu rosto. Ela entrou no carro.

— O que é isso no seu queixo?

— É uma espinha de estresse. — baixei a voz — Por favor, não fale sobre isso. Ela vai te ouvir e vai fazer aparecer outra.

— Pasta de dente vai resolver. Ou óleo de árvore-de-chá. Você tem óleo de árvore-de-chá?

— Eca. Podemos, por favor, não falar sobre isso?

— Sam, não seja mal-educada. Só estou tentando ajudar.

— Eu sei, mãe, obrigada. Por tudo. — mordi meu lábio inferior — Podemos mudar de assunto?

— Claro. Sobre o que você quer falar?

Qualquer coisa, menos sobre minha espinha de estresse.

— Conte aquela história de novo.

— Qual?

— Aquela de quando você me pegou depois de não me ver há um tempo, quando eu morava com a vovó e o vovô.

— Ah, aqueles três meses sem você foram os piores da minha vida. — disse ela — Você era a minha menina, meu anjo. Eu não conseguia aguentar mais nem um segundo sem você. Quando eu me estabeleci em Chicago, a vovó e eu decidimos nos encontrar no meio do caminho, num Holiday Inn, em Kentucky. Vocês se atrasaram. Eu estava andando de um lado para o outro no saguão do hotel, esperando. Finalmente, vi o Dodge Duster vermelho da vovó entrando no estacionamento, vi sua cabecinha loiro-acobreada no banco de trás. Gritei: "Minha filha, minha filha!" As pessoas devem ter pensado que eu era louca.

— E depois…

— Corri para o estacionamento, abri a porta, te puxei da sua cadeirinha, e te girei no colo sem parar. Eu chorando como uma boba, e você dando risinhos. Quando as pessoas do saguão descobriram o que estava acontecendo, todas aplaudiram. Estavam coladas na janela do hotel, eu juro.

Lancei um olhar de soslaio para minha mãe. Seus olhos estavam marejando. Os meus também.

— Algum dia você já se arrependeu?

— Do quê?

— De ter que colocar os seus sonhos de lado. — minhas palavras saíram abafadas — Por mim.

Minha mãe tivera grandes aspirações quando era mais jovem. Ela seria uma bailarina famosa, dançando no *Lago dos Cisnes*, tremulando por aí de tutus e sapatilhas de cetim rosa, com o New York City Ballet. Com 18 anos, ela se mudou para Manhattan para ir atrás daquela sublime ambição. Mudou-se para uma dessas repúblicas para moças, vivendo com atrizes esperançosas, modelos e dançarinas. Enquanto esperava que sua carreira de dança decolasse, trabalhou como garçonete numa das casas noturnas mais ilustres de Nova York, Salvation, na West 4th com a 7th. Astros do rock frequentavam o lugar, lendas como os Beatles e os Rolling Stones, junto de aspirantes como o Chuck, guitarrista cuja reivindicação à fama foi tocar com Jimi Hendrix.

Uma garota sulina de cidade pequena, que se mudara de base militar em base militar durante a juventude, minha mãe nunca tinha visto um cara como Chuck antes: ele era um *bad boy*, sombrio e perigoso. Ele a deixou andando nas nuvens, e eles se casaram e depois se mudaram para a Califórnia, onde ele foi em busca dos sonhos de se tornar músico, enquanto ela suspendia os próprios sonhos, trabalhando como balconista em uma loja de roupas. Quando ficou grávida de mim, pendurou as sapatilhas de ponta no gancho dos sonhos não realizados.

— Sam, os sonhos mudam. — minha mãe apertou minha mão — E tenho vivido de forma indireta por meio de você. Tentei te dar todas as oportunidades que não tive. Como escola de artes cênicas. Faculdade.

Engoli em seco.

— Bem, pelo menos você foi *top model* em Chicago.

— Uma *top model* júnior. — corrigiu ela — Foi assim que eu sustentei a gente. Éramos só você e eu...

— Até que apareceu o meu pai.

Antes que ela conhecesse Tony, morávamos num apartamento de porão, e às vezes ela trabalhava em dois empregos para pagar as contas quando as reservas estavam baixas. Ela garantiu que eu tivesse tudo o que precisava, comida na mesa, roupas no corpo, ou uma nova boneca Barbie. De forma engraçada, nunca percebi como a gente era pobre. Ela sempre me deu o que eu precisava, me encheu com amor.

Minha mãe pode não ter alcançado seu sonho de se tornar uma bailarina, mas seu amor pela dança se transformou em uma carreira na indústria de fitness. Agora, ela era uma voluntária, ensinando ioga no Centro de Veteranos da Grande Los Angeles, ajudando veteranos a superar o transtorno de estresse pós-traumático, lesões cerebrais, e vício em drogas e álcool, um programa no qual ela havia sido uma peça-chave na criação e que agora alcançava todo o país. Eu tinha muito orgulho dela.

Eu estava prestes a me encontrar na mesma situação em que ela se encontrara muito tempo atrás: dura, com o coração partido por uma separação, e prestes a voltar para a casa dos pais. A única diferença era que eu não tinha 21 anos e um bebê novinho. Eu tinha quase 40, sem filhos. Ocorreu-me que nossas vidas poderiam ter tomado caminhos diferentes, mas minha mãe era exatamente como eu. Eu podia conversar com ela — conversar de verdade — e não apenas sobre os tratamentos de beleza mais recentes. Com uma viagem de carro de trinta e cinco horas pela frente, tínhamos tempo de sobra.

— Sei que conversamos sobre sair no domingo, mas podemos sair amanhã? — perguntei.

— Acho que é uma excelente ideia.

De manhã, nós carregamos a minivan alugada. Logo, o horizonte de Chicago desapareceu do espelho retrovisor. O medo me fez tremer nos meus tênis de ginástica. Cerrei os dentes. Minha mãe estava sentada no banco do passageiro, tão animada que ela estava praticamente pulando para cima e para baixo, com um largo sorriso estampado no rosto. Com vinte quilômetros de viagem, ela deixou escapar:

— Falei com a mulher que passeia com os nossos cachorros, e ela está precisando de ajuda. Sugeri você.

— Por quê? Ela precisa que eu crie um site para ela?

— Não, na verdade, ela precisa de mais gente para passear com os cachorros.

— Espere. O quê?

— Vai ser bom para você até você se acertar.

— Ótimo. Apenas ótimo. — respondi.

Eu não tinha nada além de uma montanha de dívidas. Eu estava prestes a completar 40 anos e estava voltando para a casa dos meus pais. Tinha acabado de deixar o homem com quem eu tinha passado os últimos doze anos. Tinha sabotado meu caso amoroso de cartas com Jean-Luc. E minha mãe tinha acabado de me perguntar se eu queria me tornar passeadora de cães. Não era assim que eu tinha planejado minha vida.

Os nós dos meus dedos ficaram brancos, agarrados ao volante.

— Eles têm pontes em Los Angeles, não têm?

— Sim. Por quê?

— Então eu posso me jogar de uma quando a gente chegar.

— Sam, isso não é engraçado. — ela bufou — Então, quando chegarmos em casa, vamos ter trabalho a fazer. Obviamente, você precisa fazer luzes no cabelo. E olhe só essas unhas. Estão horríveis...

— É, tenho certeza de que os cachorros vão me julgar. Afinal, eles são de Malibu.

Minha mãe me lançou seu olhar patenteado, um sorriso de escárnio meio revoltado, meio fazendo beicinho. O tipo de olhar que fazia eu me sentir mal numa fração de segundo.

— Não seja tão malcriada. Você não precisa passear com os cachorros se não quiser. Só estou tentando ajudar.

— Desculpe, mãe. Estou lidando com muita coisa nesse momento. Estou me sentindo sobrecarregada. — eu me sentia péssima por ter perdido a paciência com ela, mas eu não estava com vontade de planejar nada. Já não aguentava mais falar — Tenho uma ideia. Por que a gente não ouve um daqueles livros em fita que você trouxe?

— Eu sei exatamente qual. — disse minha mãe.

Ela veio preparada.

Enquanto Elizabeth Gilbert, uma mulher que também tinha saído de um casamento de muitos anos, narrava seu livro *Comer, Rezar, Amar* ao longo da rota nada pitoresca de Omaha, Nebraska, passamos por campos de milho e vacas borrados, lojas de queijo e clubes de strip. Passávamos por uma cidadezinha chamada Marseilles, bem quando Liz disse: "Eu queria sair de um casamento no qual eu não queria estar". Apesar de ter sido em Illinois, eu não conseguia parar de pensar na França e num certo alguém que vivia lá.

Minha mãe estava ao volante quando meu celular tocou. Era uma mensagem de texto do Chris, chamando-me de aberração, junto de algumas outras palavras bem escolhidas, por eu ter levado os saleiros e pimenteiros. Eu estava prestes a ligar para a Jessica que, sem que eu soubesse, tinha claramente decidido que precisava apimentar minha vida, quando uma outra mensagem chegou. Ao que tudo indicava, Chris estava em processo de contratação de um advogado de divórcio que iria trabalhar tanto por mim, como por ele, e já que nosso casamento, em essência, havia acabado há mais de seis anos, seria rápido.

Atordoada, li as mensagens em voz alta. Percebi que Chris estava tentando me atingir, mas se existia um prego final no caixão do nosso casamento, aquelas duas mensagens martelaram minha decisão. Apaguei as mensagens e não respondi. Esqueça a separação de corpos. Eu sabia que nunca iria voltar.

— Você precisa contratar seu próprio advogado. — disse minha mãe — Você tem que proteger seus interesses.

— E eu vou. Eu o deixei.

— E o dinheiro? — perguntou ela.

— Mãe. — eu disse — Acabou tudo. Não tenho de onde tirar.

— Estou surpresa por você não o ter abandonado anos atrás. — ela observou.

Eu sabia o que ela pensava do meu marido. Eu tinha ficado no meio deles, defendendo um, contra o outro, o que foi cansativo, para dizer o mínimo. Na mente de Chris, eu era casada com ele e, portanto, ele era a única pessoa importante na minha vida. Eu era a esposa. Ponto. As brigas sobre a minha mãe começaram dois anos depois do nosso casamento, criando mais do que uma rachadura — tinham nos afastado. Assim como minha mãe tivesse me protegido ao longo dos anos, eu também a protegi. Para mim, não era nada demais que ela interrompesse nossas refeições de vez em quando para falar ao telefone. Ela não tinha desistido de um monte de coisa por mim? Mas Chris não enxergava dessa forma.

— Eu queria.

Minha mãe apertou os lábios, e seus olhos se estreitaram num olhar fulminante. Pela forma como ela estava respirando, eu sabia que ela queria dizer algo mais sobre o assunto. Pela primeira vez, ela se conteve.

— Sam, eu já disse isso a você mais de uma vez. O mais importante para mim é te ver feliz. Você tem se punido por tempo demais e não faz o tipo mártir. Agora que você está largando dele, estou percebendo mudanças positivas.

— Como quais?

— Por exemplo, você está conversando comigo de verdade outra vez, não me afastando. — ela apertou minha mão com força — É bom ter a velha Sam de volta. Senti sua falta.

Jessica tinha dito exatamente a mesma coisa. Eu me perguntava o quanto o casamento tinha me transformado.

Chegamos ao nosso hotel um pouco depois das oito da noite e pedimos serviço de quarto. Minha mãe e eu ficamos confortáveis na cama, as duas vestiam calças folgadas e camisetas. Peguei meu computador e entreguei a ela as cartas de Jean-Luc de 1989, enquanto eu verificava meu e-mail. Atônita, fiquei olhando para a mensagem mais recente, que descrevia a visão científica que ele tinha da fé, como a natureza odiava espaços vazios e sistemas desequilibrados, e como o mundo precisava ser preenchido com coisas maravilhosas. Como ele estava numa viagem de negócios na Alemanha, eu tinha certeza de que ele não tinha lido minha última mensagem. Quanto mais eu pensava sobre o que eu tinha escrito, mais idiota eu me sentia.

— Gostaria de não ter arruinado as coisas com Jean-Luc com o último e-mail que enviei. — murmurei — Ele vai me odiar.

Minha mãe olhou por cima dos óculos de leitura.

— Bem, o que você escreveu não pode ter sido tão ruim assim.

— Não, foi muito ruim. — abri o e-mail, limpei minha garganta, e li — "No início de um relacionamento tudo é apaixonado. Mas como uma estrela, o tipo de intensidade desaparece com o tempo. Depois as coisas ficam confortáveis, como um velho par de meias, furos inclusos. Ainda vou deixar o Chris, mas preciso de algum tempo para descobrir o que exatamente estou procurando. Você é um homem verdadeiramente incrível, um presente. Nosso turbilhão de cartas me pegou desprevenida, e eu não as trocaria por nada no mundo. Você pode contar comigo, mas agora, esse caso amoroso de cartas tem de parar, e eu só posso ser sua amiga."

De seu lugar na cama, eu jurava que até meu cachorro tinha gemido.

— Você escreveu uma "carta Querido John?" a Jean-Luc? Por que diabos você faria uma coisa dessas? — perguntou minha mãe.

— Eu estava confusa.

— E agora?

— Não estou. — sacudi a cabeça cheia de culpa — Discuti um monte de sentimentos reprimidos com ele. Fico ansiosa esperando os e-mails dele. Fico ansiosa para responder. Ele sabe tudo sobre mim.

— Tudo o quê?

A tecnologia tinha conectado Jean-Luc e eu de uma forma que nunca pensei possível. Abri minha alma àquele cara.

— Tudo.

— Parece que Jean-Luc te dá muito apoio. Também não é como se você fosse se casar com ele e se mudar para a França…

Ergui as sobrancelhas.

— Ah, vamos lá, Sam. Eu sei que você é uma sonhadora, mas seja realista. Você nem sequer o viu em vinte anos…

Peguei a foto que ele finalmente me enviou.

— Na primeira foto que Jean-Luc me mandou, ele tinha cortado a cabeça da imagem. Mandei um e-mail de volta, implorando por uma foto com cabeça. Então ele me enviou uma de quando tinha vinte e poucos anos, fantasiado de *drag queen* numa festa. Ele só me mandou esta foto na semana passada, explicando que não é mais o rapaz bonito que conheci um dia. — virei a tela na direção da minha mãe. Naquela foto, Jean-Luc usava um terno preto: um paletó de forro azul petróleo e uma camisa muito branca. Embora ele tivesse cortado o topo da cabeça da imagem, provavelmente escondendo que estava, de fato, ficando careca, não importava. Ele estava muito sexy com sua aparência forte de homem másculo, com as mãos no bolso, chamando a atenção para os ombros largos e a cintura estreita.

— É engraçado, a imagem que tenho dele quando jovem está desbotada, mas este homem ficou melhor com a idade.

Minha mãe arregalou os olhos.

— Escreva para ele imediatamente. Peça desculpas.

Assim, com minha mãe soprando as palavras sobre meu ombro, tagarelando sobre como Jean-Luc estava bonito, como seu terno era elegante, como o pequeno cavanhaque era sexy (como o de Bruce Springteen!), como ele era um escritor maravilhoso, como era doce comigo, respondi, o tempo todo esperando que não fosse tarde demais. Não que eu sonhasse em mudar para a França ou qualquer coisa do tipo.

Não, não eu; isso nunca passou pela minha cabeça.

De: Samantha
Para: Jean-Luc
Assunto: Saudações da estrada!

Caro Jean-Luc (ainda o meu príncipe encantado, espero),

Por favor, perdoe a minha indecisão (um traço típico de libriana). Agora tenho clareza. Por favor, ignore o último e-mail que enviei. Não posso deixar que a "culpa" conduza meu coração, mas preciso, de verdade, de um tempo para mim mesma. Minha viagem de volta à Califórnia e o tempo que vou passar lá com a minha família vão me permitir fazer exatamente isso.

Eu costumava manter meus sentimentos todos enjaulados aqui dentro, internalizando tudo. Com você é muito diferente. Sinto que posso falar com você ou escrever sobre qualquer coisa. Por isso, obrigada. Precisa me prometer que você não vai permitir que eu evite assuntos que me deixam pouco à vontade. A comunicação é a espinha dorsal de tudo. Nesse caso, falo por experiência própria. É verdade, você sabe mais sobre mim do que qualquer pessoa. Para você, eu quero ser um livro aberto. Podemos, por favor, por favor, virar a página?

Sam

— Pronto. — falei. Mais uma vez, apertei o botão de enviar, segurando a respiração — Está feito.

—Você acha que ele vai responder? — perguntou minha mãe.

— Não sei, mas não vou culpá-lo se ele não responder. — dei de ombros e depois disse sem meias palavras — Mãe, eu realmente preciso falar sobre Chuck.

O rosto dela empalideceu.

— O que tem *ele*?

— Ele meio que me deixou complexada, aparecendo na minha vida quando apareceu e depois sumindo. — fechei os olhos — É difícil, porque eu sei que nunca vou saber o motivo.

— Motivo do quê?

— Por que, se sou filha dele, ele não tentou me conhecer melhor?

— Tenho certeza de que ele te amava. Do jeito dele.

— Não, não, ele não amava. Como poderia amar? Ele nem me conhece. Nunca conheceu. Eu me encontrei com ele uma vez. Sei disso agora, mas é impossível amar alguém com quem a gente não se comunica. Foi isso que matou meu casamento.

Comecei a explicar como, durante as vezes em que me correspondi com o Chuck, senti que o meu pai adotivo, embora sempre tivesse me tratado como filha de sangue, amava mais a minha irmã por ela ser filha dele legítima. Expliquei como Chuck era um fantasma nocivo na minha vida, um *poltergeist* do mal pairando sobre todos os meus relacionamentos, um de quem eu precisava me livrar de uma vez por todas. Eu disse a ela como o abandono dele, o abandono de nós duas, havia afetado a forma como eu conduzia meus relacionamentos com os homens.

Os olhos de minha mãe se encheram de lágrimas, ameaçando explodir.

— Eu o odeio. Odeio o que ele fez com a gente.

— Mamãe, mamãe, me desculpe, não quero que você chore. — implorei. Eu não queria que ela chorasse, porque se ela começasse, eu também começaria.

— Ai, Sam. — disse ela com uma fungada — Espero que você saiba que só estávamos tentando te proteger. Acho que deveríamos ter conversado mais sobre isso, sobre ele.

— Bem, nós temos muito tempo. — eu disse — Quem sabe quanto tempo eu vou passar com vocês…

— Eu sei. — ela assentiu com entusiasmo — Estou tão animada.

— Eu também, mamãe. Eu também. Vou começar uma vida nova.

O pensamento me emocionava e ao mesmo tempo me deixava assustadíssima.

7
Quando a vida vai para os cachorros

Três dias depois, minha mãe, Ike e eu estacionamos a minivan na casa dos meus pais — minha nova casa. Eu deveria estar feliz por minha mãe e eu termos sobrevivido a uma viagem de trinta horas na estrada numa minivan lotada. Eu deveria ter ficado feliz que meus pais me apoiavam e estavam me aceitando de volta. Eu deveria ter ficado feliz que teria um quarto particular com um banheiro próprio mais uma varanda com vista para a piscina cintilante. Mas eu não estava feliz. Eu tinha vergonha.

Minha mãe estava exausta da viagem longa. Ela pediu licença para tirar uma soneca, sugerindo que eu fizesse o mesmo. Em vez disso, descarreguei o carro enquanto minha antiga vida me dava um tapa na cara. A caixa com meus antigos projetos de design me lembrava que eu costumava ser autossuficiente, alguém que fazia e acontecia. Agora, com quase 40 anos, desempregada e montada sobre uma dívida, eu tinha de contar com meus pais para colocar um teto sobre minha cabeça. Quanto mais eu desfazia as malas, mais ridícula me sentia.

Por que eu tinha trazido tanta tralha? O que eu ia fazer com a porcelana do casamento? Dar um jantar e dizer: "Ah, isso? Era do meu primeiro casamento. Bonito, não é?". Logo, eu tinha o conteúdo de seis caixas de plástico e dez caixas de papelão organizado em pilhas: coisas que meus pais poderiam querer — como a porcelana, já que tinham me dado a maior parte do jogo, de qualquer forma; coisas que eu guardaria, ou seja, algumas peças de arte, álbuns de fotos e anuários, joias que meus pais e avós tinham me dado e minha pasta de plástico azul de cartas; coisas que eu iria jogar fora, como recibos de pagamento velhos e papéis; objetos que gostaria de doar — todos os meus DVDs, livros e uma pilha de roupas que eu não usava há anos.

Quando terminei, fiquei com apenas três caixas de plástico e duas malas.

Foi o mais rude dos despertares.

Era isso? Aquilo era a minha vida? Era tudo o que me restava? Apertei o saleiro e o pimenteiro Nambé na minha mão, deliberando, e finalmente os coloquei na pilha "guardar". Para mim, eles eram um símbolo, um lembrete de todas as escolhas erradas que eu tinha feito.

Parecendo mais com um zumbi que tinha acabado de se arrastar para fora da terra do que sua filha vibrante, eu devia estar irreconhecível para o meu pai, quando ele chegou em casa depois do trabalho. Ele entrou na cozinha, incapaz de esconder a preocupação em seus lacrimejantes olhos verdes. Pior ainda, eu odiava pedir ajuda quando ele tinha feito tanto por mim ao longo dos anos, mas certas coisas não podiam ser ignoradas. Como o fato de que, na Califórnia, a gente precisava de um carro, especialmente quando sua família vive a quase cinco quilômetros adentro de uma estrada íngreme, num desfiladeiro sem transporte público. Para se ter um carro, eu precisava de dinheiro, algo que eu não tinha. Minha mãe, meu pai e eu nos sentamos à mesa da cozinha, tentando estabelecer juntos um plano de ação lógico.

Meu pai coçou o queixo com a barba por fazer.

— Sam, querida, vou tirar folga amanhã no trabalho para podermos ir juntos a algumas lojas de carro.

Ele sempre esteve presente para mim quando precisei dele, mas meu pai era um viciado em trabalho que nunca tirava um dia de folga. Férias em família eram raras, e por isso o nosso tempo de convivência era passado nos fins de semana. Quando eu era pequena, ele me levava ao restaurante IHOP aos domingos, no qual eu pedia pilhas de panquecas de mirtilo com gotas de chocolate, com calda de morango, enquanto ele lia o jornal e tentava ignorar os flertes das garçonetes. Eu fazia questão de dar a entender àquelas moças que eu tinha mãe, ela só não estava com a gente — um jeito de menina dizer: "cai fora, garota, ele tem dona".

No ensino médio, esses passeios de pai e filha se transformaram em jantares e cinema. Essa última parte geralmente envolvia assistir a alguma coisa que minha mãe, adepta a comédias românticas, não queria ver. Foi num desses passeios, quando eu tinha 17 anos, que descobri um nódulo, perto do meu seio esquerdo, sob a axila. Durante a noite, eu fiquei como um daqueles quadros antigos de Napoleão Bonaparte, mas em vez de colocar a mão pela abertura da camisa, eu estava apalpando sob minha axila na escuridão do cinema. Na volta para casa, comecei a chorar.

— Tem alguma coisa errada comigo.

Meu pai me levou ao médico no dia seguinte, e para o hospital uma semana depois, quando eu tirei o fibroadenoma, um tumor benigno. Embora não tivesse sido câncer de mama, a preocupação criando rugas nos olhos dele permaneceu até eu acordar da cirurgia. Assim como a preocupação escrita em seu rosto agora.

— Pai, não precisa tirar folga. Vai dar tudo certo.

— Eu já providenciei. Está resolvido. Vamos te ajudar por alguns meses até você conseguir andar com as próprias pernas novamente. Já pensou em quanto você pode pagar como parcela de um carro?

Parcelas de carro? Senti-me enjoada. Andar com minhas próprias pernas? Eu tinha caído de bunda. Mas eu era a filha com que meus pais nunca tinham se preocupado, a destemida, a que subia no palco, a que nunca deixava a vida derrubá-la. Mantive todos os meus poréns para mim mesma.

Bodhi, o golden retriever dos meus pais do tamanho de um urso, colocou a grande cabeça no meu colo e me olhou com olhos cheios de sentimento. Jack, o bichon, dançou sua dança engraçada, ficando de pé e mexendo as patinhas para cima e para baixo. Gunnar, o spaniel bretão, cheirou Ike, que estava enrodilhado em sua caminha, ofegante. Os cachorros me lembravam de que eu tinha uma solução temporária para a minha bagunça financeira: passear com cães. Claro, eu sabia que não ia me tornar uma milionária da noite para o dia passeando com cachorros, mas pensei que logo apareceria algum tipo de trabalho em publicidade ou em design. Eu tinha cerca de quatro meses, talvez cinco, para juntar um pouco de dinheiro e organizar minhas finanças. Eu esperava manter alguns dos clientes freelance que eu tinha em Chicago, já que eles haviam prometido me manter ocupada.

— Acho que vou ser capaz de pagar em torno de 250 por mês. — eu disse.

Meu pai colocou o café sobre a mesa de vidro da cozinha.

— Como estão suas finanças?

Inexistentes. Eu não tenho nada, nada além de orgulho e esperança.

— Tenho algumas centenas de dólares no banco. Pensando em resgatar minha aplicação de previdência privada. E quero vender algumas das minhas joias — esfreguei as têmporas, tentando afastar a dor de cabeça monstruosa que tinha começado a sapatear na minha cabeça, no momento em que a palavra "finanças" foi mencionada — Também tenho meu seguro-desemprego.

Minha mãe torceu as mãos.

— Não posso acreditar que depois de quase doze anos de casamento, você não tem nada além de algumas peças de arte e as roupas...

— Anne, não comece. — disse meu pai, interrompendo minha mãe. Lancei um olhar de soslaio para ele e um meio sorriso agradecido. Meu pai apertou meu ombro e continuou.

— Quanto você acha que pode conseguir com as joias?

— Não faço ideia.

— E as contas?

— Plano de saúde, celular e cartões de crédito.

— E quanto você deve nos cartões?

—Vinte mil.

O silêncio encheu a sala. Até os cachorros pararam de ofegar. Coloquei minha cabeça nas mãos. Dizendo tudo em voz alta, apenas tornava aquilo mais real. Bom, eu adoraria dizer que era viciada em roupas de grife e sapatos, o que ofereceria uma explicação para o montante de dívida que causava um aperto no meu estômago e me dava náusea, mas eu não era nenhuma Carrie Bradshaw. Christian Louboutin, Jimmy Choo e Manolo Blahnik nunca tinham posto os pés no meu armário. Acumulado ao longo dos anos, o custo de vida de casada subiu um dólar de cada vez, algumas mudanças, dois negócios que não deram certo, mantimentos, dentistas, médicos, talvez uma passagem de avião ou duas, coisas dessa natureza. Eu sofreria as consequências.

A veia na testa da minha mãe pulsava.

— Ele deveria pagar. Ele te deixou sem nada…

— Mas eu deixei ele…

— Eu só odeio…

— Anne, você não está ajudando muito. — disse meu pai.

— Mãe, pare. Meu pai está certo. Para seguir em frente, não posso pensar no Chris. Tenho que resolver as coisas por conta própria. Por favor. — minhas unhas criaram sulcos em formato de meia-lua na palma das minhas mãos. Cerrei os dentes com tanta força que pensei que iria quebrar um ou dois — Deus, mãe. Eu não quero que você e o papai sintam a necessidade de me arrancar desse buraco. Na verdade, eu me recuso. Pode parecer difícil de acreditar, mas agora sou adulta. Tenho esperança de que as minhas finanças vão se ajeitar. Tenho esperanças de conseguir um emprego. Tenho esperanças de que tudo dê certo.

Mas eu sabia que esperança só poderia me levar até certo ponto.

No mínimo, eu tinha uma coisa a meu favor. Jean-Luc finalmente me respondeu:

De: Jean-Luc
Para: Samantha
Assunto: Re: Saudações da estrada

Oi, Sam,

Quanto à carta que recebi, é verdade dizer que me perturbou de forma significativa. Como você estava confusa, consumida por um nível alto de culpa e tinha uma pessoa na sua frente capaz de prometer até mesmo a Lua para não te perder, tudo e qualquer coisa era possível.

PORÉM, de acordo com as suas palavras em todas as suas cartas, eu realmente não esperava tamanha mudança. Passou pela minha cabeça, mas nunca ficou. Entendi que o seu casamento era algo concreto, ancorado na realidade, ao passo que eu era apenas uma sombra por trás das palavras, conhecido apenas por algumas semanas e um dia de paixão. Pensei sobre os argumentos que ele provavelmente usou para confundir sua mente. Eu estava pensando que sou um homem, e conheço os homens. Quer sejam americanos, britânicos, ou franceses, os homens sabem que as mulheres são muitas vezes impulsionadas pelo sentimento de culpa. Eles podem "brincar" com isso.

Não conheço o seu marido, apenas suas palavras, e tentei encontrar todos os níveis de compreensão por meio delas para obter o melhor conhecimento da situação. Imaginei você frágil por alguns instantes... sempre com a sua culpa. Sam, tome suas decisões por você e só por você. Não tome decisões por mim. Você tem que se sentir bem consigo mesma em primeiro lugar. Vou ficar te esperando, se esse for seu desejo e vontade.

Beijos para minha linda princesa.

P.S. Esta noite, olhe para o céu e você vai ver um ponto brilhante em movimento. É a estação espacial. Escrevi algo nela para você. Olhe com o coração. O futuro vai ser brilhante. Acredite.

Naquela noite, no escuro, eu fiquei na sacada do meu quarto, procurando por aquela maldita estação espacial por horas e horas. Talvez eu estivesse tendo um momento severo de loira oxigenada, mas quando eu olhava para o céu, esperava descobrir "*Toujours Samantha*" piscando em grandes luzes de Natal. Com certeza, isso poderia acontecer nos filmes, então por que não na vida real? Para minha decepção absoluta, nenhuma mensagem assim apareceu no céu estrelado, apenas alguns satélites piscando esporadicamente, como meus pensamentos.

No estado da Califórnia, o desemprego tinha chegado ao ponto mais alto, quase treze por cento. Sortuda como eu era, eu fazia parte das estatísticas. Mesmo que eu pudesse ter atrasado a procura de emprego para me estabelecer primeiro, decidi marcar uma reunião com uma recrutadora para ver quais oportunidades existiam, se é que havia alguma. Agora que eu tinha um carro (e as contas que o acompanhavam), se eu não conseguisse um emprego em tempo integral, poderia pelo menos pegar algum trabalho freelance de design. A recrutadora delirou com o meu portfólio e disse que poderia me arranjar um emprego de imediato. Mesmo com o estado de crise da economia, eu estava otimista. Então, enquanto eu esperava por todas as oportunidades maravilhosas em design, era hora de começar em meu novo emprego de subsistência.

Nada poderia ter me preparado para os perigos de passear com cães em Malibu.

Na primeira casa que visitei, uma foto em preto e branco de uma mulher estava na mesa de entrada. Ela estava seminua no meio de uma rua, acenando com uma grande boá de penas na cabeça. Seus seios muito grandes não podiam ser ignorados.

— Hum, é cliente nossa?

— Você deveria ver algumas das outras fotos. — disse Stacy, a dona da Whiskers and Tails e também uma amiga instantânea. Seu rosto limpo e esfoliado se transformou em um largo sorriso — Elas são, hum, interessantes.

Stacy originalmente vinha de Boston, o que explicava tanto seu comportamento descontraído, como sua ambição. Produtora de profissão, passeadora de cães como negócio alternativo para pagar as contas. Como duas pessoas criativas, nós nos conectamos de imediato, sobrevivendo aos donos neuróticos de cachorro em Malibu, um animal de cada vez.

Meus olhos dispararam pelo corredor até uma foto de um homem muito, muito mais velho, que parecia o Papai Noel, exceto pelo fato de que estava nu, com a mulher da outra foto em uma banheira. Engasguei com a minha língua.

— Eles são nudistas. — explicou Stacy.

— Cada um com seus problemas. Contanto que não me afete.

Mas sua opção de vida afetaria tanto Stacy quanto eu. Como no dia em que o marido nudista estava em casa e ficamos cara a cara com seu pênis — nada além de uma porta de tela nos separando. Foi engraçado, em um tipo "ai, meu Deus, a gente acabou de ver aquilo?". Nós nos atrapalhamos com as guias dos cachorros, os levamos para o quintal, colocamos no carro e seguimos para a praia. O homem só ficou lá como se nada estivesse fora do comum. Percebi que minhas sessões de treinamento de passeios com cães não eram só para os cães; eram também para lidar com os donos humanos.

Além de ficar amiga de Stacy, passear com cachorros — se a gente ignorasse as estranhezas ocasionais — tinha suas vantagens. Dia após dia, eu andava para cima e para baixo pelos desfiladeiros de Malibu. Rapidamente perdi quase sete quilos e voltei a ficar em forma. Aquela nova versão de dieta de futura divorciada também incluía duas doses de suco de clorofila em vez de duas doses de vodca. E minha tez pálida da gelada Chicago tinha brilho, bronzeada pelo sol da Califórnia.

Para somar à minha figura esbelta, o cliente nudista me deu caixas e caixas e caixas de roupas, cada peça ainda com as etiquetas. Enquanto o bustiê de pele falsa ou a calça de lantejoulas pretas não eram bem do meu gosto, eu acabaria encontrando utilidade para muitos, muitos vestidos. Roupas usadas novinhas em folha de uma nudista. Ah, mas minha vida estava cheia de ironia. De qualquer forma, eu tinha diminuído dois números no meu manequim e entrava na minha jeans skinny. Não que os cães que eu levava para passear se importassem.

Junho rapidamente se transformou em julho, e alguns dias foram melhores do que outros. Agora uma autoproclamada passeadora de cães, eu criei meu próprio slogan: recolhendo cocô e cacos da minha vida, um de cada vez. Todos os dias eu recebia ligações ou mensagens de texto do meu futuro ex-marido. Tal como ele tinha prometido na primeira rodada de mensagens, Chris havia contratado um advoga-do para dar entrada em nosso "divórcio amigável", pressionando para acabar com nosso casamento muito depressa, mas ele também estava apegado ao conceito de "nós". O dia da audiência, à qual eu não teria de comparecer, foi marcada para o final de julho. Meus sentimentos estavam todos confusos. Fiquei feliz por eu finalmente ter encontrado a coragem de seguir em frente mas, mesmo assim, não gostava de magoar alguém nesse processo.

Além de dois e-mails diários, Jean-Luc e eu falávamos ao telefone duas ou três vezes por dia, às vezes por horas. Eu ficava tão à vontade com ele, que uma vez até cheguei a adormecer. Ele ficou na linha, apenas ouvindo o ritmo da minha respiração, até que tivesse de ir para o trabalho. Infelizmente, meus pais não tinham um plano de chamada internacional, e junto do carro e todas as minhas outras contas, eu não sabia como jamais os pagaria quando recebemos uma conta telefônica de seiscentos dólares. As oportunidades de trabalho, de acordo com a minha recrutadora, que tinha mudado o discurso, eram poucas e difíceis de encontrar.

Felizmente, conseguimos mudar o plano de telefone para um que incluía trezentos minutos de chamadas internacionais por uma taxa extra de sete dólares. Era um pouco tarde, mas não havia nada que eu pudesse fazer a respeito. Jean-Luc também mudou seu plano, conseguindo um muito melhor, com chamadas ilimitadas para sessenta países por poucos euros a mais por mês. Dali em diante, se eu precisasse falar com ele, eu ligava e então ele retornava a ligação.

Claro, e em casa, eu fazia minha parte. Passeava com todos os cães, ia ao mercado e preparava todas as refeições, algo que meu pai realmente apreciava, ainda mais minha especialidade de filé mignon com croutons e alcachofra com molho *béarnaise*. Antes da minha volta para casa, acho que a professora de ioga que fazia as vezes de minha mãe tinha mantido os dois em algum tipo de dieta de fome que consistia em café e *kitchari* — um prato desintoxicante indiano, composto por feijão e legumes. Ser criativa na cozinha me mantinha sã. Com tanto tempo nas minhas mãos, eu poderia experimentar mais, cozinhando tudo desde frango com páprica, até lagosta Thermidor e caranguejo fresco com molho de estragão.

Minha vida poderia ter sido pior. A casa dos meus pais era linda, uma fazenda de estilo espanhol coberta de vinhedos, de frente para o *Canyon*, completa com uma piscina e jardins cheios de beija-flores, rosas e jasmins. Mas eu não podia simplesmente viver em casa, no paraíso do mundo da lua para sempre, uma chef pessoal para meus pais.

Eu era uma pessoa realista. E tinha meu orgulho, caramba.

Além de tudo isso, a saúde de Ike estava declinando depressa. Uma ou duas semanas depois da minha chegada à Califórnia, levei meu filho postiço coberto de pelos para um novo veterinário. Como de costume, ele era o maior bebê na sala de espera, escondendo-se entre as minhas pernas, e seu corpo tremia violentamente do nariz até a ponta da cauda. O chihuahua ao nosso lado mostrou mais coragem. A doutora Lisa deu uma olhada no meu filho peludo e deu o diagnóstico:

— É óbvio. — disse ela — Ike tem paralisia de laringe, uma doença comum para labradores.

Acariciei as orelhas aveludadas de Ike.

— Paralisia de laringe? Isso é grave?

A doutora Lisa apertou os lábios.

— Não vou mentir para você. Ele pode ficar ruim. O problema é que os nervos e os músculos, que controlam as cartilagens da laringe de Ike, estão perdendo a função, estão paralisadas, o que dificulta para Ike respirar, comer, engolir…

— Qual é a causa?

— É idiopática.

Meu lábio inferior tremeu.

— Pode ser corrigido? Curado?

— Os tratamentos médicos só procuram reduzir o inchaço ou apenas acalmar o cão. Se o quadro continuar a piorar, até o ponto de se tornar debilitante, a cirurgia é o próximo passo. Mas, com ou sem cirurgia, há sempre o risco de desenvolvimento de pneumonia de aspiração.

Pneumonia havia causado a morte de meu avô muito saudável, Poppy, quando ele foi hospitalizado depois de engasgar com um *brownie* malfeito e de romper o esôfago. A pneumonia começou no hospital. Se um *brownie* havia sido o catalisador para matar um herói de guerra em plena forma, o meu cão estava condenado. Ike devorava sua comida.

— O que eu faço?

— Limite a atividade física dele e o mantenha longe do calor.

Eu tinha de fazer algo mais, algo para manter meu cão na melhor condição possível. Meu filho peludo não estava se sentindo bem, e eu queria dar a ele o melhor atendimento que pudesse conseguir.

— A senhora tem um acupunturista na equipe, não tem?

— Tenho.

— Acha que ajudaria?

— Estou disposta a qualquer tratamento natural. Vale a pena tentar.

Levei Ike para um cachorro-quente no Mutt Hutt no Malibu Country Mart e depois para uma caminhada na praia. Um dos maiores e também um dos mais tristes momentos já compartilhados com o meu cão foi simplesmente sentar com ele na praia naquele dia, com os meus braços envolvidos no pescoço dele. Juntos, nós assistimos às ondas quebrando na costa, e os pelicanos cortando o céu, e Ike lambeu meu rosto, o que ele só fazia em ocasiões muito raras, como se quisesse dizer: "Obrigado, mãe. Você me deu uma grande vida".

Enterrei meu rosto em seu pelo e o abracei apertado.

Tudo me atingiu de uma só vez. As comportas se abriram, e as lágrimas que escorreram pelo meu rosto estavam longe de ser falsas. Abraçando Ike firme contra o meu peito, eu coloquei tudo para fora; finalmente chorei. Chorei a perda de meu casamento. Chorei pela saúde do meu cachorro. Chorei por quase tudo. E também me perdoei. Por tudo.

Se a vida era a soma das escolhas que eu tinha feito, eu apenas teria de tomar decisões melhores. Começando já.

8

Toque mais uma vez, Sam

No início de julho, Jean-Luc levou os filhos à Escócia para duas semanas de férias de verão, e nossa comunicação desacelerou. Em vez de dois e-mails diários e nossos telefonemas de duas horas, eu tinha sorte de ter notícias dele a cada três dias, e apenas se ele conseguisse encontrar um cybercafé. Na única vez em que ele conseguiu ligar, colocou os filhos no telefone. Para isso, eu não estava preparada. Elvire, a filha, foi a primeira.

— *Bonjour.* — disse ela, com a voz suave e doce.

— Oi, eu quero dizer, *bonjour. Ça va?*[7] — Embora eles fossem apenas crianças, eu estava um pouco nervosa.

— *Oui. Ça va.*[8]

Uma pausa de quilômetros de extensão.

— *Et vous?*[9] — perguntou ela.

— *Moi? Ça va bien aussi.*[10] — outra pausa. Perguntei a ela sobre a viagem — Escócia, quero dizer, *L'Écosse? C'est bien?*

---
7 Está tudo bem?
8 Sim, está tudo bem.
9 E você?
10 Eu? Estou bem também.

— *Oui.* — ouvimos a respiração uma da outra. Ela caiu na gargalhada — *Je vous passe mon frère.*[11]

Eu também não iria querer falar com alguma mulher estranha de língua travada que eu não conhecia. E, então, Jean-Luc colocou o filho ao telefone. No momento em que a voz de Maxence chegou aos meus ouvidos, fiquei surpresa que um menino de 10 anos pudesse ter uma voz tão grave. Para piorar as coisas, não consegui entender uma palavra do que ele disse. Ele riu e passou o telefone de volta para o pai.

— Desculpe, querida. — disse Jean-Luc — Os dois estavam muito curiosos a seu respeito, me enchendo um pouco o saco.

Jean-Luc explicou que Maxence tinha ficado olhando por cima de seu ombro no cybercafé, querendo saber por que eu começava meus e-mails para Jean-Luc com *mon écureuil* (meu esquilo), *mon loup* (lobo), *mon Yeti* (Pé-grande ou abominável homem das neves) e *mon* Shrek, todos animais ou personagens que Jean-Luc, em um momento ou outro, tinha usado para se referir a si mesmo ao longo de dois meses de correspondência. Eu podia imaginar a risada de seu filho, profunda e gutural, e os risinhos de sua filha, leves e suaves, enquanto eles espiavam por cima do ombro do pai, tentando descobrir o que eu tinha escrito.

Os franceses sempre tiveram expressões engraçadas para termos carinhosos. Jean-Luc, como a maioria dos pais franceses, referia-se a seus filhos como *mes puces*, ou minhas pulgas. Uma vez, Jean-Luc me chamou de *ma biche*, o que, ao ouvir a pronúncia de "puta" em inglês, *bitch*, tomei como altamente ofensivo, até que ele explicasse que queria dizer "minha corça". Normalmente, porém, Jean-Luc me chamava de sua princesa americana, o que havia me levado a me referir a ele como o meu "sapo". O apelido era inspirado no conto de fadas *A princesa e o sapo* e também no fato de que os franceses eram muitas vezes chamados de sapos nos Estados Unidos, pois eram conhecidos por comer pernas de rã. Felizmente, Jean-Luc não se ofendeu com o estereótipo. Em vez disso, ele riu, lembrando-me de que os americanos eram muitas vezes chamados de "porcos" pelos franceses. Eu preferia princesa. Sem dúvidas.

— O que você disse a seus girinos sobre mim, *ma grenouille*? — perguntei, brincando com Jean-Luc usando a palavra francesa para "sapo".

— Achei que eu fosse o seu Príncipe Encantado. — disse ele.

11 Vou passar para meu irmão.

— Pode ser. Mas eu ainda não te beijei.

— Pelo que me lembro, você beijou. Vinte anos atrás. Lembra da escadaria que levava até o meu apartamento em Paris?

Cara, eu lembrava. Antes que eu ficasse nas nuvens, trouxe o rumo da conversa de volta aos trilhos.

— E as crianças? Você disse a elas alguma coisa sobre mim?

— Bem, *princesa* — disse Jean-Luc com uma risada —, Maxence estava muito preocupado a respeito de por que eu estava ligando e escrevendo tanto para uma pessoa chamada Sam, especialmente depois de ter visto sua carta. Então, ele perguntou quem era você.

— E você disse…

— Expliquei que Sam era uma grande amiga minha dos Estados Unidos. E, em seguida, Max me perguntou com um rosto muito sério: "Papa, você é gay?".

— Ah, não.

— Ah, sim. Expliquei que seu nome era Samantha, mas eles não acreditaram em mim. Como eu, um cientista, eles queriam provas.

Enquanto esperamos que nosso acesso de riso passasse, um pensamento me veio à cabeça. Não tínhamos realmente discutido o divórcio dele em muito tempo.

— Alguma notícia sobre a Natasha?

— Ela encontrou um apartamento, e estou ajudando-a até nosso divórcio estar finalizado. Tenho esperanças de que ela já tenha se mudado quando eu e as crianças voltarmos para casa.

— Será que as crianças vão sentir falta dela?

— Querida, eles só perguntaram se ela vai levar a gata.

Meu coração doía só de pensar sobre seu relacionamento conturbado com aquela mulher.

— Bem, você vai arranjar um gato novo para eles.

— Vou deixar com você e as crianças. — mesmo sem me ver, Jean-Luc já estava tentando me incluir na vida de seus filhos. Ele soltou o ar de maneira ofegante — Acho que a Natasha encontrou alguém novo. Algumas mulheres são como macacos: não vão embora em silêncio, a menos que estejam agarrando firme outro galho.

— Não tenho nada de macaca. — eu disse — E se você é um galho, pode quebrar. Nós não nos vemos há vinte anos.

—Vamos mudar isso.

Meus batimentos cardíacos aceleraram.

—Vamos?

— Podemos falar em agosto? É um bom momento para mim, já que as crianças vão estar na casa da avó. Chequei minhas milhas da Air France e tenho o suficiente para comprar uma passagem ida e volta de Los Angeles a Paris.

Havíamos tocado no assunto de nos vermos, mas nenhum plano real havia sido definido. Eu poderia fazer aquilo? Poderia voar mais de oito mil quilômetros para visitar um homem que eu não via há vinte anos? A resposta veio rapidamente. Eu podia ter cometido muitos erros no passado, mas não era uma idiota. Vinte anos atrás, eu havia deixado um pedaço do meu coração numa plataforma de trem na Gare de Lyon. Agora eu tinha a chance de recuperá-la. E tinha um plano.

Assim que eu desligasse o telefone, eu iria resgatar meu fundo de previdência minguante, o que me daria cinco mil dólares. Segundo o site da Fidelity, tudo o que eu precisaria pagar era uma taxa de dez por cento. Com o dinheiro, eu poderia pagar meus cartões de crédito, tornar os pagamentos mais fáceis de gerir e deixar ainda uma reserva de dois mil dólares.

— Posso comprar minha própria passagem — eu disse.

— Não, Sam, sou homem. Não posso deixar.

— Mas eu…

—Você nem sequer tem um emprego.

— Eu passeio com cachorros…

Era uma causa perdida, e eu não ia criar caso com ele por esse motivo. Sério, se ele queria usar seus pontos de passageiro frequente comigo, que fosse assim. A julgar pelo seu tom de voz, não havia motivo que o fizesse recuar.

—Tem certeza de que você pode usar as milhas?

— Já reservei a passagem. Tudo o que eu preciso saber é se as datas de 2 a 12 de agosto são boas para você e então vou comprar.

Eu me atreveria a seguir meu coração.

— Minha agenda está escancarada.

— Isso é um sim?

— Sim!

— Quer ouvir o que eu planejei?

— Não, quero que tudo seja uma surpresa. *Amène-moi n'importe où.*
Leve-me a qualquer lugar.

No momento em que desligamos o telefone, liguei para Tracey. Antes que eu pudesse pronunciar uma palavra, ela disse:

—Você não vai acreditar!

— O quê?

— Encontrei o álbum de fotos da nossa viagem. Eu mandei ontem pelo correio, junto de algumas outras surpresas. — ela deu uma risada de hiena — Então, qual é a sua novidade?

Minha próxima frase se derramou da minha boca num só fôlego.

— Jean-Luc quer que eu vá a Paris e estou pensando em ir. — falei, apesar de já ter me comprometido verbalmente com a viagem. Talvez uma parte de mim quisesse que Tracey me convencesse a desistir da decisão insana.

— Quando?

— No começo de agosto.

— Ai. Meu. Deus. Você *super* vai a Paris. Se você não for, eu vou te matar. Isso é incrível. Acho que o Jean-Luc é o cara certo e sempre foi. Ele é sua alma gêmea.

Era? Todos os sinais pareciam apontar para o sim. Porém, eu me perguntava: Por que tenho de percorrer todo o caminho até a França para encontrar *mon âme soeur*?[12] Mais tarde, naquela noite, por curiosidade, abri um site de namoro. Era hora de investigar. Havia outros homens por aí como Jean-Luc?

Você é: mulher

Procurando: homens

Faixa etária: ?

---

12 Minha alma gêmea.

Para uma investigação científica, leis da atração etc., eu tive de pensar sobre o último campo para dar uma resposta sincera. Muito mais jovem estava fora de cogitação. Eu não conseguia me imaginar numa relação duradoura com alguém que precisaria apresentar a identidade para comprovar maioridade num bar. E se alguém me confundisse com a mãe do dito-cujo? Quanto a homens mais velhos, eu não precisava de uma figura paterna que quisesse que eu colocasse minha mãozinha na dele. Depois de pensar um pouco, coloquei a idade entre 37 e 47 anos, uma faixa de dez anos que parecia razoável, não velho demais, não jovem demais — como Cachinhos Dourados.

Primeiro cara: queria mulheres entre 18 e 45 anos. Hum… pedófilo em potencial ou serial killer. Segundo cara: passava tempo demais na praia. Isso era bom, mas não deveria estar trabalhando? Também queria mulheres entre 18 e 30 anos. Ele tinha 47. Foi um total alerta para a realidade. Ah, sim, os caras mais velhos queriam suas mulheres mais jovens — muito, muito mais jovens.

Próximo.

E próximo.

Fui procurando homens como se fossem anúncios de calçados na Zappos.com, para perceber que nenhum deles seria perfeito para mim. Eu sabia exatamente o tipo de pessoa que estava procurando, se tivesse a sorte de reencontrar o amor, e sim, depois de não entender por muito tempo o que era, eu queria encontrar o amor. Queria um homem aberto à possibilidade de ter filhos e que quisesse, e não *precisasse*, tê-los comigo. Eu não precisava de um homem rico, mas queria estabilidade. Queria ser atraída por ele física, intelectual e emocionalmente. Queria ser capaz de me comunicar com ele abertamente, não como se estivesse pisando em ovos. Queria um homem que não estivesse procurando uma figura materna. Meus pensamentos gravitaram para Jean-Luc. Eu estava caidinha pelo meu francês não visto.

As fantasias se desenrolando nos meus sonhos tinham ficado cada vez mais vivas e eróticas. Por exemplo: aquela em que eu estava usando um vestido curto de verão, com nada por baixo. Isso mesmo, sem sutiã, sem calcinha, nada. E estávamos em um lugar público, um parque ou um beco escuro, e ele me pressionava contra uma árvore ou uma parede de pedra, e sua mão deslizava subindo pela minha coxa, e sua respiração aquecia meu pescoço, e seu corpo estava preso ao meu, e...

O que eu poderia dizer? Eu havia sido reprimida. Ou isso, ou eu tinha adormecido durante uma exibição de *Emmanuelle* no Cinemax. De qualquer forma, um dia eu acordei com a necessidade de ouvir a voz de Jean-Luc, mas era muito cedo para ligar. Nossa correspondência tinha evoluído de amigável a romântica, depois para indiretas sexuais e, então, para as diretas, por isso decidi enviar a Jean-Luc um e-mail de uma linha só, usando alguma gíria francesa "de sacanagem" que eu tinha aprendido num site.

J'ai la trique pour toi.

Cliquei em enviar, pensando que aquilo com certeza fosse impressioná-lo, já que definitivamente não era o tipo de francês que a gente aprendia na escola, definitivamente não o que ele esperaria ouvir de mim, naquele momento. Entrava no palco, pela esquerda, uma americana moderna e muito atrevida — quando escondida atrás de uma tela de computador. Eu estava orgulhosa de mim mesma por tomar a iniciativa, até que recebi a resposta dele, poucos minutos depois.

Sua frase "*J'ai la trique pour toi*"? Eu ri, mas estou um pouco assustado, especialmente pela minha bunda. Não se esqueça que sou virgem nesse quesito. Então se você tem "*la trique*", acho que vou ter de andar com as minhas costas viradas para a parede. Além disso, nunca vou pegar o sabonete quando tomar banho com você! Por favor, Sam, proteja minha virgindade! Beijo.

Claramente, não era a resposta que eu esperava. O que eu tinha perdido na tradução?

Abri o site e cheguei à conclusão de que, embora sim, a pequena frase, o pequeno pensamento fosse uma gíria para "tesão", a tradução literal era: "Tenho uma vara grande para você". O que implicaria que eu estava com uma ereção! Antes que eu assustasse o cara com a minha vara grande, eu respondi:

Zut alors![13] Desculpe! Li em algum lugar que *"avoir la trique"* era uma gíria para sentir tesão. Acho que era apenas para rapazes. Fique tranquilo, sua virgindade está a salvo comigo. Agora, vá em frente, ria! Ria o quanto quiser.

Ao que ele respondeu de imediato:

Você é incrivelmente engraçada e bonita. Vou te ligar em cinco minutos, apenas o tempo de beber o meu café. *Tu es superbe,* Samantha.

Esperei pela ligação, relendo a nossa troca de mensagens, me encolhendo de vergonha. Cinco minutos mais tarde (como prometido), o telefone tocou. Olhei para ele, com medo de atender. No terceiro toque, eu agi. Era melhor não me martirizar. Siga em frente, Sam.

— *J'ai la trique* — eu disse.

Jean-Luc não conseguiu dizer nada, de tanto que estava rindo. E foi contagiante. Entre minhas tentativas de recuperar o fôlego, assegurei a ele que, ah, sim, me dê algum tempo, porque esta vai ser a primeira de muitas gafes que eu com certeza vou cometer. Bodhi me cumprimentou com um de seus grandes beijos, a língua grudando no meu queixo e lambendo até meu olho.

— Não, não, não. — gritei — Se você ouviu a respiração ofegante, não fui eu. Foi o Bodhi, o golden retriever dos meus pais. Deixei o telefone cair na cama.

— Você dorme com cachorros? — ele parecia chocado, talvez até com nojo.

No momento em que ele disse cachorros, Bodhi saltou de novo na cama, tomando seu lugar com os outros, Ike, Jack e Gunnar. Sim, minha cama era uma bola de pelo gigante de vários tamanhos e cores.

— Não. — expliquei — Só durmo com o Ike. Todos os outros vêm até a minha cama de manhã. — ou no meio da noite. Ou sempre que tinham vontade.

— Ah — ele respondeu com um suspiro.

---

13 Caramba!

— Por favor, não me diga que você não gosta de cachorro.

—Ah, eu gosto de cachorro. — ele começou — Mas...

— Mas o quê?

— Lugar de animal não é na cama.

De forma confessa, toda a minha família mimava seus animais além da razão. Se ousei contar a Jean-Luc que eu levava os cachorros para comer cachorros-quentes e para dias de praia? Não, eu teria de revelar uma bola de pelo de cada vez. E não era o momento.

— Qual é a sua altura? — perguntei.

— Mudando de assunto?

Sim.

— Não, é só que eu não me lembro. Todas as fotos ficaram com a Tracey.

— Pelo menos você tinha fotos. — era a vez dele de rir — Eu não tinha nada. Nenhuma carta, nenhuma foto. Nada. Você simplesmente me deixou parado nos trilhos do trem e desapareceu...

— Hahaha. Devo começar com os violinos? Porque essa é a história mais triste que eu já ouvi. Sem contar que eu pedi desculpas.

—Vinte anos depois.

— Ah, você nem se lembrava de quem eu era. — tínhamos encontrado um ritmo natural com as provocações de brincadeira, mas a minha pergunta tinha sido deixada sem resposta — Eu realmente gostaria de saber. Qual é a sua altura?

— Por volta de 1 metro e 76.

Ele tinha dito a uma garota americana sua altura em metros em vez de pés e polegadas? Metros? Eu não tinha tempo de fazer a conversão da medida no Google. Então fiz o que qualquer mulher que não quer fazer papel de idiota faz: fiquei quieta.

— Qual é a sua altura? — ele finalmente perguntou, quebrando o silêncio desconfortável.

—Tenho 5 pés e 5 polegadas.

Ele prendeu a respiração.

— *Oaouh, oaouh, oaouh*, eu não lembrava que você era tão alta, quase a minha altura. Altura de modelo.

— Não é verdade. — respondi, me perguntando se as modelos francesas eram tão baixas. E espere um segundo. Ele tinha a mesma altura que eu? Achei que eu pudesse superar; afinal, inteligência e senso de humor eram mais importantes, mas realmente limitaria a minha escolha de sapatos — Imagino que, quando a gente se encontrar, não vou poder levar meu salto 8.

— Querida, é claro que pode. Você vai andar na rua, e eu na calçada — ele riu, de coração dessa vez — Existem outras medidas que você queira saber?

Um rubor tomou conta das minhas bochechas. Meu rosto ficou quente.

— Não. Não existem outras medidas que eu queira saber — rolei para fora e desci da cama para o chão, ofegando de histeria.

— Meu Deus! Não acredito que você acabou de me perguntar isso.

Devido à forma como Jean-Luc e eu tínhamos nos conectado nos momentos mais sérios, assim como nos mais bem-humorados, meu instinto me disse para aproveitar ao máximo o tempo que passava com meus pais, especialmente com minha mãe. Já que tinha perdido sua juventude cuidando de mim pequena, minha mãe estava revivendo seus 20 anos de novo, e ganhou o bem-merecido apelido de Anne-imal de Festa. Muito para o desgosto do meu pai, agora ela tinha a mim para sair, e quarta-feira à noite era noite de karaokê em um dos pontos quentes de Malibu. Por isso, minha mãe convidou algumas de suas amigas para se encontrar com a gente, e eu convidei a Stacy. Chegamos cedo ao Malibu's Wine Barrel para pegar uma mesa e comer alguma coisa. Eu nunca tinha ido lá antes e tinha de admitir: o lugar era legal. Com paredes de madeira escura, um bar gostoso, exceto pelo fato de que ficava ao lado de um Bank of America num centro comercial.

Por cima de uma bandeja de queijo e um pecaminoso, mas delicioso Pinot Noir, logo descobriria que a minha reputação tinha chegado antes de mim. Graças à minha mãe, todos na cidade sabiam sobre a minha história com o meu francês, o que também significava que eu era o centro das atenções, especialmente entre todas as solteiras recentes. Um dos amigos da minha mãe me apresentou a uma garota de Nova York chamada Rainbow, que também estava passando por um divórcio. Fizemos amizade rapidamente.

Um belga enlouquecido, tentando mostrar os pontos altos de Malibu, comprou cinquenta garrafas de champanhe e as mandou para cada mesa no local. Ele percorreu o bar, dizendo a todos que era o herdeiro da fortuna de um famoso autor de livros infantis e que tinha todos os direitos de licenciamento. Engraçado, eu sempre pensei que aquele autor em particular era da Inglaterra. Depois que tentou flertar com todas as mulheres da nossa mesa, sem sucesso, ele finalmente deixou o nosso canto, e a conversa voltou imediatamente para Jean-Luc.

— Quando você for para a França, pode trazer um francês para mim também?

— Como ele é?

— Ele tem irmão?

—Você tem alguma das cartas aqui?

Ali estava eu, no meio de uma mudança, com uma aventura emocionante e muito esperançosa aguardando por mim. E eu percebi como tinha sorte por estar me apaixonando.

9
Que comece a aventura amorosa

Talvez fosse porque estamos inundados por garotas sexys com lábios carnudos em poses sensuais — anúncios para aulas de *pole dancing* e catálogo da Victoria's Secret, para não mencionar todos os perfis atrevidos no Facebook. Talvez tenha sido porque eu queria aumentar o calor no meu relacionamento já fervente com Jean-Luc. Talvez tivesse sido porque eu também queria me sentir sexy. Talvez fosse porque, pouco a pouco, o medo estivesse deixando o meu corpo. De qualquer forma, não importava o que havia me inspirado, eu decidi enviar algumas fotos provocantes minhas a Jean-Luc, algo que eu nunca tinha tido a coragem de fazer antes.

Meu MacBook tinha uma câmera embutida. Então, sentei na minha cama em diferentes poses e em estados variados de não muita nudez — minha blusa pendurada no meu ombro, um pedaço da renda do meu sutiã aparecendo — tirando foto depois de foto. Quando terminei, de umas cem fotos, eu apaguei todas, exceto três. E não havia a menor possibilidade na face da Terra de que eu as enviaria a Jean-Luc. Pelo menos não do jeito que estavam. Abri o Photoshop e reduzi cada foto ao tamanho da unha do meu dedo indicador e as coloquei num arquivo, meio que um tríptico. Feliz com o meu esforço criativo, anexei a imagem e enviei. O telefone tocou alguns minutos mais tarde.

— Sam, a foto que você mandou era muito pequena, mas a tela do meu computador é como uma lente de contato. Alguém do meu trabalho entrou...

— Meu Deus. Eles viram alguma coisa? — minha voz tremeu de pânico. Eu finalmente tinha ganhado coragem para fazer uma coisa dessas, e agora provavelmente o mundo inteiro, ou pelo menos o escritório de Jean-Luc, estava rindo de mim, a garota americana que não conseguia sequer enviar uma foto provocante do jeito certo.

— Como alguém conseguiria ver alguma coisa? Quanto mais eu a ampliava, pior ficava a qualidade, tudo quadriculado.

— Esse negócio de sedução é algo novo para mim.

— Você só pode imaginar o quanto eu quero te ver. Você é linda, Sam.

Comandados por sua voz confiante, meus nervos se acalmaram no mesmo instante. Talvez fosse o sotaque francês? Talvez fossem as inflexões sensuais e macias em seu tom de voz? Fosse o que fosse sobre ele, funcionava, e ele sempre sabia as coisas certas para dizer. Ele sustentava minha balança de Libra bem no meio, em perfeito equilíbrio.

— Tenho más notícias.

Meu coração disparou. Ele estava me agradando antes de soltar a bomba.

— O que foi?

— Meu carro explodiu.

O quê? Explodiu? Talvez a futura ex estivesse por trás daquilo? Será que ela estava atrás dele? Pelo que ele me disse, ela era meio fora de prumo.

— Alguém bombardeou o seu carro? A Natasha?

— Não seja ridícula. Era um carro velho, uma BM *Double V*. Ele simplesmente morreu. Não tinha nada que pudesse ser feito. — esperei que ele gritasse, reclamasse. Mas ele não fez nada, apenas suspirou — Não se preocupe. Isso não vai estragar a nossa viagem. Eu já dei uma olhada em aluguel de carro.

— Ah.

Sendo pragmática, ou talvez paranoica, eu não estava prestes a voar mais de oito mil quilômetros sem algum tipo de plano de reserva para casos de emergência. Então, muitas coisas poderiam acontecer. Primeiro de tudo, Jean-Luc iria dirigir mais de sete horas de Toulouse para me buscar no aeroporto Charles de Gaulle, em Paris. O carro dele podia "explodir". De novo. Além disso, minhas preocupações não paravam com problemas mecânicos ou acidentes fatais. E se a gente não se reconhecesse? Ou, como a vingança perfeita para meus vinte anos de silêncio, ele poderia mudar de ideia no último minuto, sem nem se incomodar em me buscar, me deixando em Paris sozinha.

E se as fotos que tinha me enviado não fossem mesmo dele? E se não correspondessem ao verdadeiro Jean-Luc? Eu já tinha visto o filme de Liam Neeson, *Busca implacável*, em que a máfia albanesa sequestra e droga mulheres para vender como escravas sexuais. Os traficantes escolhiam as presas em Paris, no Charles de Gaulle, o aeroporto para o qual eu estava indo.

Sim, eu sabia que minha imaginação estava a todo vapor, correndo pela via rápida da paranoia a mil quilômetros por hora. Eu sabia o que Jean-Luc diria: não fique nervosa. Porém, dizer e fazer são duas coisas diferentes. Eu tinha pensado em todas as situações, não importava o quanto fossem insanas. Já que meu cavaleiro de armadura brilhante não iria aparecer a cavalo na esteira de bagagens, eu precisava ser cautelosa. Talvez um pouco mais do que o habitual.

— Jean-Luc, eu tenho um pequeno favor a pedir.

— Qualquer coisa, princesa.

— Vocês têm aqueles celulares baratos pré-pagos aí na França?

— Sim, minha filha tem um para emergências.

— Você poderia comprar um para mim e me enviar com crédito? — fiquei me perguntando se era um pedido mal-educado — Claro, eu te pago depois. Eu só gostaria de um meio de entrar em contato com você. Sabe, em caso de acontecer alguma coisa.

— O que poderia acontecer?

Com muita paciência, ele me ouviu explicar todas as razões pelas quais eu sentia a necessidade do telefone. À medida que as palavras saíam da minha boca, eu percebia o quanto eu era ridícula. Para encobrir minhas pegadas, contei a ele como a minha irmã tinha me provocado sobre ele poder ser um traficante de pessoas para a máfia albanesa.

Quanto mais eu tagarelava, mais fundo ficava o buraco que eu estava cavando.

— Querida, querida, querida, eu acho que é uma ideia excelente. — agora eu estava convencida de que Jean-Luc conhecia a regra de ouro: um homem sempre concorda com uma mulher, especialmente quando ele quer parar uma lenga-lenga ridícula —Vou te enviar nosso telefone extra amanhã.

Suspirei de alívio.

— Querida, antes que eu te deixe, preciso do seu conselho sobre um assunto. Me diga a sua preferência. Onde você quer passar a última noite? Em Versailles ou em Paris?

Já que eu nunca tinha visitado Versailles, o subúrbio abastado de Paris, famoso pelo seu castelo suntuoso, a ideia era tentadora. No entanto, pensei que seria absolutamente romântica se Jean-Luc e eu ficássemos em Paris, o lugar em que nos conhecemos. Juntos, poderíamos refazer nossos passos: comer no Dame Tartine, tomar uma taça de vinho do Porto num café ao ar livre na Champs-Élysées e caminhar até seu antigo apartamento. Ou então a gente poderia criar uma nova memória, uma ainda melhor.

— Me surpreenda. — eu disse por fim — Fica inteiramente a seu critério. Estou nas suas mãos.

— Mal posso esperar — disse ele.

Nem eu.

As duas semanas seguintes foram um borrão de caudas de cachorro e uma confusão de dias quentes de verão em Malibu. Dois dias antes de eu partir para Paris, convidei Stacy para dar um mergulho na piscina dos meus pais — um bônus extra de morar em casa, um alívio bem-vindo para o verão de mais de 30 graus e o Sol implacável. Assim, minha nova amiga (e chefe) estava comigo, quando o pacote de Jean-Luc chegou. Além de um telefone celular verde, flores de lavanda e rosas secas caíram da caixa, provavelmente do jardim dele.

Stacy ficou de queixo caído.

— Quem faz isso? Nossa, é muito romântico.

Devia ser o toque francês.

— É romântico, mas isso aqui não é. — entreguei um segundo envelope à Stacy.

— Isso é o que eu acho que é?

— É.

Ela jogou os braços em volta de mim.

— Parabéns! Você é uma mulher livre!

Engoli em seco. Livre ou não, ver minha declaração de divórcio em toda sua conclusividade foi um pouco desconcertante. Não era apenas algum tipo de fantasia estranha; era real. Eu estava animada pelo futuro, mas também estava petrificada. Eu ainda era passeadora de cachorro, Jean-Luc e eu ainda não tínhamos sequer nos visto pessoalmente, e eu ainda estava vivendo na casa dos meus pais. O suor de levar cães para passear não era nada comparado ao suor do medo pelo desconhecido. Era hora de pular na piscina e tentar acalmar meus nervos.

Depois de um mergulho rápido, Stacy foi embora e entrei de novo em casa, me perguntando se eu tinha noção de que diabos eu estava fazendo. Como se para me responder, outro pacote embrulhado em papel estava na varanda da frente. Também era endereçado a mim, da Tracey. Dentro dele estava o álbum de fotos da nossa aventura europeia. Além disso, Tracey havia enviado junto seu diário de viagem preenchido com divagações de menina e u-la-lás, além das cartas e cartões-postais que Patrick tinha enviado a ela. Por hora, deixei aquilo de lado. Eu precisava ver as fotos, uma em particular. E lá estava ela: a foto de Jean-Luc e eu, em pé nos degraus da Sacré-Coeur, eu com um sorriso largo e louco, vestindo uma camiseta rosa-choque e uma bermuda jeans; ele segurando meu braço, sempre lindo, com uma camisa social branca e calça preta. Seus lindos lábios cheios estavam distendidos num meio sorriso. Uma nova onda de memórias atingiu meu cérebro ao ver as fotos, sentimentos há muito esquecidos, mas armazenados em algum lugar no meu interior.

Corri para dentro de casa com os pacotes em mãos. Em vez de contar à minha mãe sobre a declaração de divórcio ou sobre meu telefone de emergência enviado junto de flores secas de lavanda, eu gritei:

— A Tracey finalmente enviou o álbum de fotos! Jean-Luc é mais alto do que eu!

Não recebi resposta. Aparentemente, minha mãe estava fora, dando aula de ioga na associação. O que me deu bastante tempo para digitalizar todas as fotos no computador, enviar por e-mail a Jean-Luc, ligar para Tracey, terminar de fazer as malas. Que Deus não permitisse que eu esquecesse de nada. Eu devia estar fazendo e desfazendo as malas, verificando e verificando havia pelo menos três semanas. Na noite anterior à minha partida para o Charles de Gaulle, fiquei na sacada do meu quarto, procurando um último empurrão, um último sinal de que eu estava fazendo a coisa certa ao ir a Paris. Não encontrei nada inspirador, por isso enviei um e-mail a Jean-Luc.

De: Samantha
Para: Jean-Luc
Assunto: Uma mensagem...

Estava fazendo uma noite linda, por isso decidi dirigir até a praia e dar um passeio. Tentei procurar a infame estação espacial, aquela com a mensagem escrita, mas não consegui encontrar de jeito nenhum. Graças ao acaso, eu tinha uma garrafa de vidro, um pedaço de papel e uma caneta na minha bolsa. Então, sozinha sob as estrelas, eu te escrevi uma mensagem. Só que você vai ter de esperar para ver o que é, porque, sim, coloquei minha carta na garrafa e joguei no Pacífico. Talvez na próxima vez em que você estiver na praia, você a encontre.

Samantha

De: Jean-Luc
Para: Samantha
Assunto: Re: Uma mensagem...

Querida, acho que a sua mensagem não vai chegar a mim. Eu poderia falar como um cientista e explicar sobre trajetórias e padrões e tudo mais, mas tenho certeza de que iria te deixar entediada. Sinto muito, mas a garrafa não vai chegar aqui. Ou será que é a minha menina engraçada tentando me levar de volta para a estação espacial?

Beijos grandes, mais hoje do que ontem, mas menos do que amanhã.

De: Samantha
Para: Jean-Luc
Assunto: Re: Uma mensagem...

Esqueci de dizer: é uma garrafa mágica. Para encontrá-la, tudo o que você tem a fazer é seguir o seu coração.

Jean-Luc tinha entendido meu estilo ímpar de humor. Era o meu sinal!

Antes que eu percebesse, minha mãe estava me levando para o aeroporto.

— Está animada? — perguntou ela.

Eu olhava para a frente, as mãos cruzadas no meu colo.

— Pare de me perguntar isso. Você está me deixando nervosa.

— Me liga na hora em que você aterrissar. Quero ter certeza de que você chegou bem.

— Você só quer saber o que vai acontecer quando a gente se vir.

— Você pode me culpar?

— Não — respondi. Ela estava vivendo aquela aventura amorosa indiretamente por mim, desde o começo, alguns meses antes. Claro que ela queria saber o que ia acontecer.

— Então você está animada?

— Por favor, você realmente está me deixando nervosa.

Uma pausa.

—Você deve estar animada.

Duas horas mais tarde, eu estava espremida num assento de janela, logo acima da asa, com o coração disparado. O que ia acontecer quando o avião pousasse? Claro, Jean-Luc e eu tínhamos nos conectado há vinte anos. E tínhamos nos conectado ao telefone e em centenas de e-mails. Mas e se o homem por trás da tela e do telefone não fosse o homem que eu pensava? E se a atração física entre nós não fosse tão forte como o vínculo emocional que tínhamos criado?

Pelo alto-falante, vieram as instruções de segurança, primeiro em francês, depois em inglês. As duas incompreensíveis: murmúrios abafados pulsando em meus ouvidos como um dos adultos num especial do Snoopy. Uma tontura começou. Uma gota de suor escorreu pelo meu pescoço, acumulando na parte inferior das minhas costas. A mulher sentada ao meu lado sussurrou algo para o marido, deslocando seu peso para longe de mim. Desviei o olhar e olhei para fora da janela, implorando por uma chuva torrencial, queda de raio, qualquer coisa. Mas foi apenas mais um belo dia no ensolarado sul da Califórnia, sem uma nuvem à vista. O avião deu uma guinada para trás. Sério, o que eu estava pensando? Deixando o país com o coração cheio de esperança e algumas migalhas de dólares?

Eu precisava descer daquele avião.

Mas como? Eu era inteligente o bastante para saber que se eu gritasse "Bomba!" a plenos pulmões, algum oficial da aeronáutica à paisana me arrastaria para a prisão, chutando e gritando, com uma arma de choque apontada para meu pescoço.

Talvez eu pudesse fingir um ataque cardíaco?

Uma aeromoça vestida num terninho azul ajustado chamou minha atenção, dedos graciosos apontando as saídas de emergência, os banheiros. Tinha um penteado perfeito e usava o tom de batom vermelho mais novo da Chanel. Bonita. Pegando a rota confortável das calças folgadas e camiseta, eu não era exatamente um exemplo de estilo. E eu estava indo para a capital mundial da moda.

A mulher sentada ao meu lado me lançou um olhar preocupado.

— Com medo de voar, né?

Sua voz era macia, calma.

A minha, quando saiu num guinchado, não era.

— Não, eu ando de avião o tempo todo — imediatamente captei a confusão no rosto dela e decidi compartilhar o meu dilema — Sabe, estou prestes a me encontrar com um cara que eu não vejo há algum tempo, um longo, longo tempo. Ele é, hum, er, francês. Eu o conheci em Paris — ela torceu a boca. Achei que era a minha deixa para continuar — Eu o conheci há vinte anos. Agora nós dois estamos divorciados. Bem, não exatamente. O meu divórcio saiu há alguns dias. Ele ainda está cuidando do dele…

E por que eu estava dizendo tudo aquilo a ela? Eu precisava de remédio para diarreia. Verbal. Embora eu estivesse vivendo em Malibu, onde o visual enlouquecido loiro de olhos azuis era a febre, eu tinha certeza de que a tinha matado de susto, pois ela se inclinou para ficar o mais longe de mim possível. O foco precisava mudar de mim para ela imediatamente.

— Paris é uma cidade muito romântica, você não acha? Eu estive lá três vezes. E você?

— É claro que estivemos em Paris, mas estamos a caminho para visitar nossa família na Armênia. Só vamos fazer escala no Charles de Gaulle. — ela voltou a ler sua revista de fofocas — Boa sorte.

Em circunstâncias normais, eu consideraria seu comportamento rude, mas não fiquei surpresa quando ela não me pressionou para mais informações. Se a nossa situação fosse inversa, iria querer todos os detalhes suculentos. Cresci assim: uma mulher americana que não consegue evitar uma espiada nas manchetes dos tabloides no supermercado ou por cima do ombro da pessoa sentada ao meu lado.

Meu estômago quase caiu no meu útero quando o avião decolou. Eu me inclinei para a janela e apertei minha testa ao vidro, fazendo lentas respirações profundas, conscientes. Abaixo, Los Angeles se tornava uma minúscula partícula, o cintilante Oceano Pacífico como um lindo vestido de veludo azul digno de tapete vermelho. Uma vez que estávamos no ar, uma onda enorme de liberdade passou por mim. Minhas mãos soltaram os apoios para braços, e meus lábios se curvaram em um sorriso. Se Jean-Luc era tão incrível em pessoa como ele era em papel, e se criássemos um vínculo da forma como tínhamos criado da primeira vez, há vinte anos, então essa aventura amorosa valia o risco.

O longo voo me deu muito tempo para pensar sobre quando conheci Jean-Luc, em 1989, sobre o homem cujas cartas tinham inspirado as sete postagens no blog e o pedido de desculpas com duas décadas de atraso, o homem que agora me inspirava. Logo, em vez de estarem sentados num avião, meus pensamentos gravitaram para Paris, para aquela noite quente de verão, em 1989, bem na primeira vez em que vi Jean-Luc, e a memória passou em minha mente como um filme.

10

Duas tortas americanas no Dame Tartine

A segunda noite das minhas duas semanas de aventura europeia lá em 1989 teve todos os ingredientes para um romance clichê. Um café lotado? Em Paris? Um francês bonito? Sim, sim e, considerando que não havia um, mas dois franceses, duplo sim.

Tracey tinha uma visão muito melhor da mesa deles. Eu tinha de virar muito o pescoço para conseguir espiar por cima do ombro direito, fazendo um esforço para não ser descarada demais. Mas eu estava sendo. Meus olhos travaram com os de um homem sexy do outro lado do restaurante lotado. Foi amor à primeira vista — ou como dizem os franceses, *un coup de foudre* — um relâmpago, um choque no meu sistema. Antes que eu caísse da minha cadeira, fingi pegar alguma coisa da minha bolsa, um rubor manchando minhas bochechas.

— Então, qual deles você quer? — perguntou Tracey, como se pudéssemos encomendar os dois franceses do cardápio.

— Isso depende. Devo perguntar ao garçom se o cara de camisa verde acompanha fritas?

— Ah, graças a Deus! Eu estava prestes a decretar posse do de cabelo escuro. Camisa branca. — Tracey lambeu os lábios — Este poderia ser o melhor restaurante em toda Paris.

Podia não ser um restaurante três estrelas da Michelin, mas o Dame Tartine estava se tornando uma opção muito saborosa. Tínhamos descoberto o café da moda em frente a uma fonte louca — La Fontaine Stravinsky, perto do Centro Georges Pompidou, em Beaubourg. O café, em nossos olhos americanos, era muito francês, desde o toldo vermelho com letras douradas, até as cadeiras de madeira vermelha muito envernizadas e a placa escrita à mão com os pratos do dia. Até mesmo os garçons vestiam os pré-requisitos: a camisa branca, a gravata preta, o avental longo preto e a atitude parisiense esnobe. Como o preço era ideal para o nosso orçamento limitado, nós achamos que não havia melhor maneira de tomar parte da sociedade dos cafés parisienses do que nos sentarmos do lado de fora e ficar vendo as pessoas, cercadas por espirais de fumaça de cigarro, uma fonte extravagante de esculturas que se mexiam borbulhando no plano de fundo.

O que nos demos conta foi que todo mundo havia tido a mesma ideia, naquela noite de verão ameno, pois o terraço estava lotado. Famintas demais para procurar outro lugar, concordamos quando o anfitrião sugeriu que sentássemos do lado de dentro. Mal sabíamos que a vista a partir da nossa mesa seria muito mais... cativante.

— Tracey, pare de olhar. — eu disse com os dentes cerrados, tentando impedir que meus lábios se mexessem. Como se, mesmo que eu estivesse de costas, o cara de camisa verde pudesse saber que eu estava falando dele. Endireitei as costas no assento, com a certeza de que até mesmo a minha postura fosse me entregar.

Tracey nem sequer tentou esconder seu olhar de cobiça. Seus olhos castanhos brilhavam com algo que só posso descrever como luxúria enlouquecida. Mudei meu corpo de lugar para bloquear sua visão.

— Estou falando sério. Para de fazer isso. Eles vão pensar que você tem algum problema.

— Não consigo evitar, Sam. É como se eu estivesse hipnotizada. O de cabelo escuro é tão lindo. Parece um Tom Cruise francês — ela fez uma pausa — Só que muito, muito mais bonito.

Embora eu me sentisse tentada a me virar e confirmar a comparação, ainda estava me recuperando do choque no meu coração. Em vez disso, eu me inclinei para a frente, coloquei os cotovelos sobre a mesa coberta com um papel branco. Migalhas de pão crocante e granuloso pinicaram minha pele.

— O que eles estão fazendo agora?

Tracey franziu as sobrancelhas.

— Acho que eles estão indo embora.

Não, não, não! O romance que eu tinha criado na minha cabeça não poderia terminar antes mesmo de começar. O francês de camisa verde, aquele com os lábios sensuais e olhar penetrante, ele e eu *tínhamos* de nos apaixonar perdidamente. Teríamos um caso selvagem, juraríamos nosso amor eterno, e depois, quando eu me formasse na faculdade, eu me mudaria para lá: Paris.

Não era o sonho de toda garota americana?

Mas, certamente, aqueles dois caras tinham coisas melhores para fazer do que pegar turistas americanas de 19 anos e realizar suas fantasias irrealistas. Era provável que tivessem namoradas francesas sexys o tipo de mulher que Tracey e eu tínhamos visto durante todo o dia — as voluptuosas, de cabelos brilhantes longos e lábios carnudos perfeitos, aquelas cujo estilo só poderia ser chamado de parisiense, quer elas estivessem usando vestidos de verão ou os mais chiques da Chanel. Sim, aquelas mulheres eram do tipo que poderiam baixar a autoestima de qualquer pessoa com um olhar fixo calculado, a partir de seus ardentes e delineados olhos amendoados.

Tracey e eu tínhamos tentado o nosso melhor para nos misturar, numa débil tentativa de parecermos sofisticadas e sexys mas Paris não era para o nosso bico. Nossas camisetas com ombreiras enormes engoliam nossas silhuetas pequenas. Somando-se a isso, nossos cintos pretos gigantes, com enormes fivelas prateadas, minissaias pretas, sapatos pretos de couro envernizado e saltos médios, você tinha dois desastres da moda no fim dos anos 1980.

Esse pequeno revés não causava a mínima intimidação em minha amiga. Ela afastou o cabelo dos ombros, e um largo sorriso irrompeu. Seus longos brincos prateados balançavam para frente e para trás, um metrônomo silencioso, batendo no tempo do meu coração decepcionado.

— Por que você está sorrindo assim? — fiz uma careta — Na verdade, por que você está sorrindo para tudo? Eles. Estão. Indo. Embora.

Além de levantar as sobrancelhas, Tracey não precisou dizer outra palavra. Fiz outra tentativa infeliz de lançar um olhar furtivo por cima do meu ombro para encontrar nossos dois franceses se aproximando da nossa mesa, num passo confiante.

O ar estava elétrico.

Antes que eu percebesse, um deles estava bem atrás de mim.

— Americanas? — perguntou uma voz profunda, com sotaque.

Perdão?

Sério, o que tinha dado neles? Podíamos não estar arrumadas como as francesas que assombravam nossa visão a cada esquina, mas com o cabelo escuro de Tracey, os olhos castanhos, e as feições angulosas, ela poderia facilmente ter passado por espanhola, italiana, grega, talvez até mesmo francesa. Eram meu cabelo loiro (ou ligeiramente alaranjado — culpa do Sun-In e do secador de cabelo) e olhos azuis que nos entregaram?

Tracey conseguiu suspirar.

— Somos, como você sabe?

Tirou as palavras da minha boca escancarada.

Os rapazes se posicionaram em frente à nossa mesa. O Tom Cruise francês da Tracey apontou para a nossa garrafa de vinho, e os dois riram.

— Nenhuma mulher francesa que se preze pediria uma garrafa de vinho *sans un bouchon*.

Independente do sotaque sexy, minha fantasia teve uma queda livre. Eles tinham vindo à nossa mesa para nos insultar? O que diabos era um *bouchon*? Só havia uma maneira de descobrir.

— *Bouchon*? — perguntei, encontrando olhares divertidos, e rapidamente eu desviei os olhos.

— Sem uma, hummm, uma rolha de cortiça.

— Ah, e, então... — eu disse, com um tom mais defensivo do que eu queria que fosse — o que a gente deveria ter pedido?

— Um jarro teria sido, humm, mais *ac-cep-ta-ble*.

Éramos jovens garotas americanas, sem a menor ideia de como pedir vinho, e quem melhor para apontar nosso erro crasso do que dois rapazes franceses? E eles estavam rindo. Rindo de nós. Por causa da tampa de rosca. Tracey e eu quebramos paradigmas ou o quê?

Nota: Na França, ainda não é ac-cep-ta-ble pedir vinho com tampa de rosquear.

Com olhos baixos, murmurei:

— Era o mais barato.

Tom Cruise francês cutucou o amigo de lado e disse algo rápido, rápido demais para que eu entendesse uma única palavra.

— Gostaríamos de propor a vocês uma boa garrafa de vinho — disse o objeto do meu afeto. Seu inglês era divertidamente formal, mas perfeito. — Porém com uma condição. Se nos permitirem a honra, gostaríamos de nos juntar a vocês em sua mesa.

Tracey sorriu tão grande, que fiquei surpresa por seu rosto não rachar no meio. Foi todo o incentivo de que eles precisaram. A fantasia estava de volta.

— Permitam-me me apresentar. Sou Jean-Luc — disse meu francês, puxando uma cadeira e sentando-se ao lado da... Tracey?

O Tom Cruise francês se sentou ao meu lado.

— *Mon* nome é Patrick.

Patrrriiick.

— Sou Tracey. — ela apontou para mim, adagas de confusão disparando de seus olhos — E essa é a Samantha.

— Samantha. — repetiu Jean-Luc — É um nome muito bonito. — ele se virou para Tracey, sem falar comigo — De onde você é?

Espere um segundo aqui.

O que estava acontecendo?

Era evidente que, a coisa toda com o vinho tinha sido uma estratégia bem encenada, e Jean-Luc e Patrick eram os mestres do "criticar para conquistar", muito antes de programas, como *The Pickup Artist* ir ao ar, ou livros, como *O código Bro* serem publicados, mas eu pensei que tinha pintado um clima entre Jean-Luc e eu.

Eu podia ter sorrido por fora, mas por dentro eu estava gritando.

11

Talvez um mímico possa nos indicar a direção certa

Jean-Luc chamou o garçom com um movimento confiante do pulso. Achei impossível não olhar para seus lindos lábios arqueados, enquanto ele falava com o atendente. Ele poderia ter dito qualquer coisa e eu teria desmaiado com a melodia, a bela língua francesa rolando de seus lábios. A camisa social esmeralda-escuro valorizava seus olhos castanhos.

Olhos que eu tinha pensado serem para mim.

Não que eu não achasse Patrick atraente. Ele era um espécime perfeito de um homem com a boa aparência de uma estrela de cinema. Seu cabelo era castanho-escuro, quase preto, e ele tinha lindos olhos azuis cristalinos. Como Jean-Luc, ele também tinha lábios bonitos e um furinho sexy no queixo. No entanto, algo a respeito dele era perfeito demais — pelo menos para o meu gosto.

A única coisa que Tracey e eu podíamos fazer era tentar superar aquela situação potencialmente embaraçosa, embora a gente nunca tivesse passado por nada parecido antes. No ensino médio, as coisas sempre funcionavam a nosso favor. Ela namorava um cara. Eu namorava o melhor amigo. Eu namorava um gêmeo. Ela namorava o outro. Depois de uma separação amigável, eu até arranjei as coisas para ela ficar com um dos meus ex. Ela o apelidou de beijador Pac-Man depois de uma sessão de amassos do tipo "vou engolir sua cara", na qual ele quase deslocou a mandíbula dela. Boas intenções à parte, *aquele* caso foi de curta duração. Sim, os garotos tinham ido e vindo, mas a nossa amizade sempre tinha ficado em primeiro lugar, e nenhum garoto nunca quebrou nosso vínculo.

Resignada por nosso destino, sorri para Tracey com um encolher de ombros. Ela retribuiu o sorriso. As coisas poderiam ter sido piores. Afinal, estávamos sentadas em um café não com um, mas com dois franceses bonitos em Paris. Quem éramos nós para reclamar?

Nosso garçom retornou com uma carta de vinhos e a entregou a Jean-Luc.

—Vocês pediram alguma coisa para comer? — ele perguntou — Eu gostaria de harmonizar a escolha com o vinho.

Normalmente, eu era o tipo de garota que falava a mil por hora, o tipo que adorava atenção, flertava com o melhor deles. Eu queria responder, mas estava tão nervosa que já era difícil falar inglês, que dirá francês. Estranho. Eu havia ficado pasma num silêncio constrangedor.

— Nós duas pedimos o *co...* frango com molho de vinho. — disse Tracey, vindo ao meu resgate mais uma vez — E vocês?

Sufoquei uma risada, certa de que Tracey não queria pronunciar mal a palavra "*coq*" em *coq au vin*, para não parecer "cocô ao vinho". Jean--Luc estalou os lábios, como se quisesse dizer "sem problemas".

— Já fizemos nossas refeições. O vinho é para vocês.

Ótimo. Eu não sabia se meus nervos iriam aguentar. Eles iam ficar vendo a gente comer? Ou eu tinha algum tipo de transtorno de ansiedade social, ou era o nervosismo dos primeiros encontros que me deixavam na borda da cadeira. Ele pensaria que eu estava comendo como uma porca? Será que alguma coisa ia ficar presa nos meus dentes? Como um pedaço de espinafre? Ou pimenta do reino? Tracey, por outro lado, ainda estava sorrindo como uma boba. O garçom bateu a caneta no seu bloquinho, impaciente. Com um floreio de movimentos de mão, Jean-Luc apontou para algo no menu, e eu pude ver as palavras *vin blanc*. Vinho branco. O garçom, com um jeito tipicamente parisiense, revirou os olhos e disse:

— *Bon choix.* — boa escolha.

Jean-Luc disparou uma piscadela sexy na minha direção.

— Acho que você vai gostar da minha escolha. — seus olhos me disseram o que os lábios não tinham dito: ele também sentia a conexão.

— O que traz vocês a Paris?

Seu olhar não deixou o meu. Tracey aproveitou a oportunidade para paquerar Patrick; um ligeiro reposicionamento da cadeira, uma jogada de cabelo, e ela estava pronta.

Levei um segundo, mas consegui encontrar minha voz.

— Bem, minha família se mudou para Londres no ano passado, por isso Trace e eu vamos percorrer todo o caminho de trem da Eurail enquanto temos a chance. — fiz uma pausa. Para que ele não pensasse que eu era alguma americana mimada, gastando dinheiro do papai, eu precisava deixar algo claro — Trabalhei em três empregos durante o verão para pagar a viagem: garçonete e estágio.

— E quando você não está viajando pelo mundo, trabalhando de garçonete, ou estagiando?

— Faço mestrado em artes na Universidade de Syracuse. Design de Publicidade.

— Ah, arte. Tem demais em Paris. Você já foi a algum dos museus?

— Bem, hoje, fomos ao Louvre, ao Musée de l'Orangerie, e ao Musée Picasso. Ontem, fomos a Notre-Dame, fizemos o passeio de barco pelo Sena num *bateau mouche*, visitamos a Torre Eiffel e...

— Como você pôde visitar todos esses museus em um dia? Só o Louvre precisa de uma semana para ser visitado.

Se eu me atrevi a contar que Tracey e eu tínhamos corrido pelo Louvre em uma hora, passando direto pela *Liberdade Guiando o Povo*, de Delacroix, pelos Rembrandts, Caravaggios, Renoirs e Van Goghs, até a *Mona Lisa*, apenas para ficarmos decepcionadas ao descobrir a pintura famosa exibida atrás de vidro blindado e cercada por turistas munidos de câmeras fotográficas? Ou que tínhamos passado uns bons quinze minutos imitando as esculturas gregas sem braços, enfiando nossos braços dentro das nossas camisetas? Não, algumas coisas ficavam melhores não ditas. Eu devia mostrar o meu melhor sapato de couro envernizado e fingir que eu tinha pelo menos um pingo de sofisticação.

—Você sabe como é. É a nossa primeira viagem a Paris. Tantas coisas para ver e fazer, tão pouco tempo.

Jean-Luc me mantinha cativa em seu olhar.

— E você gostou do que viu?

Corando, assenti. Em vez de entrar no jogo com um gracejo sedutor, meu modo idiota entrou em ação.

— Fomos naquela roda-gigante enorme no Jardin des Tuileries ontem à noite. Foi incrível. Quando estávamos no topo, deu para ver Paris inteira. A Torre Eiffel parecia uma árvore de Natal, com todas aquelas luzes!

Meu Deus, eu parecia uma criança, tagarelando sobre uma roda-gigante e luzinhas piscantes. Logo eu provavelmente entraria em alguma diatribe sobre o quanto os mímicos perto do Louvre me assustavam, bloqueando o meu caminho com as caras pintadas, as camisas listradas, os suspensórios, e as boinas vermelhas.

— Ah, sim! Você escolheu o melhor momento para vir a Paris. É o *Bicentenaire de la Révolution Française*, uma festa que vai durar o verão todo. É uma pena que não estivesse aqui para o *quatorze juillet*. Fogos de artifício lindos iluminaram a noite. Tinha apresentações na rua, na Champs-Élysées.

Et voilà. Era hora de impressioná-lo com um pouco de conhecimento.

— Dia da Queda da Bastilha, certo?

— *Oui, c'est ça*[14] mas um muito especial. O bicentenário.

Talvez alguém tivesse sugerido que o Patrick devesse ensinar algumas frases em francês para Tracey? Talvez os rapazes tivessem ido ao banheiro e trocado de assento depois de voltarem? Não importa como aconteceu, tinham feito uma dança das cadeiras e a situação esquisita havia sido corrigida. De alguma forma, eu me encontrei sentada ao lado de Jean-Luc, com ele esclarecendo a história da Revolução Francesa, o que só achei interessante por causa do entusiasmo que ele tinha pelo passado de seu país. E porque ele era atraente.

---

14 Sim, é isso.

Naturalmente, eu tentei impressionar Jean-Luc, gastando meu francês mutilado, mais conhecido como *franglês*, o que o divertiu muito. De forma curiosa, ele insistiu em "praticar" o inglês dele, que já estava perto da perfeição. Já quanto a Tracey, que não falava francês, salvo algumas palavras como *bonjour* ("bonjor") ou *au revoir* ("orrivar"), e Patrick, que só falava um pouco de inglês, bem, a conversa deles foi um pouco mais animada — como no caso dos mímicos fora do Louvre, havia muitos gestos.

— Tenho de ser honesto. — disse Jean-Luc — Encontrei coragem para vir falar com você depois de me aproximar primeiro da Tracey. Você estava de costas para mim. E, ela, *et alors*, como eu posso dizer, pareceu mais amigável.

Meu coração falhou algumas batidas.

Olhando por cima da mesa, não pude deixar de pensar sobre quando conheci a Tracey, no meu primeiro ano do ensino médio. Quando ela se apresentou, estendeu a mão e disse:

— Sacode.

E quando estendi a mão para cumprimentá-la, ela puxou a dela e sacudiu os ombros num estilo Copacabana bizarro. Seus olhos castanho-escuros encontraram os meus e ela disse:

— Você parece divertida. Sei que vamos ser amigas. — então ela se virou e desfilou pelo corredor como se não tivesse uma preocupação no mundo. Depois disso, tinha sido minha intenção evitar a garota a todo custo. Mas acho que não consegui sacudi-la de perto de mim. Ri silenciosamente com a memória, me perguntando como Jean-Luc havia conhecido Patrick. Daí, perguntei.

— Servimos juntos no exército, oficiais em treinamento no Salon-de-Provence, no sul da França. — ele estufou o peito com orgulho e disse algo que pareceu com: — Eu era um *tenan*.

— Tem não? Pode soletrar, por favor? — perguntei. E ele soletrou — Aaaah, um tenente. Então, você é um oficial e um cavalheiro?

— E doutor também. — ele riu — Mas não um doutor médico. Estou terminando meu doutorado.

Meu Deus, aquele cara era a fantasia suprema de uma garota. Toda mãe no planeta aprovaria. A *minha* teria aprovado. Jean-Luc passou a explicar como, com 26 anos, ele tinha chegado a trabalhar no equivalente francês da Nasa e falar quatro ou cinco idiomas diferentes, incluindo o russo. Sério, apesar de Jean-Luc ser francês, meu avô, uma espécie de coronel aposentado de *Grande Santini*, Poppy, teria dado a Jean-Luc seu selo de aprovação. Status de oficial superava qualquer coisa.

Eu estava andando nas nuvens. Até minhas inseguranças desabarem como um meteoro traiçoeiro.

Terra para Sam! Entre, Sam!

Eu me perguntava: Por que, em nome de Deus, Jean-Luc estava perdendo tempo comigo? Ele devia estar atrás de alguma coisa, certo? Afinal de contas, nós, meninas americanas, tínhamos a reputação de soltar a franga quando viajavam pela Europa, levantando as blusas e tirando a calcinha para qualquer estranho bonito que cruzasse nosso caminho. Sem nada melhor para fazer numa noite de segunda-feira, talvez ele e Patrick estivessem vasculhando as ruas com esperança de conseguir levar alguém para a cama.

— Então, você e Patrick têm o hábito de pegar garotas americanas em cafés turísticos?

Um flash de entendimento despertou nos olhos de Jean-Luc.

— Ah, mas esta é Paris no verão. Turistas tomam conta da cidade. Todos os museus, todas as ruas. Eles visitam até nossos esgotos. No café é seguro. — ele levantou uma sobrancelha e estalou os lábios — Só para seu conhecimento, você é a primeira garota americana que já conheci.

— Ah, tá.

— É verdade. E agora eu não acredito no que eles dizem, os estereótipos.

— Que seriam?

— Americanos não têm educação.

— Estive no meu melhor comportamento. — sorri — O que mais?

— Não têm cultura.

— Tenho de te lembrar da garrafa de vinho com a tampa de rosquear?

— Você fala francês.

— *Pas bien.*

— Pelo menos você tenta. E tem uma paixão pela arte.

— É meu mestrado.

Jean-Luc segurou minhas mãos.

—Você é diferente de qualquer outra garota que já conheci.

— Por favor, me diga que isso não é um insulto.

— *Et alors*, você não só é bonita, como é inteligente e divertida. É difícil encontrar as três características em uma só pessoa — intensidade e veracidade brilhavam em seus olhos — Vai ficar em Paris por quanto tempo?

Eu podia estar louca, mas estava passada. Engoli em seco.

—Vamos embora amanhã.

— Então, esta noite não pode acabar nunca.

12

E a noite nunca acaba

O nervosismo do "primeiro encontro" finalmente se acalmou.

Passei pelo *coq au vin* sem quaisquer catástrofes alimentares embaraçosas, nem um pedaço perdido de frango ou de pimenta preso nos meus dentes. Claro, eu tinha me lembrado de não engolir meu jantar como um porco faminto em um cocho cheio demais, e de não falar com a boca cheia. Mas quer eu estivesse usando o garfo certo ou não, a companhia na nossa mesa ofuscava a refeição, e a conversa, junto da nova garrafa de vinho, fluiu.

As onze e meia da noite se aproximavam. Hora de fechar. Tínhamos passado da hora no café. Os garçons colocavam as cadeiras em cima das mesas, lançando a nós olhares de reprovação. Mesmo que não tivessem jantado com a gente, Jean-Luc e Patrick pagaram pelo nosso jantar e sugeriram que a gente fosse à Champs-Élysées para um *digestif*. Eu não fazia ideia de como tínhamos chegado ao mais ilustre boulevard de Paris. Até onde eu sabia, poderíamos ter sido teletransportados, afinal, estávamos com um cientista de foguetes. E, de repente, estávamos lá.

O bar escolhido tinha uma visão distante do Arco do Triunfo, brilhando num tom dourado, e a vida noturna parisiense piscava. Patrick e Jean-Luc pediram bebidas. Maravilhada com Jean-Luc, depois de olhar para o Arco do Triunfo, não vi mais muita coisa. Rindo com a minha melhor amiga e dois franceses encantadores, pensei: *Vida, não tem como ficar nem um pouco melhor que isso.*

Na frente de Tracey e Patrick, o garçom colocou dois copos cheios até um quarto do volume com um líquido amarelo-dourado e um ou dois cubos de gelo, que não estavam conseguindo vencer a guerra contra o calor do verão. Como acompanhamento, ele colocou uma pequena jarra de água. Duas tacinhas com um vinho tinto inebriante foram colocadas na frente de Jean-Luc e mim.

— Normalmente — disse Patrick, seu sotaque era pesado e suas palavras eram lentas e conscientes —, o *pastis* é servido como *aperitif*, mas também é uma boa bebida nas noites quentes de verão. — Patrick colocou um pouco de água na bebida dele e na de Tracey, e diluiu a mistura até alcançar uma tonalidade amarelo-pálido.

— O que é isso? — perguntou Tracey.

— Uma bebida com sabor de anis — respondeu Jean-Luc.

Tracey cheirou seu copo e tomou um gole hesitante.

— Humm, é, hum, forte. — eu poderia dizer pela sua expressão que ela não tinha gostado. Ela estendeu a taça — Aqui, Sam, é bom mesmo, experimente.

— Não, obrigada. Acho que vou ficar com o vinho. Não quero misturar.

— Não é vinho. — disse Jean-Luc — É porto. Já experimentou alguma vez?

— Não. Faço parte de uma irmandade. Nas fraternidades, somos apresentadas ao ABC da Cerveja.

A boca de Jean-Luc se contorceu num esgar.

— Não gosto de cerveja.

Tomei um gole do porto, rico e espesso.

— Pensando a respeito, nem eu.

Logo, eram duas da manhã, o horário de fechamento do nosso novo refúgio. Mas por que parar nossa aventura amorosa em Paris, certo? Tracey e eu não queríamos voltar para o nosso albergue depois de termos bebido na Champs-Élysées, e Patrick era sócio de alguma casa noturna exclusiva.

Pelo que me lembro, a viagem de táxi foi tanto extasiante, como aterrorizante. Corremos pelas ruas de Paris, pelas fachadas históricas de pedra e pelos pedestres num borrão. Onde quer que estivéssemos indo, eu queria chegar lá viva. Deus do céu, o jeito com que os parisienses dirigem — parecendo os taxistas enlouquecidos de Nova York, só que pior — me deixou morta de medo. No banco de trás, uma das minhas mãos cobria meus olhos e a outra repousava sobre a coxa de Jean-Luc. Sua colônia aromática, cítrica e picante, flutuava até minhas narinas. Sofisticado, mas sutil, a atração àquele perfume foi instantânea. Francês demais. Inebriante. A energia sexual entre nós era palpável, mas além de acariciar as costas da minha mão com o polegar, ele não fez seu avanço... ainda.

Por fim, chegamos ao nosso destino: La Bas, um lugar exclusivo que, tal como nos foi dito por Patrick, servia principalmente à ilustre burguesia e ao ilustre público da moda parisienses. Enquanto caminhávamos para o clube, o baixo da música dance dos anos 1980 tinha uma batida que acompanhava a do meu coração. *Tum. Tum. Bum. Tum. Tum. Bum.* Patrick nos levou a uma fileira de sofás de couro, escondida num canto escuro, longe das luzes intermitentes da pista de dança.

O clube estava vazio, exceto por um ou dois outros casais. Estava escuro. O DJ tocava o hit popular da época, "Lambada", de Kaoma. Jean-Luc me puxou para perto, suas mãos nas minhas costas, minhas mãos em seus ombros. Um pouco de dança atrevida se transformou num beijo. Assim que começamos, não paramos mais. Uma total demonstração pública de afeto, mas quem se importava? Aquilo não era uma ficada típica de faculdade, ou sessão de amassos. Era uma intensa, completa e absoluta experiência fora do corpo. Não posso falar por eles, mas acho que Tracey e Patrick também estavam se divertindo.

Hey, se *Negócio arriscado* tinha nos ensinado alguma coisa, de vez em quando, a gente tinha de testar como os franceses... beijavam. Pelo menos até a casa noturna fechar. O que, naturalmente, aconteceu. Às seis da manhã, fomos expulsos da boate. O Sol ofuscante já estava em seu lugar no horizonte, os parisienses andando apressados pelas ruelas de paralelepípedos, seguindo caminho para o trabalho e iniciando seu dia.

Não nos deixando ir embora sozinhas, Jean-Luc e Patrick escoltaram Tracey e eu até nosso albergue da juventude.

O albergue ficava num belo edifício coberto de vinha, com uma fachada de pedra de cor creme, localizado no 4º distrito, bem no coração de Saint-Gervais, uma área conhecida por suas ruas estreitas, mansões particulares e casas geminadas. Não tinha como a localização ser melhor: dava para ir andando a Notre-Dame, ao Sena e, é claro, ao Centro Georges Pompidou, onde conhecemos Jean-Luc e Patrick. Nosso quarto podia ter o mínimo necessário, nada além de duas beliches, mas era limpo e barato. A única desvantagem era ter de dividir nossos aposentos com duas sul-africanas empertigadas, loiras de olhos azuis.

Jean-Luc sorriu.

— Esta é uma das minhas ruas favoritas em Paris. Venho aqui para fugir. Amo a história daqui.

Em silêncio, observamos nosso entorno. Um caminho de tijolinhos levava à bela Église Saint-Gervais, que era a igreja mais antiga na margem direita do Sena. Luminárias de ferro tradicionais estavam penduradas nas laterais dos edifícios. Bicicletas com cestas de vime estavam estacionadas em frente ao café local, cuja fachada era pintada de azul. Nós quatro ficamos em frente às portas de madeira entalhada do albergue, bem debaixo de varandas de ferro ornamentado estilo Julieta, com nossos próprios Romeus franceses. A despedida, de fato, foi uma doce tristeza. Mas o romance não poderia terminar. Não ainda! Tínhamos quatorze horas restantes na cidade do amor! Patrick puxou Jean-Luc de lado. Tracey e eu nos encostamos na parede, falando em sussurros.

— Estou com cara de nojenta? — perguntei — Como um rato de esgoto parisiense?

— Seu cabelo está um pouco bagunçado, mas você está bonita. — ela fez uma pausa — E eu?

—Você nunca fica feia.

Um grupo de meninas saiu do albergue e parou no meio do caminho. Elas olharam para os nossos dois franceses bonitos e então avistaram Tracey e eu. Adagas de ciúmes dispararam de seus olhos.

— Você viu aquelas meninas secando o Jean-Luc e o Patrick? — perguntei.

— E você as culpa?

Nem um pouco.

Jean-Luc e Patrick se viraram para nos encarar.

— Patrick e eu temos dias de férias que podemos usar. Sem dormir, nenhum de nós consegue ir para o trabalho. Então, vamos buscar vocês daqui algumas horas, mostrar um pouco de Paris. — ele fez uma pausa — Se estiver tudo bem para vocês.

Ele estava brincando? Tanto Tracey quanto eu sorrimos.

— *Dors bien, ma belle* — disse Jean-Luc. Durma bem — Buscamos vocês ao meio-dia.

Jean-Luc e eu trocamos um último beijo e, então, ele e Patrick dobraram a esquina e foram embora. Tracey e eu subimos aos trancos e barrancos a escada até o nosso quarto e nos deixamos cair na parte de baixo do beliche, sorrisos patetas distendendo nosso rosto.

— Ai, meu Deus. — disse Tracey — Acho que estou apaixonada.

Apoiei-me nos cotovelos. Amor? Ela não podia estar se apaixonando. Para ser mais específica, *eu* não poderia estar me apaixonando. Era só desejo, aquela primeira reação química que provocava tanto o cérebro quanto o corpo. Certo? Eu ainda estava na faculdade, no norte do estado de Nova York. Jean-Luc morava aqui, em Paris. Aquilo nunca iria dar certo. Mas, meu Deus, se eu tivesse uma lista de tudo que eu sempre tinha sonhado num homem perfeito, Jean-Luc teria pontuado em todos os quesitos.

Bufei.

— Não seja ridícula. Acabamos de nos conhecer.

— Sam, *A mulher do século* não te ensinou nada? "Viva! A vida é um banquete e…"

— "…a maioria dos lastimáveis otários está morrendo de fome!"

Caímos numa gargalhada tonta quando eu terminei a citação do filme favorito da Tracey, de todos os tempos.

— Sobre o que você e Patrick falaram, afinal?

— Música, Beatles, cultura americana, coisas assim.

— Então vocês conseguiram se entender?

— Teve um pouco de confusão, mas conseguimos — ela bocejou, não fazendo nenhuma tentativa de cobrir a boca — Sam, estou muito cansada, mas acho que não vou conseguir dormir. Meu coração ainda está disparado.

— Bom, a gente deveria tentar.

Arrastei-me pela escada de madeira até o beliche superior. Deitada ali, olhando para o teto, pensei: *Não. De jeito nenhum* eu *poderia estar me apaixonando. Não, não eu. Não tinha a menor possibilidade de eu estar me apaixonando.*

Acordei com o som de alguém batendo na porta do nosso quarto. Olhei no meu relógio. 11h20. Vinte minutos depois do horário do nosso check-out. Quarenta minutos até Jean-Luc e Patrick chegarem. Não tínhamos feito as malas, não tínhamos tomado banho. Desci correndo a escada do beliche, abri a porta e gritei para Tracey:

— Acorda!

Ela não se moveu, só continuou roncando. Uma mulher corpulenta com um coque apertado apertou os lábios e colocou a mão no quadril. Sua outra mão segurava um esfregão.

— Por favor, *s'il vous plaît* — eu disse — Podemos ter quinze minutos... *quinze minutes*? Perdemos a hora. — apontei para as nossas malas ainda por fazer e juntei minhas mãos numa posição de oração, para o caso de haver qualquer falta de clareza — *Quinze minutes? S'il vous plaît?*

A mulher fez uma careta. Certamente, ela ia dizer que não. Porém, ela me surpreendeu quando não recusou.

— *Quinze minutes. Pas plus.*

Nem um minuto a mais. Ela deu meia-volta sobre o sapato sem salto e seguiu caminho pelo corredor.

— *Merci* — agradeci de longe, antes de correr para Tracey e a sacudir até ela acordar — Acorda. Imediatamente. Dormimos demais. Temos cinco minutos para tomar banho. Eu vou primeiro. Comece a fazer as malas.

Tracey se sentou.

— Merda.

Disparei para o banheiro. Logo, éramos dois demônios da Tasmânia molhados girando em torno de uma explosão de roupas, maquiagem e sapatos. Não exatamente mochileiras, nós duas estávamos com malas pequenas de rodinhas. E não querendo arriscar percevejos ou outras criaturas estranhas que poderiam nos morder no meio da noite, tínhamos até trazido nossos próprios cobertores. Nossas malas mal fechavam.

— Sente em cima — eu disse — E eu puxo o zíper.

Vinte minutos depois, sem fôlego, Tracey entregou a chave do quarto a um cara que parecia um estudante alienado atrás do balcão. Ele não ergueu os olhos da revista, apenas continuou lendo. Descemos e colocamos a nossa bagagem na área de armazenamento do porão. Saltitantes, exatamente ao meio-dia, fomos até o saguão, à espera de ver nossos Romeus esperando por nós. Eles não estavam lá. Cinco minutos se tornaram quinze. Empolgação se transformou em tristeza. Quinze minutos transformados em 45. Andamos de um lado para o outro no saguão do albergue, nos sentindo como o personagem de Edvard Munch em *O Grito*: agonia pura, tremendo de ansiedade.

Senti como se estivesse no colégio de novo: à espera do telefonema que nunca vinha, os sentimentos de rejeição absoluta, a humilhação. Menos de oito horas depois de me conhecer, Jean-Luc tinha conseguido partir meu coração em pedaços minúsculos. Eu não o culpava. Ele não tinha nada a ganhar com o fato de me conhecer melhor. Tracey e eu iríamos embora naquela noite.

— Não posso acreditar que eles nos deram o cano — disse Tracey.

Olhei para o meu relógio. Agora eles estavam com mais de uma hora de atraso. Eles não iam aparecer de jeito nenhum.

— Vamos tomar um café.

— Vem com um carro de brinde?

— Ah, Mame precisa de combustível?

Porém, agora, nem mesmo citar *A mulher do século* poderia nos fazer sorrir.

13

O trem sai da estação

— Tracey!

— Samantha!

Ouvimos os gritos no momento em que estávamos prestes a nos dirigir ao pequeno salão de jantar. Giramos a cabeça tão rápido que fiquei surpresa por Tracey e eu não termos conseguido um torcicolo. Ali, na parte de baixo da escada, Jean-Luc e Patrick estavam parados com sorrisos tímidos no rosto. Tanto Tracey como eu sorrimos ainda mais. Nossos franceses subiram os degraus e nos giraram em seus braços musculosos.

— Desculpem pelo atraso. O trânsito estava *horrible*.

— *On y va?* — Vamos?

— É hora de ver Paris.

Cabeças girando, fomos para o carro de Patrick, com a raiva e a humilhação derretendo. Jean-Luc abriu a porta. Ele usava uma calça social bonita com uma camisa branca de botões, além de uma gravata preta. E ali estava eu numa camiseta rosa, short jeans de cintura alta e Keds branco.

— Para onde estamos indo?

— Montmartre — disse Jean-Luc.

— Minha roupa está boa?

— Está boa. — ele sorriu — Ótima. Eu é que estou bem-vestido demais.

Ele estava tentando me *impressionar*?

No carro, mais uma vez, tentei falar com Jean-Luc usando o meu francês mutilado. Infelizmente, no colégio, tínhamos aprendido expressões, não habilidades reais de conversação. Sério, quantas vezes eu poderia ter dito: "*Je sais ce que c'est, mais je ne sais pas comment le dire en français*"? (Eu sei o que é, mas não sei como dizer em francês.) Jean-Luc me disse que meu sotaque era muito bom, embora eu tivesse certeza de que ele estava apenas sendo educado. Ele continuou insistindo em "praticar" o seu inglês.

— Está com fome?

Não tínhamos comido nada desde o jantar.

— Na verdade, estou.

— Conheço o lugar exato.

Estacionamos o carro e atravessamos as ruas de paralelepípedos de Montmartre, passando por galerias de arte com pinturas a óleo, e aquarelas pitorescas exibidas na calçada, em ondas de explosões coloridas, e seguimos caminho até um pequeno café para comer crepes — que não eram tecnicamente crepes quando recheados com carnes e queijos, mas uma panqueca salgada chamada *galette*. Não se pareciam muito com a pechincha de dois dólares na forma de uma baguete com um pouco de patê, o que Tracey e eu havíamos almoçado no dia anterior. De fato, os preços no cardápio eram um pouco fora da realidade.

—Vocês estão sendo turistas por nós. — eu disse — Obrigada.

— Não precisa me agradecer. O prazer é meu. — Jean-Luc deu de ombros —Você sabe que existe muito mais para o povo francês e nossa comida do que apenas Paris.

— Onde você cresceu?

— La Ciotat, uma pequena cidade no Mar Mediterrâneo, no Sul, perto de Marseilles. — ele riu, e um brilho iluminou seus olhos —

Sou apenas um garoto das praias de Provence. Meu pai trabalhava nos estaleiros. Talvez um dia eu possa te levar lá, mostrar um lado diferente da França.

— Seria legal. — por mais que eu quisesse acreditar na ideia de vê-lo de novo, algo no fundo do meu instinto me disse que nunca iria acontecer. Já passava das três horas; meu tempo com Jean-Luc estava se esgotando — Tracey e eu vamos para Nice amanhã. Estou animada para ver mais da França.

O sorriso de Jean-Luc se transformou numa careta.

—Você não poderia ficar mais alguns dias em Paris?

Meus olhos dispararam dos de Tracey, que imploravam, para Jean-Luc e Patrick, que pareciam esperançosos. Tracey e eu não poderíamos simplesmente nos desviar do plano por causa de dois caras, poderíamos? Gente que tínhamos conhecido apenas na noite anterior? Eu gostava de Jean-Luc, *realmente* gostava dele, mas não conseguia me imaginar jogando fora minha primeira e única oportunidade de ver a Europa.

Tracey se manifestou.

— Sam, talvez a gente pudesse. Talvez só por mais uma noite?

Neguei com a cabeça.

— Não é possível. Já reservamos passagens só de ida e sem reembolso, sem possibilidade de mudar a data na Eurail. — não eram as nossas passagens de trem que eram um pouco caras demais; a parte mais cara da nossa viagem era a viagem de volta de Atenas a Londres. Suspirando, olhei para Tracey — Eu adoraria, mas se algo acontecer e a gente não conseguir chegar na Grécia, estamos totalmente ferradas.

O rosto de Tracey estava tão iluminado com a felicidade, que uma verdadeira lâmpada poderia ter surgido sobre sua cabeça.

— Talvez eles pudessem vir com a gente? Para Nice? Vamos ficar lá por três dias.

Todos nós olhamos para o cientista de foguetes, esperando a resposta.

Jean-Luc esfregou as têmporas.

— É verão em Paris. Os trens para o Sul estão definitivamente lotados. E eu tenho um projeto importante para terminar amanhã. A minha tese.

A mesa ficou em silêncio, todo mundo imerso em pensamentos. O relógio estava tiquetaqueando. Eram três e meia. Nosso trem partiria em cinco horas e meia. Lançamos mais algumas ideias, mas não conseguimos encontrar uma solução para nosso dilema.

Colocando o desânimo e a tristeza de lado, nós quatro caminhamos para a Sacré-Coeur, a gloriosa basílica de cúpula branca disparando alto no céu azul de brigadeiro. A igreja branca e imponente me fazia lembrar de um bolo de casamento macio, não com camadas de cobertura, mas com desenhos romano-bizantinos intrincados — cada detalhe glorioso mais complexo do que o próximo. Embasbacada, olhei ao meu redor, o que incluiu uma ampla vista de Paris. Aparentemente era obrigatório tirar uma foto na escadaria da Sacré-Coeur. Então fizemos exatamente isso. Registramos o momento.

— A basílica do Sacré-Coeur é o ponto mais alto da cidade. Mas essa não é a razão pela qual eu te trouxe aqui. — Jean-Luc apontou para a esplanada cheia de artistas atrás de seus cavaletes, com pinturas que turistas poderiam comprar, exibidas ao seu lado — Sei que você gosta de arte. Queria que você visse isso. Todos os artistas de que você gosta, os impressionistas, os surrealistas, os cubistas, costumavam vir aqui. É provável que eles até tenham comido no café onde comemos.

Os nomes dos meus pintores favoritos passaram pela minha cabeça: Monet, Dali, Van Gogh, Picasso, Pissarro, Lautrec, para citar alguns. E pensar que talvez eles tivessem pisado no exato lugar onde eu estava era alucinante. Pensar que alguns dos artistas pintando naquele momento em nossa frente pudessem seguir os passos dos mestres pintores era inspirador. Pensar que Jean-Luc realmente se lembrava de tudo o que tínhamos conversado na noite anterior fez meu coração bater um pouco mais rápido.

— A área — Jean-Luc continuou — tem uma história muito louca. No início de 1900, nenhum parisiense *burguês* ousaria vir aqui à noite por medo de ser assaltado por uma gangue, que se intitulava Apache. No entanto, artistas, poetas e escritores se instalaram aqui, escolhendo o aluguel barato e o estilo de vida boêmio: pintar de dia, beber à noite.

— Nos cabarés. Como o *Moulin Rouge*.

— *Exactement*, mas o Moulin Rouge, na verdade fica numa área chamada Pigalle. É só descer aquelas escadas. Depois que terminarmos aqui, vamos dar uma volta, não vamos?

Afirmei com a cabeça vigorosamente e o painel colorido das garotas cancã de Toulouse-Lautrec me veio à mente.

Tracey puxou a manga da minha camiseta rosa.

— O Patrick quer me levar para visitar o distrito onde ele mora, me mostrar a casa da família dele, e depois nós nos encontramos com vocês na casa do Jean-Luc, por volta das seis e meia. — ela sussurrou animadamente — Vou conhecer a mãe dele.

A mãe? Espere, o quê? E desde quando ir à casa de Jean-Luc estava nos planos?

Espertinhos, espertinhos. Os rapazes estavam tentando ficar a sós com a gente, o que provavelmente era seu plano desde o início. Isto, claro, me levou a duvidar das verdadeiras intenções de Jean-Luc. Não era a ameaça de ir à casa dele que me fazia titubear; era a ameaça do que poderia acontecer lá. Observei Tracey e Patrick nos deixarem, de mãos dadas, até desaparecerem de vista, com meu coração acelerado.

— Quer ir andando até o Moulin Rouge? — perguntou Jean-Luc — Depois disso, tem um cemitério maravilhoso que eu gostaria de te mostrar. Um monte de artistas famosos, escritores e poetas está enterrado lá.

Só consegui assentir.

Passamos pelo que achei ser um pet shop, devido aos coelhos e gansos exibidos em gaiolas. Dei um passo em direção às gaiolas para acariciar um coelho de orelhas caídas.

— Ah, eles são tão bonitinhos.

— Sua mãe nunca te ensinou a não brincar com a comida?

Girei meu corpo bruscamente para encarar Jean-Luc.

— O quê?

— *Lapin à la moutarde* é uma, er, *une spécialité* em Paris.

Tenho certeza de que você pode imaginar o horror no meu rosto quando notei a palavra "*Boucherie*" bem visível em vermelho, pintado em letras floreadas na vitrine da loja. Não era um pet shop. Era um açougue.

— Coelho com molho de mostarda?

Jean-Luc agarrou a minha cintura e me puxou para perto.

— É muito bom mesmo.

Nós nos beijamos. Um beijo francês bem longo. Coelho? Que coelho?

Depois de uma viagem de táxi muito quente, repleta de beijos, de mãos dadas, nós passeamos pelo *Cimetière de Montmartre*. Seus túmulos ornamentados, eu aprenderia, eram o lar para a alma de poetas, músicos, artistas, escritores, cientistas, bailarinos e compositores — alguns nomes conhecidos para mim. Offenbach, Foucault, Degas, Dumas. Não entramos no cemitério, só demos uma espiada na entrada; um vislumbre de mausoléus de pedra imponentes e estávamos de partida, seguindo caminho de volta para onde Jean-Luc morava. Olhei para seu prédio de apartamentos, inspirado em Haussmann, e tanto pavor, como expectativa sacudiram meu corpo.

— É lindo! — eu disse, observando a arquitetura luxuosa e os trabalhos manuais de outros tempos.

Jean-Luc riu.

— Bem, os primeiros cinco andares de apartamentos são muito legais, muito burgueses. E é um belo prédio, mas...

— Em que andar você mora?

— No sexto. Eu moro no que é chamado de *chambre de bonne*, ou quarto de empregada. — ele deu de ombros — Mas ao contrário de alguns dos outros apartamentos no andar, tenho meu próprio banheiro e chuveiro.

O conceito era tão estranho para mim, que eu só pude repetir:

— Seu próprio banheiro e chuveiro?

— Depois do meu serviço militar, este foi o único lugar que encontrei em Paris, pelo qual eu podia pagar.

Entramos no saguão de mármore.

— Onde está o elevador? — perguntei.

— Não tem.

Ele me pegou pela mão, e subiu pelos degraus de mármore. Depois da viagem de táxi, eu queria sentir os lábios de Jean-Luc nos meus novamente. Mal terminamos de subir as escadas até o apartamento dele, e corpos jovens e núbeis arrancavam as roupas um do outro, empurrando-se contra a parede. Beijos frenéticos. Sexo estava no ar. Ele abriu a porta de sua *kitchenette*, onde a única peça de mobiliário era um colchão no chão. Logo, estávamos esparramados na cama. As coisas estavam esquentando, e depressa. A química entre nós, entre os nossos corpos, era de um calor inegável.

— Não posso — eu disse, afastando-o, antes que as coisas fossem longe demais, mas ainda querendo mais.

Jean-Luc saiu de cima de mim e rolou de costas, ofegando de frustração.

— *Mais, pourquoi?*

— Por quê? Porque eu gosto de você.

Sério, só uma mulher poderia entender meu raciocínio. E eu não tinha tido a intenção de parecer tão Clube do Mickey Mouse. Ninguém, exceto Tracey, jamais iria descobrir sobre esse envolvimento casual. Mas eu não era idiota. Se eu tivesse me entregado a ele ali, eu sabia que nunca iríamos nos ver de novo. Uma parte de mim queria acreditar que iríamos nos encontrar de alguma forma no futuro.

Fiquei deitada no colchão, sem fôlego, debatendo a minha decisão. Independente do que meu corpo estava me dizendo para fazer, pelo menos uma vez na vida, minha cabeça tinha tomado a decisão certa.

— Não é a minha intenção forçar você a fazer algo que não queira. — disse ele — Podemos ir devagar. Londres não é tão longe de Paris. — ele se sentou ao meu lado, me puxando para perto — Temos de nos ver de novo. Não quero perder você, Sam. Nunca conheci alguém igual a você.

Envolta em seus braços com tanta perfeição, soltei um suspiro profundo. No corredor, a risada de Tracey podia ser ouvida, alta e clara. Ela bateu na porta do apartamento e gritou:

— Samantha, temos um trem para pegar!

Olhei para o meu relógio. Eram oito da noite. Tínhamos menos de uma hora para voltar ao albergue, pegar nossas malas e chegar à Gare de Lyon. Os rapazes ainda estavam tentando nos convencer a ficar, mas como? Não havia tempo para chegarmos a uma solução. Tudo o que podíamos fazer era ir.

Patrick estacionou o carro numa vaga apertada, com uma roda por cima do meio-fio. Os deuses do estacionamento podiam ter ficado do nosso lado, mas só tínhamos cinco, talvez dez minutos antes de pegar nosso trem. Estávamos a dois quarteirões de distância da estação. Jean-Luc e Patrick pegaram nossas malas, carregando-as em vez de puxar sobre as rodinhas, e nós corremos.

Sem fôlego, chegamos à plataforma com sessenta segundos de folga. Jean-Luc e eu trocamos um beijo final.

— Fique em Paris, Samantha. — ele implorou — Precisamos de mais tempo. Há tanta coisa que eu quero te mostrar e fazer com você.

As únicas palavras que meus lábios conseguiram formar eram as mesmas que eu tinha usado apenas uma hora antes.

— Gosto muito de você, mas não posso.

— Temos de fazer tudo o que pudermos para salvar essa paixão entre nós. — ele agarrou meus braços e me puxou para perto — Eu estava falando sério quando disse que, agora que te encontrei, não quero te perder.

O apito do trem soou. Entrei no vagão de passageiros.

— Isto não é um adeus. — eu disse.

O trem começou a andar. Observei Jean-Luc até que ele se tornasse um pontinho minúsculo a distância, soprando beijos no ar. Tracey e eu olhamos uma para a outra e dissemos a mesma coisa:

— Talvez a gente devesse ter ficado.

Mas não ficamos. Mantivemos o plano.

Conforme o trem avançava, inseguranças se infiltraram na minha cabeça. Jean-Luc era perfeito demais, inteligente demais. Ele era sete anos mais velho, pronto para um relacionamento. Eu era muito jovem. O momento foi errado. Como um cirurgião habilidoso, Jean-Luc havia meticulosamente aberto meu coração. Se eu não quisesse me machucar, a decisão de fechá-lo de novo era minha. Ainda não tínhamos chegado ao nosso próximo destino, o tchau já havia se transformado no *adieu* mais permanente.

Nossa jornada europeia continuou. Tracey e eu chegamos ao sul da França, visitando as praias de Nice, Mônaco e Cannes. Em seguida, continuamos para Genebra, Florença e Grécia, onde tomei muitas doses de ouzo e pratos demais quebrados na minha cabeça (literalmente). Contudo, não importava o quanto eu tivesse me esforçado para me convencer de que Jean-Luc não era certo para mim, não funcionou. Voltei aos meus estudos na Universidade de Syracuse para encontrar seis das cartas de Jean-Luc esperando por mim. Tentei respondê-lo, mas as minhas palavras saíam erradas, soavam estúpidas, nunca poderiam igualar à paixão que eu havia encontrado nas dele.

Quando chegou a sétima carta, a culpa tinha me deixado atordoada. Em vez de ouvir meu coração e responder a Jean-Luc, enfiei as cartas numa pasta azul de plástico e voltei para a vida universitária.

Eu não pensaria em Jean-Luc novamente durante muitos anos.

Agora, depois de um hiato de duas décadas, eu estava prestes a reencontrá-lo.

Carta quatro

PARIS, 6 DE AGOSTO DE 1989

Minha menina,

Estou desfrutando de mais um momento de escrever a você, para criar esta ligação invisível entre nós. Todas estas cartas são horas que não tivemos de conhecer um ao outro. Assim, já que não posso falar com você, ponho as minhas palavras sobre este papel como um escritor louco saído diretamente do mundo de Bukowski. Mas não estou bêbado; bem, talvez um pouco zonzo com todas as imagens suas na minha cabeça.

Quando estou com uma garota, meu sangue ferve, e quando a amo, todo o meu sangue evapora e posso subir pela cortina (ditado francês). É, talvez, a imagem da expressão "o amor te dá asas". Será que tento voar? Sou capaz de escrever por horas, para conseguir o tempo que não compartilhamos. Espero que por meio destas cartas você seja capaz de desenhar uma certa imagem de mim. Positiva.

Samantha, alguém em Paris sente sua falta como a escuridão pode sentir falta da luz do sol. Todas as estrelas que você vê no céu mostram o brilho dos meus olhos, que surgiu depois que te conheci. Se você fosse Julieta, eu gostaria de ser o seu Romeu, mas não esqueça de me mandar a escada.

Seu amante latino,

Jean-Luc

14

Amor à segunda vista

Apesar das duas taças de vinho tinto que eu tinha bebido com esperanças de apagar, o sono me escapou. Pelo alto-falante, a voz do comandante, tingida com um sotaque francês, lembrou-me de que eu estava num avião, me preparando para passar dez dias e nove noites com um homem com quem eu havia passado apenas vinte e quatro horas, vinte longos anos atrás. Coisas demais poderiam dar errado. Porém, coisas demais poderiam dar certo.

Quando eu tinha 24 anos, um cara que eu estava namorando me levou para o Havaí. Eu não tinha certeza de como me sentia a respeito dele. Ele era meio sisudo, nunca entendia direito o meu senso de humor, mas eu pensava, tipo, por que não? Talvez a gente fosse se conectar. Além do mais, estava frio em Chicago. Por isso fui com ele, esperando o paraíso e um pouco de romance. O que eu consegui foi a minha ideia de inferno: tempestades tropicais, um rato do tamanho de um gato à espreita em uma das vigas do nosso quarto, e um cara com quem eu não conseguia aguentar passar mais um segundo. Graças à biblioteca de empréstimo do hotel, eu devo ter lido mais ou menos trinta livros ruins ao longo de cinco dias torturantes. Finalmente, chegou a hora de nos separarmos. Quando ele enfim me deixou no aeroporto, pulei do carro alugado, e nunca mais olhei para trás.

Contei essa história a Jean-Luc pelo telefone, e ele riu e me encorajou a colocar livros na mala em vez de roupas, só por via das dúvidas. Eu estava começando a me perguntar se não teria sido uma boa ideia.

Larguei o corpo no meu assento apertado ao lado da janela, passando pelos filmes. Meu coração quase parou quando vi uma das opções: *Je l'aimais*, baseado no romance de Anna Gavalda, o qual Jean-Luc tinha recomendado que eu lesse. Ri para mim mesma, aparentemente, em voz alta. A mulher sentada ao meu lado se aproximou mais do marido. Àquela altura, eu realmente não me importava se ela achasse que eu era louca.

A recomendação de Jean-Luc de *Je l'aimais* tinha sido um pequeno desastre, porém levemente divertido, em nosso relacionamento. Em primeiro lugar, quando entrei na Amazon.com para ler um trecho, acabei lendo a sinopse do livro errado, cujo título era *Je voudrais que quelqu'un m'attende quelque part*, "eu gostaria que alguém estivesse me esperando em algum lugar", uma coletânea de contos. Pior ainda, eu tinha enviado a Jean-Luc algum e-mail sem sentido dizendo que eu tinha amado o estilo de Gavalda, que eu mal podia esperar para ler o que acontecia entre a mulher, um tipo literário, e o belo estranho que ela encontrava aleatoriamente no *Boulevard* Saint-Germain, e como esses tipos de encontros viraram um gênero em si no mundo do cinema. E então caí na real.

Não, *Je l'aimais* não era sobre um encontro ao acaso entre dois estranhos. Era sobre como um homem, Pierre, consola sua nora, Chloe, logo após seu filho ter abandonado a ela e a suas duas filhas por outra mulher. Naquela noite, Pierre compartilha algo que lhe tinha assombrado por mais de vinte anos: seu amor secreto por uma mulher chamada Mathilde. Com muito remorso, ele confessa à Chloe como ele tinha escolhido a rota mais segura, como ele era um homem que não se atrevia. Agora, sua vida está cheia de arrependimento por ter afastado a única mulher que ele havia amado de verdade.

Enquanto eu assistia ao filme, lágrimas umedeceram meus olhos. Eu poderia ter sido Pierre. *Je l'aimais* poderia ter sido eu. Lembrei-me de por que eu estava naquele avião. Eu estava seguindo meu coração. Eu era uma mulher que tinha ousado.

Aventureira ou não, assim que o avião tocou o solo, meus nervos incendiaram. Eu estava ali, em Paris. Temos de esperar até chegarmos ao portão de desembarque para usar aparelhos eletrônicos, mas meu celular francês de emergência encontrou o caminho da minha bolsa até minha mão, e eu o liguei. Eu era uma rebelde prestes a sofrer um colapso nervoso, e precisava falar com Jean-Luc para me certificar de que ele tinha chegado bem ao aeroporto.

Eu mal podia focar a visão devido à falta de sono, e os minúsculos botões do aparelho pareciam embaçados. Disquei o número de Jean-Luc e só chamou, chamou e chamou. E, em seguida, por garantia, liguei mais uma vez antes de cair na caixa postal. Com certeza, eu devia ter ligado errado. Mas não, ah, não, seu sotaque francês sexy e sensual me provocou na mensagem do correio de voz.

— Oi — eu disse. — Sou eu. Estou aqui. Acabei de aterrissar. Hum, me ligue... ok?

Por fim, o telefone ganhou vida, vibrando na minha mão. Olhei para ele com horror. Normalmente, eu era uma expert em tecnologia. Não naquele dia. Foi como se o assento apertado da classe econômica tivesse se fechado ao meu redor. O que eu não teria dado por uma máscara de oxigênio. Num momento de alucinação total, eu não conseguia descobrir qual botão apertar, por isso, apertei todos, o que me fez perder a chamada. Felizmente, Jean-Luc ligou de novo. Dessa vez eu escolhi o botão certo.

— Sam? Sam? Você está aí? — preocupação tingia seu tom de voz.

— Ah, ah, ah...

— Desculpe, querida. Vi que perdi sua chamada.

— Uh-hum.

— Eu estava estacionando o carro.

— Hum.

— Você está bem?

Não, mas eu finalmente consegui colocar um pensamento coerente para fora.

—Você está aqui no aeroporto. — Não era uma pergunta, mas uma declaração quase acusatória e sem fôlego.

— Claro. Onde mais eu estaria? — ele fez uma pausa — Quando você passar pela alfândega, vire para a esquerda, não para a direita.

— Mi-a-u. — espere. Eu tinha acabado de miar? Queria dizer que tudo bem, mas minha língua grudou no céu da boca — *Tche vejo depoish da alfandjega. Eshqueda.*

—Você, hum, está bem, Sam?

Embora sua voz estivesse cheia de preocupação genuína, eu não podia evitar pensar que ele talvez quisesse disparar dali, provavelmente estivesse preocupado que fosse se encontrar com a irmã do Homem Elefante com problemas de fala. Antes que eu gritasse: "Não sou um animal! Sou um ser humano. Sou uma mulher", um pensamento me relaxou. Sua voz podia ter fluido com serena confiança, mas era esperado que ele também estivesse uma pilha de nervos. Ele tinha de estar tão nervoso quanto eu.

— Estou bem. — eu disse — Só um pouco cansada.

— Está bem. — ele não parecia convencido — Estou esperando por você. Esquerda. — disse ele, antes de a linha ficar muda.

O avião taxiou até o portão. *Ding.* O sinal de cinto de segurança foi desligado. Os passageiros se levantaram, mas eu não me mexi. Rapidamente, passei em revista meu plano de emergência. Se eu não me sentisse atraída por Jean-Luc num nível físico, eu deveria beijá-lo nas duas faces, "*faire la bise*", a saudação típica europeia. É claro que nunca tínhamos discutido o que eu deveria fazer se gostasse do que visse. Apertar sua mão? Beijá-lo na boca? Ou Jean-Luc deveria me levantar em seus braços e me girar no colo? Mas e se ele não gostasse da minha aparência? Ele simplesmente me deixaria parada ali? Daria meia-volta e fugiria?

O calor de agosto infiltrou-se na cabine. Minhas calças colavam nas minhas coxas, meu cabelo grudava na nuca. Eu precisava passar no banheiro: trocar de roupa, pentear o cabelo, escovar os dentes. O casal próximo a mim enfim se levantou. Eu mal consegui sair do lugar para ficar em pé, ou melhor, cambalear até o corredor. Tentei pegar minha bolsa do compartimento de bagagem. Antes que caísse na minha cabeça, um homem pegou. Resmunguei um agradecimento.

Passageiros impacientes empurraram esta zumbi loira que vos fala pelo corredor apertado.

Minha transformação de dez minutos, porém, teria de esperar. Havia a questão de primeiro ter de passar pela segurança do aeroporto: a polícia, não a alfândega. Mesmo quando eles sorriam, havia algo de sinistro em seu comportamento, algo que dizia que não importava quem a gente era, não importava onde a gente estava, se não tivéssemos cometido um crime e ainda não tivéssemos sido presos, havia tempo. Fiquei rígida na fila. O cheiro rançoso de odor corporal — não meu, eu esperava — permeava minhas narinas, fazendo-me sentir um pouco enjoada. Um policial fardado sentado atrás de um guichê blindado me chamou.

— *Bonjour* — eu disse com o que eu achava ser um sorriso.

— Passaporte, por favor. — o cara levantou uma sobrancelha. Entreguei meu passaporte e, com nervosismo, observei-o examinar cada página. Seus olhos escuros travaram nos meus, obrigando-me a encontrar o seu olhar. Eu queria dizer a ele que a única coisa perigosa a meu respeito era meu hálito, mas não disse. Humor e *la police* simplesmente não se misturavam.

Uma mulher vestindo um véu magnífico na cabeça, com redemoinhos de roxos e marrons escuros estava sendo interrogada a um guichê de distância. Um bebê agarrado ao peito. No momento em que o guarda carimbou o passaporte dela, ela ergueu a cabeça mais alto. Todo mundo tinha uma história. Fiquei imaginando qual seria a dela.

Eu me perguntava para onde a minha estava caminhando.

— Madame? — meu interrogador interrompeu meus pensamentos — Motivo da viagem a Paris, madame?

— Não estou aqui a negócios. Estou aqui a lazer — *Prazer*.

Satisfeito com minha resposta, o guarda digitalizou meu passaporte, colou o selo e me devolveu com uma carranca.

— *Bienvenue en France. Bon séjour.*

Corri para o banheiro feminino. Numa jogada inteligente, eu tinha trazido um vestido meio de poliéster, meio de lycra, sem um amassado nele. Era branco, meia-manga, com uma padronagem azul-marinho e alguns brocados — bonito e se ajustava nas curvas. Sexy, mas não demais, a bainha ficava cerca de três centímetros acima do joelho. Perna apenas o suficiente. Livrei-me da minha camiseta e das calças folgadas, limpei meu corpo com lenços umedecidos de bebê, passei desodorante e coloquei o vestido limpo. Peguei minha sandália branca de salto de cortiça da bolsa e calcei nos pés. Óculos de sol para esconder meus olhos privados de sono. Pronto, eu quase me sentia humana novamente. Por um momento, questionei se seria possível lavar meu cabelo na pia.

Antes que eu saísse, tentei convencer Jean-Luc a me pegar em algum hotel próximo ao aeroporto, em que os quartos eram alugados por hora. Dada a minha situação, eu queria estar no meu melhor, talvez tendo tomado um banho. Sempre um cavalheiro, ele concordou com meu plano louco. Então eu reconsiderei. Em primeiro lugar, teria de pegar um ônibus e percorrer uma distância de meia hora, e com meu francês, eu poderia ter acabado em Timbuktu. E, segundo, porque vale a pena repetir, era um hotel que alugava quartos por hora.

Meu cabelo, eu decidi, tinha resistido bem à viagem — não tão oleoso como eu tinha antecipado que ficaria depois de quase 24 horas de viagem. Domei-o com uma escova. Retoquei o batom, me olhei no espelho uma última vez. Considerando que eu não tinha dormido e mesmo que me sentia como o inferno requentado, eu não parecia tão ruim quanto pensei que pareceria. Passageiros cansados mancavam ao meu redor, enquanto eu seguia até o setor de bagagem.

Quarenta e cinco minutos se passaram e as malas ainda não tinham feito a sua aparição na esteira rolante. Idiomas demais flutuavam no ar. Não entendi absolutamente nada, e minha cabeça parecia que poderia explodir. Eu não estava ansiosa para me curvar de vestido para pegar minha mala de mais de vinte quilos. Eu estava vestindo uma calcinha fio dental. Estava ficando irritada, impaciente e paranoica. Um toque de celular me assustou. Eu estava tão distraída que mal percebi que era o telefone que eu segurava na mão como uma tábua de salvação.

— Alô.

— Querida, você se perdeu?

— Não, as malas ainda não vieram. Desculpe. Não tem nada que eu possa fazer para acelerar as coisas… — como se estivesse aguardando a deixa, a esteira começou a funcionar.

Jean-Luc deu um suspiro de alívio.

—Vejo você em breve. Mal posso esperar.

Breve se tornou tarde. Minha mala foi a última a sair.

Um mar de sáris, azuis e verdes vivos, brilhando com lantejoulas prateadas, iam de um lado para o outro em meio à brisa quente. Devia ter cerca de trinta pessoas perambulando, bloqueando minha visão, e falando numa língua estrangeira. Não era francês e eu me perguntava se tinha cometido um erro, se eu realmente tinha chegado em, ah, eu não sabia, na Índia. Por fim, a multidão se abriu e vi Jean-Luc de pé em meio aos corpos cor de cacau. Prendi a respiração. Vestindo uma camisa listrada azul e branca e calça jeans, ele era inegavelmente francês. Também era difícil não notar: muito bonito, muito melhor pessoalmente do que nas fotos.

Seus belos lábios em forma de arco se curvaram num sorriso, cálidos e sensuais, compensados por covinhas encantadoras. Ele podia não ter a cabeça cheia de cabelo, mas usava bem aquele visual. Seu nariz era imperfeito, um pouco torto, mas isso só acrescentava ao seu charme. E eu adorava o furo no queixo, o formato quadrado de seu maxilar masculino, suas orelhas de tamanho perfeito.

Minha irmã, que tinha exigido que eu enviasse a ela as fotos mandadas por Jean-Luc, chamava o triângulo de barba sob o lábio inferior de "guarda-sabor", o que era um termo muito nojento, mas eu achava o cavanhaque sexy demais, especialmente combinado com as costeletas bem aparadas. Aproximei-me de Jean-Luc e seu sorriso se alargou, tornando-o ainda mais sexy. Meu coração dava pancadas nas minhas costelas.

Meu passo acelerou. Eu estava a trinta centímetros de Jean-Luc, quando meu corpo caiu para a frente. Antes que eu caísse, ele me tomou em seus braços, fortes e musculosos. Olhamos nos olhos um do outro: os dele, cor de caramelo suave com toques de verde, sonhadores. Precisando acabar com qualquer tipo de constrangimento imediatamente, eu me joguei de cabeça e dei um grande beijo em seus lábios. Era uma atração instantânea, uma reação química.

Ele me abraçou apertado.

— Agora que encontrei você, não quero te deixar ir embora, não de novo.

— Correção. — eu disse — Eu encontrei você.

— Querida, ah, querida, o amor não é uma competição.

Nossos lábios se encontraram novamente, e então nossas línguas. *Soyez la bienvenue en France*[15] com um beijo francês de verdade. Um raio me atingiu. Fazia muito tempo que eu tinha sido beijada — verdadeiramente beijada — daquele jeito. Jean-Luc puxou minha mala de rodinhas e jogou minha bagagem de mão sobre o ombro. No caminho para o carro, passamos por um jovem casal, sentado num banco, com os lábios grudados. Eles simplesmente continuaram sua sessão de amassos, alheios a qualquer coisa ou pessoa, menos um ao outro.

Jean-Luc sussurrou em meu ouvido:

— *Soupe de langues!*

— Sopa de língua? — ergui minhas sobrancelhas de forma inquisidora ao traduzir suas palavras. — Os franceses realmente têm jeito com as palavras.

— Não é só com isso que temos jeito.

De repente, Jean-Luc e eu estávamos nos beijando como adolescentes no meio do estacionamento. O beijo foi tão longo e tão bom, que calafrios percorreram minha espinha. De alguma forma, nos acomodamos no carro alugado comigo sentada no banco do passageiro, e não no colo dele. Estávamos indo a algum lugar. Qualquer lugar. Os sons bizarros e nervosos saindo da minha boca não me pertenciam.

Fiquei observando Jean-Luc, admirando sua confiança tranquila, seu estilo. Com uma das mãos pendendo sobre o volante, a outra sobre o câmbio, o meu francês era um motorista relaxado, costurando pelo trânsito, aproximando-se do para-choque do Deux Cheveaux vermelho em nossa frente. Eu? Eu estava usando meu freio invisível no banco do passageiro.

— Meu jeito de dirigir te deixa nervosa?

Sua voz era sexy, grave e terna.

— Não. Por que a pergunta?

Ele riu. Foi melódico e cálido.

---

15 Bem-vindo à França. (N. T.)

—Você sabe, não tem freio do seu lado do carro.

Na autoestrada, a mão de Jean-Luc encontrou seu caminho, saindo do câmbio e chegando ao meu joelho. Arrepios no meu pescoço, nos meus braços. Limpei a garganta.

— Então, você conseguiu dormir na noite passada?

Ele havia dirigido mais de sete horas de Toulouse a Paris para me buscar.

— Parei num hotel de beira de estrada no meio do caminho para descansar e tomar banho.

Sua mão tornou-se mais corajosa, encontrando minha coxa. Silêncio pairava no ar. Meus batimentos cardíacos pulsavam em meus ouvidos. Não consegui evitar ficar pensando quanto tempo seria cedo demais. Tínhamos nos comunicado por uns bons três meses, escrevendo centenas de cartas, falando por duas ou três horas pelo telefone diariamente. Agora eu estava, de fato, com ele.

— Estava nervoso para me ver? — perguntei, quebrando o silêncio.

Jean-Luc virou a cabeça para mim e riu.

— Por que eu ficaria nervoso?

— Ah, não sei. Talvez porque faz vinte anos que não nos vemos.

Ele apertou minha coxa.

— Porque você nunca me respondeu…

— Eu respondi.

—Vinte anos depois.

— Posso garantir que se eu tivesse escrito naquela época e tivéssemos nos visto de novo, as coisas agora seriam muito diferentes.

— Porque eu era… do que você me chamou?

— Um jogador. Eu te chamei de jogador. E pelo que você me contou sobre o seu passado, é verdade. — provoquei.

— Querida, tenho que ser honesto com você.

Lá vai. Ele estava prestes a soltar uma bomba, como se tivesse vinte namoradas e amasse todas, sendo que elas tinham menos de 30 anos. Uma palavra saiu da minha boca como um guinchado.

— Sim?

— Fiquei um pouco nervoso de ver você, como um menino se preparando para o primeiro encontro.

Meus lábios se curvaram num sorriso.

— Sério?

— Sério, mas sou homem. Não devo admitir medo para você. Mas prometemos que íamos falar sobre qualquer coisa. Não vão existir segredos entre nós. Nunca.

Algo no fundo do meu ser me disse que Jean-Luc e eu ficaríamos juntos por muito tempo. Eu podia sentir. Não era nosso primeiro encontro. Tudo já era muito natural entre nós. Já tínhamos professado nossos sentimentos um pelo outro, sussurrando "eu te amo" e "*je t'aime*" durante nossos telefonemas noturnos. Foi então que decidi deixar minhas inibições se dissiparem, baixar a guarda, e deixar que a paixão me levasse. Girei o corpo na direção dele. Sua mão acariciou a parte de dentro da minha coxa, roçando a renda que separava pele e tecido. Engoli em seco.

— Quanto tempo até o hotel?

— Duas horas. — ele tirou a mão de baixo do meu vestido e pegou minha mão novamente, apertando-a.

— Esperamos vinte anos. Duas horas não vão nos matar.

— Para onde estamos indo? Paris?

— Não, não é Paris. Você já esteve em Paris. Você vai ver.

15

Uma conexão instantânea

Talvez eu estivesse sofrendo de demência pela falta de sono. Talvez os anos que eu havia passado reprimida sexualmente tivessem pesado. Qualquer que fosse a razão, nós mal pisamos no quarto do hotel e eu joguei Jean-Luc sobre a cama, e montei em cima dele. Seu fervor imediatamente se equiparou ao meu. Em questão de segundos, nossas roupas estavam no chão, e já que eu havia andado morrendo de fome de amor, comecei a me alimentar freneticamente. Eu estava faminta.

Ao que parecia, ele também. Quando fizemos amor naquela primeira vez, uma intensidade brilhou em seus olhos. Na verdade, seu olhar nunca deixou o meu. Sem fôlego, ficamos na cama; eu, envolta em seus braços.

— Não entendo — disse Jean-Luc.

— Entender o quê?

— *Alors*, eu não entendo como alguém poderia te ignorar por tanto tempo. Você me disse a verdade?

Rolei de lado, equilibrando-me sobre o cotovelo e acariciando seu peito com a mão livre.

— Eu nunca, nunca menti para você. Quando disse que Chris e eu fazíamos amor seis ou oito vezes por ano, foi a triste verdade.

— Isso não é nada. Nada. — ele prendeu a respiração, olhou para o teto — Sam, você é uma mulher muito sensual, não uma peça de mobiliário. Não entendo como você deixou isso acontecer.

Era isso o que eu estava perdendo?

— Bem, aconteceu.

— Não vale a pena viver a vida se não existir paixão. — ele me virou de costas, sorrindo maliciosamente. Seus olhos presos aos meus, intensos — Temos de recuperar o tempo perdido.

Três orgasmos, um encontro de encolher os dedos do pé, de tremer as pernas e de quase hiperventilar, e uma hora e meia depois, descobri que Jean-Luc era um amante insaciável e muito generoso.

— Onde estamos? — perguntei com ar sonhador.

— Em Chartres.

— Qual é o nome do hotel?

— Best Western.

Eu conhecia a marca como uma cadeia decente de hotéis nos Estados Unidos, quando se estava no meio de uma viagem de estrada e não se queria ficar num pulgueiro qualquer, mas aquele lugar era bom. Muito bom. Com tons de chocolate, bege e branco, a decoração era aconchegante e elegante — paredes revestidas com painéis de madeira, camas macias, uma charmosa escrivaninha antiga no canto, um tapete grosso e cortinas bonitas, até mesmo um lustre estilo candelabro.

— Está brincando.

— Eles não são assim nos Estados Unidos?

— Nem perto. — fechei os olhos. Talvez as coisas simplesmente fossem melhores na França?

— Apenas espere para ver o que mais eu tenho planejado para você, princesa. — ele me deu um beijo no nariz e rolou para fora da cama. Seu corpo era perfeito, esculpido — Não vá dormir. Levante-se e vá tomar seu banho. Temos lugares para ver.

— Mas preciso dormir. — implorei.

—Você vai atrapalhar a sua programação. Você precisa ficar acordada. — Jean-Luc caminhou até sua mala e pegou alguns pacotes pequenos de dentro. Sua bunda era bonita, redonda, não reta. Atraente. Seus ombros eram largos e fortes, suas costas formavam um v perfeito — Além disso, meninas que dormem não podem abrir os presentes.

— Eu gosto de presentes. — sentei na cama, com o lençol enrolado no corpo — Também tenho algumas coisas para você.

De sua mala, ele me entregou presente após presente. Um colar banhado a ouro com brincos combinando, de um vilarejo da Provence. Um frasco de perfume Violette, de Toulouse. Um cachecol de caxemira comprado em sua viagem à Escócia. Sabonetes franceses — *Savon de Marseille* — um arco-íris de cores e aromas, para a minha mãe.

Esse cara era bom. Muito bom.

Os franceses têm a reputação de serem os melhores amantes do mundo, o que não inclui apenas o ato físico do sexo, mas o pacote completo: a paixão, o romance, do começo ao fim. Jean-Luc certamente correspondia à reputação e ainda mais.

E eu tinha lhe comprado um livro sobre peixes, um chapéu, e algumas camisetas horríveis de Malibu para ele e seus filhos? Confesso que tudo estava relacionado ao seu amor por mergulho, mas em comparação aos presentes que ele me deu, eu me sentia uma péssima presenteadora, exceto pelo *baby doll* preto sexy, e um corselete rosa-choque que eu tinha escolhido na Victoria's Secret antes de viajar, os quais, claro, não eram realmente para ele.

Fiel à sua palavra, Jean-Luc não me deixou voltar para a cama depois da minha chuveirada. Em vez disso, nós nos dirigimos à Cathédrale Notre-Dame de Chartres, considerada uma das maiores conquistas da arquitetura gótica e também a razão por estarmos em Chartres, a cidade com o mesmo nome. Jean-Luc me pegou pela mão, levando-me através de um parque e, em seguida, por um labirinto de ruas menores. Não me incomodei em perguntar como ele conhecia o caminho. Seu passo era determinado. Tropeçando nas minhas sandálias plataforma, tentei acompanhar seu ritmo.

Depois de serpentear pelas ruas de tijolinhos, passando por restaurante após restaurante, paramos. Pisquei para afastar o sono dos olhos.

Lá estava, em toda a sua glória, os torreões, parecendo ter saído de um castelo de areia, disparavam pelo céu azul, chamando o paraíso, uma linha direta com Deus: Chartres. As esculturas e os entalhes eram magníficos, para não mencionar os arcobotantes. Ah, sim, a terminologia da faculdade de artes estava voltando a mim. Uma mulher cansada, de muito poucas palavras, eu só consegui murmurar:

— Uau.

O teto disparava acima da minha cabeça. Vitrais derramavam tons de pedras preciosas pelo chão, oferecendo representações de histórias bíblicas. Fui imediatamente atraída pela Madonna Azul, sábia, régia, e exibindo um indescritível sorriso de Mona Lisa. Bebi meus arredores, imersa num mundo de cor e luz: magníficos azuis, vermelhos, verdes e roxos.

Jean-Luc me pegou pela mão novamente.

— Quer ver a torre?

Eu poderia dizer pela sua expressão de garoto que ele queria mostrá-la a mim. Então me deixei levar. Compramos nossos bilhetes e começamos a escalada angustiante. Desde o primeiro degrau, lamentei a decisão, cada passo se tornando mais trabalhoso do que o anterior. Eu me vi caindo escada abaixo pela pedra calcária dura.

— Quanto falta até ao topo? — coloquei minhas mãos nos joelhos para recuperar o fôlego.

— Trezentos degraus.

Ecoei suas palavras:

— Trezentos degraus?

— Querida, não precisamos ir até o topo. Tem um monte de pontos de vista ao longo do caminho.

— Não, não, não. — eu disse, embora meu corpo cansado estivesse implorando para dar meia-volta — Meu pai me criou para respeitar o dólar. Você pagou sete euros por cada um de nós. Vamos subir.

Quando chegamos ao topo, meu olhar saltou do telhado verde pálido às gárgulas, delineadas por um céu azul que começava a escurecer, e então para a aldeia e os campos de trigo abaixo de nós: tons de amarelos e vermelhos. Havia história ali. A história real. Jean-Luc estava atrás de mim, sua respiração suave no meu ouvido, as mãos sobre meus quadris e, naquele local histórico, senti como se o conhecesse havia séculos. Exatamente como ele havia prometido duas décadas antes, eu estava vendo a França por intermédio dos olhos de um francês. O sino da igreja tocou sete vezes e sua melodia encheu o ar, reverberando em meu corpo e em meu coração. Foi então que eu decidi que sete era o meu número da sorte. Eu também queria saber o que mais o destino tinha reservado para nós.

— É melhor a gente ir antes que nos tranquem aqui dentro — disse Jean-Luc.

Do lado de fora da catedral, a cidade de Chartres era cheia de belas ruas sinuosas e pontes de pedra românticas, uma surpresa esperando em cada esquina. Música ecoava nas ruas. Seguimos a melodia e nos encontramos em uma grande praça, na qual havia uma banda tocando num palco central: um vocalista, um baterista, um guitarrista, e dois acordeonistas. Como uma festa gigante, cerca de uma dúzia de cafés cercavam o palco, todos com mesas ao ar livre, cada um cheio de gente fumando, bebendo e rindo. A banda tocava uma música frenética e estonteante com ritmos variados, e os músicos eram teatrais em seus movimentos. Por mais hipnótica que a música fosse, as pessoas dançavam entusiasmadas na frente do palco, girando e batendo palmas.

— É música cigana? — perguntei.

— Não, na verdade não. — disse Jean-Luc — É a música da região, um francês muito antigo misturado a um monte de diferentes influências, algumas ciganas, um pouco de tango. Basicamente é música folclórica.

— É ótima. — Mesmo cansada como eu estava, não pude evitar perceber meu pé acompanhando a batida. No entanto, logo que gastei a energia extra para fazer isso, desabei em Jean-Luc. Ele me pegou, apoiando-me pelos cotovelos.

—Vamos comer alguma coisa. E então vamos te levar para a cama.

Com intenção perversa, ergui a sobrancelha no que eu esperava ser um jeito sedutor.

— Mal posso esperar.

— *Tu es une femme gourmande.* — Jean-Luc sussurrou calorosamente em meu ouvido, sua mão deslizando pelas minhas costas. "Uma mulher muito, muito, muito gulosa."

Meus joelhos cederam debaixo de mim.

Ele passou o braço sobre meus ombros e seguimos caminho até um restaurante pelo qual havíamos passado mais cedo. Chique, mas confortável, o salão era lindamente decorado, até mesmo romântico. Com as cortinas em xadrez azul e branco, a decoração era típica do interior francês em alguns aspectos, mas exótica em outros. Influências marroquinas estavam em toda parte: abajures de contas, mesas de azulejos, almofadões e biombos de ferro ornamentado. Jean-Luc pediu cordeiro e *tajine* de legumes, um prato nomeado segundo as panelas de barro nas quais nossa refeição seria servida, e uma jarra de vinho.

Não havia necessidade de falar, e sorri para minha boa sorte. Jean--Luc acariciou meu polegar com o dele. Só tínhamos passado um curto tempo juntos, mas já tínhamos encontrado nosso ritmo. No que parecia ser apenas um minuto depois, o garçom colocou uma grande panela de barro em nossa frente, com pão árabe ao lado. Uma mistura de aromas de dar água na boca envolveu a mesa. Complexos e aromáticos, os ingredientes estimulavam meus sentidos — maçãs, peras, damascos, azeitonas, limões, amêndoas e uma variedade de especiarias, como canela, açafrão, gengibre e pimenta. A carne praticamente derretia na minha boca e os legumes — abobrinha, cenoura e cebola infundidos num molho à base de tomate, temperado com os sabores de canela, páprica, cravo e pimenta caiena — estavam deliciosos. O jantar foi *quase* tão picante quanto nossa química.

Engolimos nossa comida e voltamos ao hotel para a "sobremesa".

Normalmente, eu dormiria virada para o lado oposto da cama em relação ao meu parceiro, sem querer que nada perturbasse meu sono. Entretanto, nada sobre a nossa relação era usual, e foi como se tivéssemos sido colados um ao outro, minha cabeça apoiada no ombro dele, minha perna envolta sobre seu corpo. Mesmo a nossa respiração parecia estar em sincronia. Acordei algumas horas mais tarde, surpresa de ainda me encontrar enredada nos braços de Jean-Luc. Ele acariciou minhas costas com a ponta dos dedos suaves.

— Você é linda, Sam, a rosa mais bonita do meu jardim. Faz horas que estou acordado, apenas observando você dormir. — ele rolou em cima de mim, pressionando seu corpo musculoso contra o meu, sua atração por mim perfeitamente clara — Adoro ficar olhando para você.

Tivemos uma segunda rodada de sobremesa às quatro da manhã.

Ah, sim, eu estava recuperando o tempo perdido.

Um príncipe encantado, que estava fazendo todos os sonhos desta princesa se tornarem realidade, Jean-Luc me informou que nossa próxima parada nessa excursão, para reacender o romance, era o Château de Razay, um castelo do século XVI, no Vale do Loire, perto de alguns dos mais famosos castelos da França, no qual iríamos ficar por duas noites.

Na França, ao que se pode perceber, existem muitos tipos de acomodação para se escolher, incluindo motéis, hotéis que vão de zero a cinco estrelas, *gîtes* (casas alugadas), *auberge* (pousada), luxuosos *relais et châteaux* (castelos), ou um *chambre d'hôtes* (hospedagem domiciliar). Composto por 29 quartos, o Château de Razay fazia parte da última categoria — basicamente um *bed-and-breakfast* sofisticado numa mansão. Na viagem até lá, eu estava conversando, animada, sobre como o interior francês era bonito, com suas colinas ondulantes pontilhadas de vacas, quando Jean-Luc disse:

— Acho que você precisa praticar o seu francês.

— *Zut alors*. Eu não falo desde os vinte anos.

— *C'est comme le vélo. Tu n'oublies jamais.*

— *Não* é como andar de bicicleta. Eu esqueci tudo.

Ele ergueu as sobrancelhas.

— *Mais, tu m'as écrit des lettres en français.*

Eu tinha sido pega.

— Sim, mas tive ajuda para escrever. — sorri inocente — Google Tradutor...

— Bem, agora você tem a mim.

— *Sacré bleu.* — eu disse.

—Você está citando um desenho animado?

— Por quê?

— Ninguém mais usa essa expressão. — disse ele, e riu.

Ao longo das próximas horas, Jean-Luc falou em francês, me atualizando sobre a terminologia francesa moderna, e eu fiz uma tentativa de assegurar o meu lado da conversa, mas era uma verdadeira luta, especialmente quando, toda vez que eu abria a boca, ele me corrigia. Não, ele disse, você nunca pronuncia a última letra. Por exemplo, *devant*. Observe o *t*. Foi pronunciado *devan*. Minha cabeça girava. Não tinha como fugir ou voltar para a conversa quando eu bem entendesse. Estávamos percorrendo uma estradinha rural quando, grata por uma distração, eu gritei:

— *Arrête! Arrête!*

Uma nuvem de poeira explodiu em frente à janela. Jean-Luc freou o carro e saiu cantando os pneus para o acostamento.

— Querida, *ça va? Tu es malade?*

— Não, não estou passando mal. Estou perfeitamente bem. — eu disse — Mas olhe só este campo. Olhe como é lindo.

— Pensei que era algo sério, mas são só *des tournesols.* — disse ele, com a mão sobre o coração como se estivesse tendo um infarto de mentira — Suponho que você queira tirar uma foto.

Ele já me conhecia muito bem.

Não havia nada mais francês do que passar por um campo infinito de girassóis em plena floração no verão, reluzindo em dourados, amarelos e laranjas. *Tournesol*, a palavra francesa para girassol, como Jean-Luc explicou, significava voltar-se para o Sol, e o campo que tínhamos diante de nós parecia saído dos meus sonhos. Flores amarelas exuberantes inclinavam seus rostos felizes para os céus, seus caules altos dançando na brisa. Pontilhado com nuvens, o céu azul-pálido proporcionava um belo contraste aos tons da terra. Câmera em mãos, pulei para fora do carro. Com uma expressão confusa, Jean-Luc me viu tentar montar o meu minitripé sobre o capô, mas não parava de tombar.

— Venha. — eu disse — Não quero só uma foto de flores. Quero uma foto nossa na frente delas.

Coloquei minhas mãos nos quadris e bati o pé até que ele, relutante, saiu do Ford. Algumas tentativas e erros mais tarde, finalmente consegui minha foto. Jean-Luc me puxou para um beijo apaixonado.

— *On y va.* — disse ele — Vamos lá.

Ele abriu a porta do passageiro e um minuto depois estávamos seguindo nosso caminho. Lancei um olhar de soslaio a Jean-Luc. Até mesmo seu perfil era sexy, com o queixo talhado e as costeletas esculpidas. Eu poderia ter ficado olhando para ele durante o dia todo. Eu estava tão alegre que não reconhecia esse lado bizarro da minha personalidade. Eu queria beijá-lo. Na verdade, eu queria fazer mais do que beijá-lo. Em vez disso, peguei a mão dele. Quando me transformei *naquela* menina apaixonada?

Por fim, a construção entrou em nosso campo de visão e o lugar gritava: "Romance, romance!". Era uma reminiscência de um castelo, hortênsias rosadas, vivas e vibrantes, circundando a casa principal, tijolinhos cor de creme com a cobertura de telhas cinzentas, pontudas, beirais arredondados em gesso.

— *C'est magnifique!* — exclamei.

Assim que saímos do carro e pisamos no caminho de pedrinhas, um porco barrigudo negro gigante, que imediatamente se deitou e girou de costas, implorando por um cafuné, nos cumprimentou. Alegremente, fiz carinho, surpresa de encontrar sua pele áspera e eriçada. A proprietária foi tão calorosa e acolhedora quanto. Ela praticamente desceu os degraus aos saltos para nos cumprimentar com os antigos dois beijinhos europeus e então nos convidou a segui-la até nosso quarto. Deixamos nossas bagagens no porta-malas e corremos atrás dela, que despejava um francês veloz de sua língua. Apenas sorri e concordei com a cabeça. Dentro do castelo, cada parede era pintada de amarelo-girassol, complementado com carpete vermelho. Bonito, de uma forma "olhe para mim, sou feliz, embora minhas cores briguem um pouco", havia um grande contraste entre o exterior elegante e muito mais discreto, mas não importava, pois o nosso quarto era absolutamente delicioso, com uma cama de dossel com cortinas brancas esvoaçantes. A mulher nos entregou uma chave e saiu, seu sorriso nunca deixava o rosto. Olhei para a cama e, em seguida, arqueei as sobrancelhas para Jean-Luc.

— Tsc, tsc, tsc. Mais tarde, meu amor. Depois desta manhã, acho que temos que te preservar. Além disso, você não quer visitar o Château de Chenonceau?

Depois de ver uma foto do meu pai parado em frente ao castelo histórico quando ele tinha uns vinte e poucos anos, fiz um pouco de pesquisa a respeito do lugar. Conhecido como o *château des femmes*, o castelo das mulheres, o lugar exibia toda sua glória passada, cuja beleza fria de pedra refletia sobre o rio Cher e cujos belos jardins se abriam para os milhares de turistas que o visitam a cada ano. Turistas como eu. Ele não decepcionou. Nem o *château* que visitaríamos em seguida: Chambord, o maior castelo no Vale do Loire.

Embora tivesse ficado impressionado com o meu conhecimento de Chenonceau, era a vez de Jean-Luc dar a aula de história enquanto esperávamos na fila para os ingressos.

— O Château de Chambord — ele começou, arrastando cada sílaba e pronunciando de uma forma que eu só poderia descrever como muito francesa — é reconhecido em todo o mundo não só por causa do tamanho, mas pela arquitetura renascentista italiana impressionante. — ele disse isso com orgulho e seus olhos se iluminaram — Construído como um pavilhão de caça para François I...

Olhei para a magnífica estrutura, quase indescritível com a fantasia de seu imenso telhado parecendo se estender por quilômetros, as torres, as chaminés, e os jardins bem cuidados.

— Espere um segundo. Este lugar era um pavilhão de caça?

Ele deu de ombros e virou as mãos com as palmas para cima.

— O que posso dizer? Os franceses são extravagantes, e esta é uma obra-prima da Renascença, a joia da coroa. *Incroyable!*

Pavilhão de caça e seu símbolo da salamandra à parte, Jean-Luc foi verdadeiramente incrível. Olhei para ele, esperando que ele começasse a reclamar e resmungar sobre como estava quente ao ar livre e como a fila para entrar não se mexia. Ele não levantou a voz ou saiu ralhando. Apenas ficou lá, em silêncio, me dando uma aula de história, enquanto me chamava de princesa.

—Você não está irritado com a fila?

— Deveria?

— Não, não, não. — eu disse — Só estou acostumada a um tipo diferente de reação. — os olhos dele se arregalaram com a compreensão.

— Querida, nunca deixo as pequenas coisas da vida me incomodarem, especialmente as coisas que eu não posso mudar. Entendeu?

Pessoas funcionam em dois níveis: racionais e emocionais. A julgar pelo tom calmo de sua voz e por seu comportamento ultratranquilo, Jean-Luc pensava nas coisas antes de sair esbravejando.

Ele esgueirou a mão por baixo do meu vestido, acariciando minha coxa. Tirei a mão dele num movimento rápido. Ele ignorou meu constrangimento óbvio e apontou em direção ao castelo.

— Foi na tenra idade de 25 anos que François mostrou ao mundo a visão espetacular que ele tinha. Tenho orgulho de compartilhar isso com você. Quero compartilhar tudo com você.

16

Castelos demais, tempo de menos

Eu estava me apaixonando, profunda e irremediavelmente, por aquele homem. O que me deixava aterrorizada. Claro, eu sabia, quando parti nessa viagem, que tinha sentimentos muito, muito fortes por Jean-Luc, mas não pareciam ainda muito bem delineados. Antes, ele havia sido apenas um homem por trás das palavras, mas agora era muito, muito real, inteligente, sexy e divertido, melhor do que eu tinha imaginado. Antes de adormecer, depois do nosso dia de descobertas, Jean-Luc sussurrou no meu ouvido:

— *Je t'aime, mon coeur. Avec tout mon coeur et mon âme.* Eu te amo, minha esposa.

Suas palavras me sacudiram e eu levantei.

— Você acabou de me chamar de sua esposa?

Ele deu de ombros e estalou os lábios.

— É o que eu sinto. *Je t'aime.*

— Por quê? — perguntei, não apenas em busca de confirmação, mas porque eu estava realmente muito curiosa. Jean-Luc me olhou com uma expressão confusa. Perguntei outra vez. — Por que você me ama?

— Não tenho escolha. Apenas amo.

— *Je t'aime aussi.* — aconcheguei-me em seu abraço. Como duas peças de um quebra-cabeças, nós nos encaixamos. Ainda assim, a dúvida penetrou em minha mente. As coisas pareciam perfeitas demais entre nós, e eu me perguntava quando aconteceria o inevitável. Tentei pensar positivo, mas era difícil quando meu coração estava na linha de tiro. Agarrei-me à esperança como a um colete salva-vidas. Dessa vez, eu não estava fugindo do amor; eu estava mergulhando de cabeça.

De manhã, depois de um breve café da manhã de *croissants* amanteigados e *confiture d'abricot*, visitamos o Château d'Ussé, famoso por ser a inspiração por trás tanto de *A bela adormecida* — *La belle au bois dormant* — de Charles Perrault, como do icônico castelo da Disney. Um verdadeiro cenário de conto de fadas, que fica na borda da Floresta Chinon, nas margens do rio Indre, sobre jardins escalonados.

Se eu pudesse ter escolhido um castelo em toda a França para morar, teria sido aquele. Tudo a respeito do *château* era uma promessa de encantamento, em especial a arquitetura, com seus telhados azul-acinzentados de ardósia e lucarnas, sem mencionar as torres e os torreões. Era quase impossível imaginar que num momento no tempo, o castelo havia sido usado como fortaleza, com pontes levadiças e ameias.

Jean-Luc me guiou pelos jardins.

— Você realmente me fez rir em uma de suas cartas.

— Qual? — devíamos ter trocado pelo menos duzentas.

— Sua carta louca, aquela em que você me disse que a paixão era como um velho par de meias...

— Eu sei, eu sei. Furos inclusos. — bati as mãos sobre os olhos — Por favor não repita o que eu falei.

— A vida sem paixão é como o céu sem o Sol, a Lua sem as estrelas. — ele parou, me pegou pelos braços e me pressionou contra uma parede de pedra — Não consigo viver minha vida sem paixão. Você consegue?

— Não foi que eu tivesse a intenção de viver uma vida sem paixão.

Seus olhos se fixaram nos meus.

— Samantha, quero te dar tudo. Tudo o que eu tenho. Não tenho muito, mas o que tenho é seu. Quero que você conheça a alegria. Você é tão especial e tão única. Quero te dar algo que você nunca teve. Quero te dar a dádiva de um filho.

Nunca antes eu tinha ouvido tais palavras saírem de uma boca humana real. Fiquei sem fôlego. Uma lágrima se esgueirou pelo canto do meu olho, percorrendo um caminho lentamente pelo meu rosto.

Um casal passou por nós, segurando as duas mãos de sua filha, que devia ter cerca de 3 anos. Eles a ergueram no ar, e ela apontou os dedos do pé para o céu azul. Deu uma risadinha. E então olhou por cima do ombro, na minha direção, através de marias-chiquinhas presas com fitas azuis. Seu sorriso ficou maior, como se estivesse compartilhando um segredo comigo, como se ela soubesse o que Jean-Luc e eu tínhamos falado, e ela estivesse me pedindo para pensar a respeito. O casal e sua filhinha seguiram em frente. Estremeci e percorri a logística na minha cabeça. Ele não podia estar falando sério.

— Agora? Você quer ter um filho agora?

— Não, não agora. Mas em breve. Por volta dessa época, no ano que vem, estaremos casados. Então começaremos.

Não era uma proposta formal, mas uma promessa que eu acreditava que se tornaria realidade. Não havia outro caminho para nós. Estávamos destinados a ficar juntos. Eu ri, tentando manter meus sentimentos sob controle.

— O que é você? Algum tipo de profeta?

— Não, sou um realista. E, como eu disse antes, de acordo tanto com a minha, quanto com a sua situação, nós dois temos de ser extremamente pacientes.

— Mas acabamos de nos reencontrar.

— E agora que nos reencontramos, eu nunca mais quero te perder. — ele parou no meio do caminho — Sam, você é a mulher mais inigualável e maravilhosa que já conheci. — seu rosto ficou sério. — Você quer continuar no caminho em que estamos?

Mesmo antes que eu pudesse fazer as minhas próprias perguntas, ele me deu respostas. Eu não podia imaginar minha vida sem Jean-Luc. Eu estava atraída demais por sua inteligência, sua paixão, tudo a seu respeito. Não importava a forma como as coisas tinham acontecido, apenas que agora estávamos juntos. Esperar mais vinte anos estava fora de questão. Olhei para o Château d'Ussé.

— Podemos nos casar num castelo?

Jean-Luc tirou uma mecha de cabelo do meu rosto.

— Se existe uma coisa que a França tem de monte, são castelos, princesa.

Ah, ameixeiras e desejos de conto de fadas, parecia que todos os meus sonhos estavam prestes a se tornar realidade. Eu estava flutuando numa nuvem mágica, tentando absorver tudo.

Depois de uma excursão de fim de manhã a ainda outro castelo, o Château d'Azay le Rideau, chegamos a Dinan, uma cidade medieval única na Bretanha, completamente cercada por fortificações, ou em termos leigos, um vilarejo amuralhado. História fascinava Jean-Luc. Seus olhos se iluminaram. Os meus estavam ficando um pouco nebulosos.

— Querido — eu disse, interrompendo-o enquanto ele me contava que as muralhas, praticamente intactas, tinham três quilômetros de extensão —, não quero dar trabalho demais...

— "Dar trabalho?" O que é isso? Você não está de férias?

— O quê? Sim, estou de férias. Costumo ser o tipo de mulher que não dá trabalho, o que significa que eu não exijo muito...

— Essa expressão, "dar trabalho", é engraçada. — fiz uma careta. — Princesa, o que foi? Você está bem?

Meu estômago roncou alto, e eu sufoquei um pouco do constrangimento.

— Querida, eu te amo, com barulhos e tudo mais. Vamos parar para comer alguma coisa no próximo vilarejo. Eu não sabia que era tão tarde. — Jean-Luc começou a rir — Foi uma noite bem barulhenta com você.

Minha mente girou com todas as formas constrangedoras com as quais eu pudesse ter sido barulhenta. Afundei no meu assento e cerrei os dentes, escondendo-me de seu olhar amoroso com a minha mão. Eu tinha esperanças de que ele estivesse se referindo ao meu ranger de dentes, não outra coisa como — Deus não permita — gases. A despeito do amor sendo construído entre nós, eu ainda queria impressionar Jean-Luc. Ele apenas sorriu e lançou o carro ruas sinuosas adentro, numa missão de encontrar comida para sua princesa antes que ela sofresse um ataque hipoglicêmico.

Meu homem conseguiu e encontrou uma confeitaria local, na qual comprou duas saborosas tortas de morango com massa folhada. Crise superada.

Chegamos a Dinan uma hora mais tarde e nos registramos no hotel. Pela forma como a mulher na recepção flertou e riu com Jean-Luc, eu percebi que ela estava caidinha por ele. Quando seu rosto corou, eu tive certeza. Bastava dizer que tínhamos passado tanto tempo nos braços um do outro, que eu nunca tinha percebido o efeito que Jean-Luc provocava nas outras mulheres.

— Ela gostou de você. — sussurrei, enquanto a mulher se virava para pegar as nossas chaves.

— Não seja boba.

— Ela está falando com você. Está me ignorando completamente.

Jean-Luc me olhou como se eu estivesse louca. Mas eu não estava. Fomos para o nosso quarto e eu montei sobre Jean-Luc na cama, provocando-o.

—Tem certeza de que não quer me trocar por sua nova amiguinha?

Ele me virou de costas e me imobilizou.

— *Jalousie?*

— Não, não estou com ciúmes.

Claro, talvez o monstro de olhos verdes tivesse feito uma visita, mas não porque a mulher fosse atraente ou jovem. Era porque ela poderia se comunicar com Jean-Luc em sua língua materna. Eu? Parecia que eu tinha síndrome do enfiar os pés pelas mãos não em uma, mas em duas línguas. Mas, independente da língua ou de diferenças culturais, eu ainda tinha algumas questões que precisava responder. Qualquer novo relacionamento estava sujeito a pequenas inseguranças. Ao longo dos últimos meses, tínhamos tido conversas telefônicas com duração de duas a três horas diariamente, sem que nenhum assunto fosse deixado de lado. Ambas as nossas histórias eram livros abertos. E já que o assunto de outras mulheres tinha sido mencionado, eu precisava tirar algo de dentro de mim ou me calar para sempre.

— Por que você não se casou com a mãe dos seus filhos?

— Ela não quis. Conversamos sobre isso, mas ela era contra o casamento. Depois de um tempo, as coisas desandaram entre nós, principalmente por minha causa.

Os franceses chamavam essa forma de apenas morar junto de *concubinage*. Eu sabia que muitos casais na França viviam juntos sem serem casados, e era provavelmente uma das razões pelas quais as taxas de divórcio fossem tão baixas no país. Como uma estrangeira, eu precisaria de um visto ou permissão de residência para viver ali, e para obter esse documento, eu precisava me tornar esposa de Jean-Luc. Apenas morar juntos e não nos casarmos não era uma opção para nós. Se ficaríamos juntos, teríamos de estar cem por cento comprometidos.

— Então você trocou Frédérique pela garota vietnamita...

— Durante um ano. Quando reatamos, pensei que as coisas mudariam. Pensei que poderíamos resolver as coisas. E, então, as crianças nasceram. As coisas estavam muito bem no início e nós tentamos, nós realmente tentamos. Só que...

—Você a trocou pela Anya, a russa número um.

Jean-Luc olhou para o teto, lembrando-se.

— Anya era mais jovem, muito, muito mais jovem. Muito bonita...

Eu queria respostas, não detalhes.

— Gostaria de lembrar que eu também sou muito mais jovem do que você. Sete anos mais jovem.

— Querida, não quero dizer nada com isso.

—Ah, vamos lá, Jean-Luc, sou uma mulher confiante, mas não preciso saber o quanto suas ex-mulheres eram bonitas ou jovens. Além disso, encontrei o perfil do Facebook das duas.

As sobrancelhas dele dispararam para o céu.

— O quê?

—Você nunca se perguntou por que eu quis saber o sobrenome delas? Também pesquisei no Google.

— Minha pequena espiã, você andou ocupada.

— Eu estava curiosa a respeito delas. Você se incomoda que eu pesquise o seu passado?

— Não. Não tenho nada a esconder de você. E eu estava apenas comentando. — ele suspirou profundamente — Tive uma crise na minha cabeça. Pensei que estar com uma mulher mais jovem fosse me dar o que eu queria da vida. Mas não foi o caso e, como você sabe, minha vida se transformou num inferno.

Velhas inseguranças demoram muito para desaparecer, e eu não pude deixar de fazer a pergunta que me impedia de confiar nele totalmente, aquela que tinha dado início a toda essa sequência de questionamento.

— Então, o que o impede de me deixar, de me trocar por uma mulher *muito, muito* mais nova?

Um calor escaldante reluziu em seus olhos. Ele saiu de cima de mim e rolou de costas. Nenhum de nós disse nada por um minuto ou dois. Eu não queria estragar as coisas com Jean-Luc, mas sabia que não deveria deixar que as coisas fervilhassem sob a superfície. Eu havia aprendido essa lição da maneira mais difícil, com Chris.

Jean-Luc sentou-se.

— Sam, eu já lhe disse antes, com você as coisas são diferentes. Quero ser o melhor homem para você, a melhor pessoa. Eu sei o que é ser infiel. Todas as mentiras, toda a dor que a infidelidade causa. Quero poder me olhar de frente no espelho e ser feliz com quem eu sou. Cometi muitos, muitos erros na minha vida, e acredite, eu paguei. Eu paguei. — ele fez uma pausa, e sua respiração ficou ofegante — Nunca quis chamar mais ninguém de minha esposa. Só você. E eu sinto que você já é minha esposa e eu quero gritar isso do topo das montanhas. Tudo o que compartilhei com você, tudo que você compartilhou comigo, foi feito com confiança para que possamos construir algo sólido juntos, algo que resista ao teste do tempo. Sam, eu te amo com todo meu coração e minha alma. — ele me agarrou pelos ombros. — Você tem de prometer que vai confiar em mim. Todos os relacionamentos precisam de empenho, tanto em níveis físicos, como mentais, e acho que, juntos, podemos conseguir.

Mordi meu lábio inferior e sacudi a cabeça.

— Jean-Luc, eu só precisava apagar todas as dúvidas ou reservas que tenho. Foi porque você me falou tanto sobre seu passado, que isso ficou na minha cabeça. Não o tempo todo, mas um pensamento persistente martelando no meu subconsciente. Agora já colocamos em pratos limpos e eu posso seguir em frente sem olhar para trás. Prometemos um ao outro falarmos sobre tudo e qualquer coisa. Sem segredos, não é?

— Nunca. Nunca vai existir segredos entre nós. — ele me puxou para perto de seu peito e me abraçou com tanta força que eu mal conseguia respirar — Querida, preciso te dizer uma coisa.

Prendi a respiração.

— Sim. Qualquer coisa.

— O dia mais difícil que já enfrentei foi dizer aos meus filhos que a mãe deles tinha morrido. Eles a viram sofrer por anos, mas em seus últimos dias, ela não queria vê-los. Ela estava muito doente e quase não parecia ela mesma. Às vezes, acho que as crianças ainda têm dificuldade de entender por quê. Por que ela não quis vê-los e por que ela morreu. — sua voz vacilou — Você deveria ter visto a cara deles quando eu contei... — apertei sua mão e o deixei seguir em frente — Sam, duas crianças pequenas nunca devem precisar ver a mãe morrer. — ele engoliu as palavras — Eu tentei ser o melhor pai que eu poderia ser. Agora que a mãe deles se foi, tudo no mundo deles, assim como no meu, mudou. Pensei que as coisas com a Natasha fossem ficar melhores, pensei mesmo, mas o tempo só acabaria me mostrando que eu estava esperando demais. Então você entrou na minha vida, e eu vi que eu poderia ter algo diferente. Eu vi uma vida melhor.

— Jean-Luc, é o mesmo para mim. Eu tinha desistido e pensei que não merecia coisa melhor. Me contentei. E então eu encontrei as suas cartas, e agora tudo mudou.

— Tudo. — Jean-Luc apertou minha mão com força — Em você eu vejo uma mulher amável, uma mulher maravilhosa com o coração de uma criança, uma mulher que vai ser boa para os meus filhos. Os que eu tenho agora e os que, tomara, vamos ter juntos. Por isso, Sam, acho que eu seria o homem mais estúpido do planeta se alguma vez eu estragasse tudo com você. Só me prometa uma coisa. — disse ele.

— Sim, qualquer coisa.

—Você nunca vai me fazer sentir um homem incompleto. É a razão pela qual eu deixei a mãe das crianças. Quero me sentir inteiro com você.

Igualmente. Caímos de novo nos braços um do outro e fizemos amor louca, insensata e apaixonadamente.

Continua a excursão para reacender o romance

As duas noites em Dinan passaram sem quaisquer problemas, exceto pela mulher do hotel que encurralava Jean-Luc sempre que possível, o que nós dois acabamos achando muito engraçado. À noite, andávamos pelas ruas íngremes de paralelepípedos, explorando a cidade e olhando um pouco de vitrines. Comemos *galettes* recheadas de *chèvre chaud*, queijo de cabra quente, acompanhadas por uma *cidre brut*, sidra seca. Paramos num pub local e observamos as pessoas enquanto tomávamos *mojitos* de hortelã. Todas as noites terminávamos fazendo amor. Começávamos cada dia da mesma maneira.

Visitamos a cidade fortificada de Saint-Malo, com suas bandeiras de pirata, e desfrutamos de ostras frescas à beira-mar, caminhando ao longo das praias acidentadas. Passeamos pela antiga cidade de Mont Saint-Michel, o antigo povoado monástico na Normandia, que de longe se assemelhava a um castelo de areia gigante, flutuando sobre campos de milho e trigo cor de âmbar. Quando chegamos lá, Jean-Luc me alertou sobre o mar de intermináveis turistas e também sobre o fato de que precisávamos sair antes da maré alta, ou ficaríamos presos, já que a ilha de maré seria cercada por água em poucas horas.

Atravessamos as praias da Normandia, o cassino em Deauville, uma cidade conhecida como a Riviera Francesa do norte. Comemos *moules frites*, exploramos a parte histórica, e bebemos vinhos franceses finos. Éramos um jovem (mais ou menos) casal apaixonado, nos divertindo ao máximo.

O engraçado era que eu nunca tinha sido uma pessoa sentimental, o tipo de garota com o coração palpitante, e agora eu tinha me tornado a parte feminina dos casais de que eu costumava tirar sarro. Normalmente, teria dito que aquele tipo de casal nunca durava, mas cada dia que passei com Jean-Luc provou que a teoria estava completamente errada.

Enquanto nos registrávamos em outro *château* transformado em hotel, o Château de Goville, nos arredores de Bayeux, na região da Normandia, na França, fiquei imaginando como diabos eu seria capaz de deixar Jean-Luc dali a alguns dias. Eu o vi falar com o proprietário e o observei com orgulho. Ele simplesmente estava encantando o senhor mais velho, que, nervoso no início, agora dava tapinhas nas costas de Jean-Luc, como se fossem velhos amigos.

Era uma pena que eu não tivesse ideia do que eles estavam conversando, por isso, apenas levei as coisas para dentro enquanto Jean-Luc cuidava da nossa reserva.

Antiguidades francesas eram exibidas em todos os lugares, em cada fenda, em cada cômodo e em cada recanto — pratos, têxteis, galos de porcelana e estatuetas de vidro. A atmosfera tinha uma elegância do velho mundo como só os franceses sabiam encenar. Jean-Luc ainda conversava com o proprietário, e eu soube que tinha mais do que alguns minutos para explorar o terreno. Eu queria absorver a atmosfera, respirar tudo. Fui lá fora e cheguei a um lindo jardim francês com arbustos bem cuidados, rosas e um pequeno coreto escondido na parte de trás. O exterior do castelo mostrava um estado de decadência — as pedras calcárias cor de areia estavam um pouco rachadas, as persianas brancas, descascando —, mas isso só aumentava o charme.

Jean-Luc tinha conseguido de novo; tinha encontrado minha ideia de perfeição.

Um jovem casal subiu pelo caminho de cascalho numa motocicleta. O motor parou abruptamente. Curiosa, observei-os tirarem o capacete. O rapaz era bem bonito, de jeito meio sisudo, e a moça era essencialmente francesa, com um biquinho permanente em seus lábios, e linda, mesmo que seu longo cabelo castanho estivesse uma bagunça por causa do vento. Eles passaram andando por mim, deixaram a porta da frente aberta e subiram as escadas, cada passo ecoando ruidosamente.

Jean-Luc me chamou de volta para dentro com um aceno, e nos mostraram onde eram as escadas e onde era nosso quarto.

Tecido em brocado verde-oliva decorava as paredes. Havia uma bela escrivaninha de mogno no canto e uma mesa redonda com duas cadeiras diante da janela, um lugar para tomar nosso café da manhã. Era lindo, de um jeito estranho e eclético. Nós nos esparramamos sobre a cama com dossel e os sons distintos de um casal fazendo amor — cama rangendo, mulher gemendo — vieram do quarto acima de nós. Luzes se acenderam. Eu tinha certeza de que sabia quem estava vivendo o encontro apaixonado, porém, acabou tão rápido quanto começou. Uma porta bateu. Passos duros desceram a escada.

— Acho que temos uma competição — disse Jean-Luc com uma piscadela sexy.

— Competição? Sinto muito pela garota. Só durou dois minutos.

— Nada de errado com um tiro rápido.

Mas havia. O tempo tinha passado rápido demais. Só tínhamos mais dois dias restantes. Dois dias sobrando para provocarmos um ao outro. Dois dias sobrando para fazer amor.

De manhã, dirigimos três horas até o pitoresco vilarejo de Étretat, uma comuna na região da Alta Normandia, e chegamos em cima da hora para o almoço. Nós nos sentamos do lado de fora, num restaurante coberto por tenda, aproveitando o ar com cheiro de mar e ouvindo os gorjeios das gaivotas, onde Jean-Luc me apresentou a uma nova tentação chamada *bulots* — que eram pequenos caracóis marinhos servidos com um molho aioli aromatizado com raspas de limão. Não mais estranha aos pratos mais típicos, como *escargot*, eu tinha confiado a Jean-Luc o pedido da refeição e sinceramente adorei as delícias saídas das conchas marrons mosqueadas, comendo uma logo após a outra.

— Para onde vamos agora? — perguntei.

— É surpresa. — disse Jean-Luc. Ele me espiou por cima dos óculos escuros Ray-Ban — Tenho esperança de que você vai adorar.

Jean-Luc pagou pelo almoço e me levou pela mão. Andamos pela cidade e depois por uma colina gramada. A cada passo que dávamos, a visão se tornava cada vez mais de tirar o fôlego. Logo me vi de frente para as falésias calcárias brancas e as águas azuis do Canal da Mancha, que separava a França de seu vizinho, a Grã-Bretanha.

— Nunca vim aqui, mas lembrei que você amava arte, principalmente os impressionistas franceses. — disse Jean-Luc, apontando para um arco impressionante em uma das formações rochosas — Aquelas são as falésias que Monet gostava de pintar. Você se lembra de ver essa pintura no Musée d'Orsay na sua primeira viagem a Paris?

— Lembro. — disse eu, minha voz enroscando na garganta. Exatamente como vinte anos antes, lá em 1989, quando Jean-Luc me levou ao Sacré-Coeur para mostrar onde meus artistas favoritos pintavam, pois ele tinha se lembrado da nossa conversa da noite anterior, ele tinha se lembrado do meu amor pelos artistas franceses, especificamente, pelos impressionistas. Jean-Luc me puxou para um beijo, e a brisa soprou por nossos cabelos.

— Venha. — disse ele, afastando-se do abraço — Vamos explorar.

Estávamos à beira do precipício, mas não fiquei com medo. Tinha depositado toda a minha confiança nas mãos de Jean-Luc. O medo de amar e de ser amada estava realmente se tornando um pesadelo distante no meu passado. Eu queria dar o salto.

Nossas duas últimas noites foram passadas em Saint-Valéry-en-Caux, a uma curta viagem de carro de uma hora, a partir de Étretat. O cansaço da exploração ininterrupta tinha finalmente se instalado. Uma caminhada curta mais tarde, decidimos jantar no hotel, que era adorável e tinha vista para a praia rochosa.

Mais uma vez, depositei minha fé em Jean-Luc, que ainda não tinha feito nada de errado para mim. Na verdade, tinha feito tudo certo. Por isso, concordei quando ele sugeriu que eu provasse o *pot-au-feu de la mer*. O garçom colocou a refeição sobre meu jogo americano. Esperava mexilhões, camarão e talvez um pouco de lula, não um monte de peixe... com cabeça, globos oculares e pele, numa tigela fumegante de sopa de repolho. A explosão de várias cores, combinada ao cheiro pungente, trouxeram à minha mente um mercado de peixe ao ar livre em um dia quente. Ainda assim, não poderia ofender Jean-Luc, recusando o prato, por isso engoli um pedaço do peixe não identificado com um gole de vinho, a única forma de lavar a boca cheia de gostos torturantes.

— Como está seu prato? — perguntou Jean-Luc.

Enfiei um pedaço de pão na boca e tentei não fazer caretas.

— O... o... o camarão está bem gostoso. — estava salgado demais e difícil de comer com as cascas.

— E os outros peixes? Têm gosto bom?

— Hummm-humm. Delicioso. Quer um pouco? — tipo o pedaço que está olhando para mim? Ele pegou uma porção da minha tigela e deixou a pele prateada para trás. Fez sinal com o garfo para eu continuar comendo. Só que eu não conseguia. Não sem um caçador atrás de mim. Havia apenas um problema. Só tinha um conjunto de copos na mesa e estavam cheios até a boca com o vinho rosé da casa. Ele pensaria que eu era uma alcoólatra se começasse a dar goladas no vinho. Peguei a garrafa de água — Querido, você pode pedir à garçonete para trazer dois copos para água? *Ou, j'ai besoin d'une pipe.*

O casal sentado à mesa ao lado abafou a risada nos guardanapos. Jean-Luc deu um sorriso largo e sexy.

—Você acabou de dizer que precisa fazer sexo oral.

— Não, eu não disse. Eu disse que precisava de um canudo — afundei na minha cadeira, murmurando ao me corrigir. Maldito site francês de sacanagem — O que teria sido *une paille*, não *une pipe*.

Jean-Luc se inclinou para frente, roubando um pedaço de alguma coisa rosa e escorregadia da minha tigela. Meus lábios tremeram involuntariamente. Seus olhos brilharam com malícia.

— E você mentiu para mim. Você prometeu que nunca mentiria para mim.

— Não menti.

— Sim, sim, mentiu. — ele riu — Você não gostou do seu jantar. Você odiou. É como assistir a um criança pequena fazer cara feia.

— Então você sabia o tempo todo? E não disse nada?

— Foi muito divertido ver você comer. Você faz umas caras muito engraçadas, Sam. Muito engraçadas.

— Eu não queria te decepcionar. — falei.

— Você nunca poderia me decepcionar, Sam. Você é um tesouro, que eu pretendo guardar.

Os dias e as noites se juntaram num só borrão. Na praia rochosa de Saint-Valéry-en-Caux, estendemos uma toalha de praia e tentamos aproveitar nossos últimos momentos juntos com uma garrafa de vinho, um tablete de patê de pimenta verde, e um pedaço de pão recém-assado. Ao longe, uma família remava em caiaques laranja-vivo, circunvagando alguns pescadores que lançavam redes. A água estava calma, lisa como um espelho. Em contraste, minhas emoções sacudiam. Um poço de medo substituiu as borboletas de felicidade que vibravam no meu estômago. Na manhã seguinte, Jean-Luc me deixaria no Charles de Gaulle. E eu não estava pronta para ir embora.

— Temos tempos bem difíceis pela frente e precisamos ter paciência — disse Jean-Luc —, mas podemos passar por eles. Estamos lançando o alicerce do resto da nossa vida. Agora, tudo o que temos a fazer é construir.

Além do meu amor e talvez de algumas palavras bonitas, eu não era capaz de oferecer muita coisa a Jean-Luc.

— O que eu posso construir? Não tenho emprego. Nenhum dinheiro. Tudo o que tenho são as roupas do corpo.

Jean-Luc riu. Começou baixinho e ficou mais alto. Franzi as sobrancelhas.

— O que é tão engraçado?

Ele me cutucou nas costelas.

— Essa é a história mais triste que já ouvi.

— Estou falando sério.

— Eu também. — ele me deu um beijo na testa — Eu te amo, Sam. Já disse isso antes e vou continuar dizendo até você acreditar em mim. Quero compartilhar tudo com você, apesar de o tudo que tenho não ser muito. Sou um homem muito simples, vivendo uma vida muito simples.

Uma vida menos complicada soou bem para mim. Estava cansada de fugir, cansada de tentar manter as aparências. Não precisava de um carro de luxo ou de uma casa enorme, nem de roupas de grife. Quando parava para pensar, nada dessas coisas importava, e nunca tinha importado. Tudo o que eu precisava era de uma vida rica de amor. E de paixão.

Ah sim, eu precisava de paixão.

Em silêncio, vimos o pôr do sol lançar uma tonalidade amarela e alaranjada sobre as falésias brancas que se erguiam acima de nós. Uma brisa quente de verão soprou pelo meu cabelo. Jean-Luc passou os braços em volta de mim, me abraçando forte como se eu pudesse sair voando. O ar cheirava fresco e salgado, limpo, uma promessa de novos começos.

Mudando um pouco o peso do meu corpo de lugar, virei a cabeça para que pudesse ver o rosto de Jean-Luc. Seus olhos refletiam a cor do céu, tão calmos, tão serenos. Eu assisti às gaivotas rasgando o ar e as ondas quebrando na costa rochosa, sentindo como se eu estivesse num sonho perfeito e não quisesse acordar. Naquele instante perfeito, encontrei a tranquilidade e a paz pelas quais estava procurando durante minha vida inteira. O coração de Jean-Luc batia nas minhas costas.

Ele estava comigo, me aceitando com todos os meus defeitos.

Eu estava com ele.

Ajeitei-me nos braços dele, apoiando as costas em seu peito. Uma única lágrima silenciosa rolou pelo meu rosto. Na manhã seguinte, eu estaria num avião. Não queria dizer adeus. Mas, claro, eu tinha de dizer.

De: Jean-Luc
Para: Samantha
Assunto: Mon Amour

Acabei de chegar em casa depois de sete horas dirigindo sem minha maravilhosa passageira. Muitas vezes olhei para o banco vazio ao meu lado, na esperança de te encontrar lá. Você não pode imaginar o quanto sinto sua falta, de toda você: seu corpo, sua pele, seus olhos, sua boca, sua risada, seu humor. Você é uma mulher maravilhosa, tão carinhosa, tão agradável e tão cheia de surpresas. Nunca pensei que fosse encontrar uma mulher como você. Nunca nos meus sonhos. E ainda assim, você existe! A realidade da sua existência está além das minhas palavras. Estes dez dias ao seu lado foram fantásticos, mas uma vida com você é indescritível; é simplesmente a porta do paraíso. Sim, tudo é lindo.

Seu,

Jean-Luc

18

Conhecer os pais

Minuto a minuto, hora a hora, os dias se arrastavam. Eu estava de volta a um padrão de espera, de perpétuo estado de limbo. Além de Jean-Luc, nada mais havia mudado na minha vida. Eu ainda não conseguia encontrar trabalho. Minhas economias tinham chegado ao nível de nada. Além disso, passear com os cachorros só estava pagando pela gasolina que eu gastava para chegar à casa dos clientes, o que me deixava com cerca de dez dólares por semana. Para adicionar insulto à injúria, fui esnobada por duas mulheres enquanto caminhava com um pequeno filhote de Jack Russell Terrier chamado Rocky, num parque local.

— Ah, ele é tão bonitinho. — disse uma mulher. Ela estava usando calças de ioga e um monte de maquiagem no rosto, além de ter o cabelo e as unhas recém-feitos.

— Qual é a idade dele? — sua irmã gêmea de Malibu perguntou, com um sorriso falso. Seus olhos não tinham expressão, provavelmente vítima do Atendimento de Urgência, no qual os médicos, na verdade, faziam aplicações de Botox de emergência.

Dei de ombros.

— Não sei. Ele não é meu.

Seus sorrisos, antes amigáveis, transformaram-se em completo desprezo.

— Ah, você é só quem leva os cachorros para passear. — elas giraram nos calcanhares e saíram desfilando, deixando-me em pé no caminho empoeirado.

Eu queria gritar para elas: "Não sou apenas alguém que leva cachorros para passear. Sou um ex-diretora de arte, só estou passando tempo antes de me mudar para a França". Nenhuma dessas palavras saíram da minha boca. Rocky, aumentando minha humilhação, fez cocô. Peguei um saco de plástico azul do bolso e recolhi. Coberta de suor, levei Rocky de volta para casa e fui para o próximo cliente. Lá, encontrei três adolescentes descansando à beira da piscina sob uma tenda listrada, comendo morangos.

— Ah, é a passeadora de cachorros. Só ignore.

E se as coisas com Jean-Luc não dessem certo? Eu me tornaria a velha louca dos cachorros, que vivia na casa dos pais e era repudiada pela nata de Malibu? Exasperada, fui para casa e verifiquei meu e-mail, para ver se havia alguma boa notícia de Jean-Luc, a luz mais brilhante na minha vida.

Minha mãe entrou na cozinha.

— Está mandando e-mail para aquele francês de novo? Você tem de sair do computador, conhecer mais gente.

— Não quero. Isso não me interessa. Só existe ele para mim.

— Não seja ridícula, Sam. Vocês podem ter passado férias fantásticas juntos, mas ele é praticamente um estranho para você.

Eu precisava chocá-la, fazê-la aceitar. Podíamos pisar em ovos quando se tratava do assunto, mas sexo não era exatamente um tabu em casa durante minha adolescência. Aos 16 anos, perguntei à minha mãe se eu poderia usar anticoncepcional para, abre aspas, regular meu ciclo. Minha mãe, como ela me diria muitos anos mais tarde, não tinha nascido ontem. Eu mal podia acreditar no que eu queria dizer, então despejei.

— Ele é um amante incrível.

— Amante? — minha mãe engasgou com o *muffin* inglês — O quê? — um rubor subiu por suas bochechas, ela ficou de queixo caído — Sam, sou sua mãe. Não podemos falar sobre coisas como essas. — ela apertou os lábios e me lançou um olhar de soslaio — Então, qual é o tamanho do equipamento dele?

Café voou para fora da minha boca e caiu na mesa de vidro. *Equipamento?* Talvez eu estivesse forçando a barra por sequer mencionar sexo.

— Mãe, isso atinge um nível inteiramente novo de ser tão errado, que nem tem graça.

Mas tinha. E não conseguíamos parar de rir.

Já que agora minha mãe e eu parecíamos compartilhar tudo, decidi mostrar a ela como o Google Tradutor funcionava com um dos e-mails franceses do meu sapo. Peguei uma das cartas mais curtas, que, à primeira vista, parecia "correta".

Meu amor,

Esta manhã, durante o café da manhã, realmente pensei em você. Nós temos hoje e amanhã e eu sou louco de alegria por ter você comigo... é a conclusão.

Muito amor para minha queridinha, minha putinha safada.

(Plein d'amour pour ma petite chérie, ma petite cochonne.)

Minha mãe olhou para a tela do computador.

— Por que cargas d'água ele está chamando você de putinha?

Depois que peguei meu queixo do chão, respondi:

— O quê? Não, não, nãããão, ele não está me chamando disso. *Ma petite cochonne* significa "minha porquinha" — o que era verdade. Mas havia uma conotação sexual quando se chamava uma mulher de porquinha, não era uma tradução literal. Obrigada, Google.

Minha mãe não estava convencida.

— Bem, por que ele está chamando você de porquinha?

— Não é uma expressão de carinho? Oink?

— Então você deveria chamá-lo de *gros cochon*. Porcão.

— Não, você pode chamá-lo disso na cara dele. De acordo com o e-mail mais recente que mandou, ele gostaria de fazer uma visita em outubro. É claro que, se não tiver problema com vocês.

Ela olhou para mim como se eu tivesse três cabeças.

— *Mi casa, su casa.* — disse ela — E você não tem que pedir. Estou morrendo de vontade de conhecê-lo pessoalmente!

No início da noite, sentei na varanda do meu quarto, com Ike ao meu lado e um Chardonnay gelado na mão. Lá fora, entre as árvores e pássaros, eu conseguia respirar. Estar ao ar livre, na natureza, sempre tinha um efeito calmante sobre minha alma. Eu adorava observar os beija-flores. Que criaturas mágicas e fantásticas eles eram, voando de flor em flor, com os corpos iridescentes brilhando à luz do sol, asas batendo a milhares de quilômetros por hora. E então a coisa mais incrível aconteceu.

Um dos pássaros pairava a meio metro de mim. Seu corpo era elétrico, um verde cintilante vivo, com o pescoço de um vermelho vivo. Um pequeno motor ronronando, suas asas se agitavam e zuniam. O pássaro inclinou a cabeça de um lado para o outro, parecendo estar tão interessado em mim como eu estava nele. Prendi a respiração, sem querer assustar aquela magnífica criatura. Nem um segundo depois, ele voou mais para perto, agora a quinze centímetros diante do meu rosto. Suas asas batiam tão furiosamente que eu mal podia discerni-las. Em um movimento rápido, ele disparou na minha direção. Com medo de que ele furasse meu olho com seu bico preto e pontudo, pulei para trás. Como se rindo do meu medo, ele voou acima da minha cabeça mais um pouco, antes de aterrissar num galho de árvore.

Ri de volta.

Aquele beija-flor, para mim, trazia uma mensagem de um poder superior, dizendo-me para ser forte, ser paciente, para apreciar meu mundo, minha nova vida. Jean-Luc conhecia minhas posições sobre religião. Eu acreditava, mas era o tipo de pessoa que aceitava e respeitava todos os credos. Quando contei a Jean-Luc, sempre o cientista, sobre minha experiência no quintal, ele entrou numa explicação de como beija-flores eram extraordinários.

— São uma maravilha da engenharia. — disse ele.

Pacientemente, eu o ouvi explicar como, por anos, os cientistas do campo aeroespacial haviam tentado recriar os padrões de voo dos beija--flores, e eu me diverti com seu entusiasmo e sua paixão pelo assunto.

Ele se deleitava sobre o fato de serem as únicas aves do planeta que podiam voar para trás, verdadeiros especialistas em aerodinâmica.

— Sim, sim, tudo isso é interessante, mas o que você acha do pássaro?

— *C'est incroyable, mon coeur.* Inacreditável como você. — disse Jean-Luc.

Outubro esgueirou-se como uma tempestade surpresa. Minha única esperança era de que todas as nuvens de tempestade fossem passar. Jessica veio até a cidade para um longo fim de semana com o propósito de celebrar meu aniversário — minha entrada nos "enta". De alguma forma, eu consegui me convencer de que quarenta era o novo trinta. Que trouxessem o borbulhante.

Minha mãe, Jessica e eu, com Ike, pegamos o barco e tivemos um dia épico. Ficamos só dando uma volta, ouvindo Jimmy Buffett e bebendo vinho branco, e um cardume de pelo menos quarenta, talvez cinquenta golfinhos nadava perto da gente, disparando para frente, rolando e brincando no rastro de espuma branca. Os golfinhos estavam por toda parte, nadando debaixo do barco de costas, exibindo as barrigas brancas perto da proa, brincando e pulando, orquestrando um show que rivalizava com qualquer apresentação do Cirque du Soleil. Impressionantes e incrivelmente belos, os golfinhos dançavam e nadavam, a água era seu palco. Foi mágico.

— Ai, meu Deus, estão vendo ali? — gritou Jess. Na verdade, todas nós estávamos gritando, apontando, sorrindo e dando risada. Porém, tão depressa como haviam aparecido, os golfinhos desapareceram no horizonte. Naquele dia, fui para casa me sentindo contente, mas alguns dias depois, aquele sentimento se transformaria numa tristeza melancólica. Aquele mês foi preenchido por muitas despedidas.

Despedi-me da Jessica, que voltou para sua casa em Nova York. Despedi-me dos meus 30 anos. Em breve, também seria a hora de dizer adeus ao meu fiel companheiro, Ike. Depois de descobrir que a Pet Airways tinha acabado de ser inaugurada, Chris perguntou se poderíamos dividir a guarda do filho peludo. Concordei.

Eu sabia que o dia em que colocasse Ike no avião seria difícil, assim como os dias seguintes, mas nada me preparou para a dor de deixá-lo partir. Quando o deixei na Pet Airways, embora tentasse me convencer do contrário, eu tinha uma intuição profunda de que seria a última vez que iria vê-lo. Um nó se formou na minha garganta e precisei de todas as minhas forças para não me debulhar em lágrimas.

Como uma mãe controladora, avisei a recepção sobre a paralisia de laringe do Ike. Que, se ele começasse a surtar, que, por favor, esfregassem seu pescoço e lhe dessem um Benadryl para acalmá-lo. Entreguei à mulher a bolsa com a comida e os remédios, os cobertores e seu animal de pelúcia favorito: um grande macaco marrom.

— O apelido dele é "macaco" — eu disse. Puxei meus óculos de sol, que estavam sobre a cabeça, para cobrir meus olhos.

Ela me lançou um sorriso compreensivo.

Eu queria dar meia-volta e seguir para casa, esquecer o acordo feito com Chris. Afinal, Ike estava feliz. Tinha uma vida excelente na Califórnia — nadava na piscina, ia à praia e comia hambúrgueres grelhados e cachorros-quentes. Entretanto, uma promessa era uma promessa. Ike também era o cachorro de Chris.

Abaixei-me para dar o maior abraço do mundo no meu melhor amigo peludo, jogando os braços em volta de seu pescoço. Ele lambeu as lágrimas do meu rosto. Com um petisco em mãos, a mulher levou Ike para a sala dos fundos. Ele balançou o rabo o tempo todo. E então se foi. Uma vez dentro do meu carro, eu me entreguei. Meu corpo sacudia. Minhas mãos tremiam. Engoli em seco os soluços irregulares.

De volta em casa, lembranças de Ike estavam espalhadas por toda parte, bichos de pelúcia, guias sobressalentes, rolos de pelo preto girando no chão. Bodhi, o golden retriever, me seguia aonde quer que fosse, como se dissesse: "Pare de ser tão triste! Você tem a mim!".

Mas perder Ike foi como perder um filho.

Não conseguia parar de chorar.

Trouxe Bodhi, o grandão, para um abraço junto do meu peito. E então liguei para Tracey. Eu mal conseguia falar.

— O que foi? — perguntou ela.

— Acabei de colocar o Ike num avião.

— Ah, Sam, sinto muitíssimo. Você vai vê-lo de novo.

— Não, T, meu instinto me diz que não vou. Parecia um adeus definitivo. Ele não está bem de saúde. Eu deveria ter mantido ele aqui. Comigo.

— Sam, é provável que você se mude para a França...

— Não sei.

— Mas você ama Jean-Luc e ele te ama, não é?

— É.

— Olha, sei que ele vem te ver em breve, mas, depois disso, você precisa de um mês de teste ou dois. Na França. Vocês precisam parar com a fantasia de férias e tentar coisas reais. Precisa ver como a vida dele é de verdade, como são os filhos. — ela fez uma pausa — E não se preocupe com Ike. Você fez tudo o que podia por ele.

— Eu sei.

Eu estava chorando histericamente quando desliguei o telefone.

O dia 26 de outubro não poderia ter chegado mais depressa. Os filhos de Jean-Luc ficariam hospedados na casa da avó durante o feriado de La Toussaint, e meu francês viria para a cidade. No momento em que Jean-Luc saiu da esteira de bagagens, corri até ele e ele me girou nos braços. Cara, que falta eu sentia daqueles braços. Sentia falta do sorriso. Sentia falta dos lábios, do toque. Nós nos beijamos, longamente, com força, com paixão. Antes que alguém pudesse gritar "arranjem um quarto", levei-o até o outro lado da rua, para o carro. Quinze minutos mais tarde, estacionei na marina.

— Onde estamos? — perguntou.

— No barco dos meus pais. Achei que você ia querer se refrescar antes de conhecê-los. — balancei minhas sobrancelhas — Já se passaram dois meses desde que nos vimos. Achei que a gente poderia usar um pouco de privacidade.

Saí do carro e caminhei até as docas antes que ele pudesse argumentar. Jean-Luc seguiu com sua bagagem de mão e subimos no barco. Ele enfiou a mão na bolsa e tirou uma caixa preta fina e quadrada, envolta num laço vermelho.

— *Joyeux anniversaire*, meu amor.

Joguei a caixa sobre o balcão e empurrei Jean-Luc para cima da cama.

— O que eu quero é você.

Duas horas depois, aparecemos na casa dos meus pais.

Do lado de fora da porta da frente, toquei o colar que Jean-Luc tinha acabado de me dar como presente de aniversário. Uma linda pérola negra taitiana em formato de lágrima fazia parte de um pingente com pavê de diamantes em formato de V, numa corrente de ouro branco.

— De verdade, não precisava.

— Se eu não tivesse trazido nada — ele argumentou —, você não pararia de falar.

—Você veio aqui. Isso é presente o bastante.

— Sei. — ele gargalhou, estreitando os olhos para um olhar provocador — Se tem uma coisa que eu conheço, é mulher. — seu lábio superior se contraiu — Estou me sentindo um pouco esquisito de conhecer seus pais.

— Por quê?

— Porque meu divórcio não saiu ainda. — eu percebia que aquilo realmente o incomodava, mas além de ser paciente, não havia nada que qualquer um de nós poderia fazer a respeito — Me sentiria muito melhor se pudesse pedir sua mão em casamento para seu pai. Sam, eu preferia te dar um anel a um colar.

Meu coração deu uma cambalhota.

Seu receio era palpável. Ele fez um gesto em frente à porta.

— Estou um pouco intimidado com tudo isso. Minha casa é muito menor do que essa. Muito menor. Não posso te oferecer luxo, nem piscina ou um barco. Só posso...

Beijei-o de leve nos lábios.

— Jean-Luc, coisas materiais não importam para mim. Só você me importa. E já contei tudo aos meus pais. Eles compreendem. De verdade. Tenho a sensação de que você e meu pai realmente vão se entender.

Pelo menos era minha maior esperança.

19

Verificar bagagem

Ao contrário de Jean-Luc e de minha mãe, meu pai adotivo fora criado em uma vida de privilégios nos arredores de Nova York, numa cidade chamada Rye. Sua família fazia parte de uma linhagem de banqueiros e advogados, cuja história podia ser rastreada até a chegada do *Mayflower*. Na verdade, dois de seus ancestrais eram signatários originais da Declaração de Independência. Seus pais, que eu chamava de Gram e Cracker, eram WASPs[16] por excelência. Tinham enviado meu pai para um colégio interno só para meninos, Choate, quando ele tinha 11 anos, onde meu pai se destacou em seus estudos e também aprendeu a ser rebelde. Quando chegou a hora de escolher uma faculdade, em vez de optar por Yale e de se juntar à fraternidade *Skull and Bones*, como as duas gerações de homens da família antes dele, ele se matriculou na Universidade Northwestern, em Evanston, Illinois. Diferente de Yale, era uma instituição tanto para homens, como para mulheres. Além disso, pasmem, foi um escândalo familiar.

Mas, assim como Jean-Luc, meu pai trabalhou para ter tudo o que conseguiu; nada lhe foi dado. O início de sua carreira foi modesto. Ele morava num pequeno apartamento alugado quando conheceu minha mãe e dirigia um velho Jeep vermelho com cobertura branca rígida.

---

16 Sigla em inglês para "White, Anglo-Saxon and Protestant", que significa: Branco, Anglo-Saxão e Protestante. (N. E.)

Contudo, ele era inteligente e fez todas as jogadas certas. Não foi surpresa sua carreira na publicidade ter decolado do jeito que decolou. Depois de todas as viagens por causa do trabalho do meu pai, minha mãe se recusou a continuar se mudando, e, assim, eles se estabeleceram naquela vida dos sonhos na Califórnia.

Fiz um movimento para abrir as portas de madeira espanholas com o acabamento em ferragem. Jean-Luc pegou meu braço e sussurrou:

— Do que eu chamo seu pai? O nome dele é Livingston, certo?

Sufoquei uma risada.

— Ninguém nunca o chamou assim. Só chame de Tony.

— Tony?

— Também não entendo. O pai dele, Livingston II — eu disse com um sotaque inglês falso exagerado —, chamava-se Peter.

— Não sei, Sam. — disse Jean-Luc.

— Não se preocupe, vai dar tudo certo. Eles vão te amar tanto quanto eu.

E amaram.

Jean-Luc e meus pais se identificaram instantaneamente, com a ajuda das lembrancinhas que ele havia trazido da França — produtos de lavanda, doces e vinho. Na verdade, eu nunca tinha visto meu pai se relacionar tão bem com alguém. Espantada, observei-os conversando pelo que pareceram ser horas, enquanto minha mãe rodeava Jean-Luc como uma abelha, rindo, sorrindo e brincando.

Quando Jean-Luc não podia ouvir, meu pai me puxou de canto:

— Sam, você tem muita sorte. Deve ter um anjo da guarda cuidando de você.

— Ainda me sinto como se estivesse me recuperando de um nocaute, mas entendo o que você quer dizer. Junto a todas as coisas ruins veio um mundo de coisas boas.

— Querida, vai ficar tudo bem. Machucados se curam.

— Então... o que achou do Jean-Luc?

— É bom ter alguém com quem eu possa conversar. — ele sorriu — Sempre achei que você ia acabar com alguém que tivesse alma de poeta.

Ele é um ótimo rapaz. E muito inteligente. Não sabia que ele liderava uma equipe de vinte e quatro cientistas. É muito impressionante.

— Sim, como você, ele teve que trabalhar muito duro para chegar onde está hoje.

Meu pai e Jean-Luc podiam ter origens diferentes, mas tinham um mundo de coisas em comum. Não que eu tivesse expectativas de que eles se tornassem melhores amigos, ou que eu precisasse da aprovação dos meus pais, mas com certeza era bom tê-la. Agora eu só precisava fazê-los competir naqueles jogos de tabuleiro de perguntas e respostas ou de palavras-cruzadas, jogos que meu pai sempre vencia — uma batalha de inteligência, o americano contra o francês!

— Se eu não disse ultimamente, também acho você ótima. — comentou meu pai. — Independente do que você quiser fazer, eu e sua mãe vamos apoiar sua decisão.

Então eu deveria soltar a bomba? Dizer a eles que provavelmente me casaria com Jean-Luc e me mudaria para a França?

—Vou conhecer a família dele no Natal, pai. Ele vai reservar minha passagem enquanto ainda estiver aqui.

— Ele me disse. — os olhos do meu pai se iluminaram — O mês de teste.

Todos nós sabíamos que era mais do que isso.

Eu me encolhi.

— Foi ideia da Tracey.

Enquanto eu preparava o jantar, um churrasco simples que consistia em bifes de contrafilé e uma grande salada, minha mãe chegou atrás de mim sorrateiramente e sussurrou:

— Ele é tão doce. Agora sei por que você se apaixonou por ele.

— Jean-Luc é muito bom comigo.

— Ele é bom *para* você. Seu pai também gostou dele. E não se esqueça dos cães! Até mesmo o Jack gostou dele. E Jack não gosta de ninguém. Todo mundo em Malibu quer conhecer Jean-Luc.

— Ele não é uma atração de circo.

— Ora! Vai ser divertido. Leve-o ao Wine Barrel!

Cantar no karaokê do Wine Barrel não era uma opção. Eu queria que Jean-Luc visse mais da Califórnia enquanto tivesse chance. Ele tinha me mostrado praticamente toda a França, e agora era a minha vez de dar uma de guia turística. No dia seguinte, Jean-Luc e eu fomos a Palm Desert para ficarmos por uma noite com uma das minhas amigas mais antigas, Debra. Depois de uma viagem de duas horas, chegamos à casa dela por volta do meio-dia, com um buquê de flores e uma garrafa de vinho em mãos.

— É um hotel? — perguntou Jean-Luc.

Olhei para a bela casa inspirada na arquitetura marroquina. Com quase 1,6 mil metros quadrados, era enorme, o paisagismo era de absoluta perfeição.

— Não. — eu disse — E se você acha que por fora é impressionante, espere até ver por dentro.

Portas de madeira entalhadas, de três metros de altura, incrustradas com bronze, abriram-se com o pressionar de um botão. Debra nos cumprimentou. Era loira e bonita, com seu gosto impecável, ficava até estilosa com a saída de praia. Beijou Jean-Luc nas duas faces.

— É um grande prazer conhecê-lo.

— Igualmente. — disse ele —Muito obrigado por nos receber.

— Entrem, entrem! Vou mostrar a casa rapidinho e depois vamos almoçar no clube.

Pelas costas dele, Debra ergueu o polegar para mim em sinal de positivo, boquiaberta e cabeça balançando em aprovação. O queixo de Jean-Luc também caiu quando entramos na casa dela. Estávamos num átrio aberto, com palmeiras altas, disparando em direção ao céu. O que eu não disse a Jean-Luc era que Debra tinha contratado trabalhadores marroquinos para construir aquela obra-prima, com todos os materiais também provenientes do Marrocos. Os pisos eram ladrilhados primorosamente. As luminárias de bronze haviam sido todas moldadas à mão. As sancas eram finamente detalhadas, brancas e perfeitas, como o mais bonito dos bolos de casamento. Jean-Luc deu um passo à frente para espiar por cima do terraço. No térreo, um spa completo aguardava. Nos fundos da casa, logo depois da cozinha gourmet, havia uma sala temática, em que com o pressionar de um botão, uma tela de cinema de seis metros de largura surgiria na frente de sua plateia espantada. Do lado de fora, havia duas piscinas: uma infinita, a outra circular, com espreguiçadeiras embutidas. Era o paraíso, um oásis no deserto de sonhos luxuosos.

Na hora do almoço, observei Jean-Luc exercer sua mágica, deleitando-me em sua graça social. Ele não precisava tentar impressionar; ser uma pessoa agradável lhe era algo natural. Quando a conta chegou, ele estendeu a mão sobre ela. Debra o deteve.

— É um clube. Só eu posso assinar. — disse ela — Seu dinheiro não serve aqui.

Jean-Luc lançou um olhar intenso para mim. Debra riu.

Passamos a tarde no sol do deserto, ouvindo música, nadando na piscina e bebendo champanhe. Debra e eu nos sentamos no sofá ao ar livre, copos em punho.

— Ai, meu Deus. — disse ela — Precisamos cloná-lo. Imediatamente.

— Então você gostou dele?

— Se eu gostei? Eu AMEI. Ele é adorável, inteligente, sexy... — ela segurou meu joelho — Sam, nunca vi você tão feliz. Realmente tirou a sorte grande com esse homem. Ele é ótimo, de verdade.

Da piscina, Jean-Luc acenou para nós.

— Concordo. — disse eu — Concordo.

Debra e eu brindamos.

À noite, jantamos num restaurante de sushi local. Jean-Luc, como de costume, foi todo bonitão, com uma camisa elegante preta de linho, um cinto preto e jeans. Mais uma vez, interpretei a observadora, apenas ouvindo, enquanto ele e Debra conversavam e riam. Ao fim da refeição, Debra pediu licença para ir ao toalete.

— Quero pagar o jantar. — disse Jean-Luc — Não gostei de não ter podido pagar o almoço.

— Então é melhor você chamar o garçom agora. — disse eu, e Jean-Luc chamou.

Seu rosto se tornou vermelho quando ele descobriu que Debra já tinha cuidado da conta.

— Então temos que sair de fininho de manhã para comprar o café da manhã e o almoço antes que ela possa nos pegar.

Sua boca se contorceu.

Seis dias voaram rapidamente. Eu sabia que Jean-Luc voltaria para a França e eu ficaria sozinha de novo. No entanto, em vez de me sentir vazia, eu estava alegre. Logo eu iria passar um mês com ele na França — o período de teste. Quem testaria quem? Não sabíamos, embora ele tivesse dito que seus filhos às vezes pudessem dar trabalho. Naquela noite, nos sentamos na minha cama com meu laptop. Em vez de reservar minha passagem com suas milhas de passageiro frequente, como eu pensei que estava fazendo, ele abriu o site da Mauboussin, uma joalheria francesa. Jean-Luc virou a tela na minha direção.

— Quando chegar a hora, não posso pagar por um diamante grande, mas diamantes são comuns demais. Gostaria de te dar algo diferente. Tem algo aqui de que você goste?

Uau. Ele realmente estava pensando em anéis. Disparei-lhe um sorriso malicioso e olhei entre alguns modelos. Um deles saltou aos meus olhos: *Fou de Toi*. Era uma ametista rosa de seis quilates — uma *rose de France* — incrustada num aro delicado de ouro branco, contornada por um pavê de diamantes minúsculos. Era um bombom para o dedo de qualquer uma, um verdadeiro agrado para os olhos. Não tinha ideia de qual era o orçamento de Jean-Luc. O custo daquele anel era de dois mil euros.

— Gostou desse? — perguntou ele.

— Gostei do nome. Louco por você. Porque sou *mesmo* louca por você.

Jean-Luc clicou entre os modelos até outro anel. Era de ouro branco com um pequeno conjunto de diamantes no que pareciam ser pequenas asas de borboleta, o aro também era incrustado com pavê de diamantes. Era simples, elegante e charmoso. E custava trezentos euros a menos.

— E quanto a este?

— Também é bonito. — li o nome do anel em voz alta — *Moi aimer toi*.

— Você fala francês como uma mulher das cavernas. — ele empurrou o computador de lado e me empurrou de costas — Mim também te amar.

182

Meu coração tinha ido de zero a cem e tudo que eu queria era seguir em frente com a minha vida, e com Jean-Luc nela. E agora ele tinha ido embora. Nós nos falamos todos os dias, professamos nosso amor eterno e tentamos apoiar um ao outro da melhor maneira possível com os oceanos que nos separavam. Naturalmente, também conversamos sobre casamento, mas ainda havia muitas incógnitas. Por exemplo, quando sairia o divórcio dele? E os filhos dele gostariam de mim? Minha maior esperança era de que eles me aceitassem, mas depois do que tinham passado com a primeira madrasta, não viriam exatamente correndo para os meus braços.

Tinha pensado demais sobre aquelas coisas.

Algo que eu nunca tentaria fazer seria disciplinar os filhos de Jean--Luc. Não significava que se eles fizessem alguma coisa de que eu não gostasse, eu os deixaria pisar no meu calo, mas me recusava a fazer o papel da madrasta má e, com esperanças, eles passariam a me enxergar como uma amiga, uma pessoa em quem pudessem confiar. Eu queria começar a me esforçar para ganhar a confiança deles. Lembrei que as crianças tinham ficado mais chateadas por terem perdido o gato de Natasha quando ela foi embora, do que ficaram de perdê-la. Eu precisava encontrar um gato, um gato melhor e imediatamente. No mínimo, escolher um novo animal de estimação juntos iria me ajudar a criar um vínculo com as crianças.

Uma amiga minha tinha acabado de postar uma foto de seu novo gatinho de Bengala no Facebook, e no momento em que o vi, eu sabia que aquela era a raça que eu queria apresentar às crianças. A busca por uma pantera em miniatura, manchada de cores creme e caramelo, estava começando. Depois de passar horas no Google, encontrei o nome de alguns criadores na minha região, só para saber que os gatinhos custavam no mínimo mil e duzentos dólares. O que estava fora de cogitação. Ao investigar mais, descobri que as mães, ou gatas reprodutoras, eram normalmente vendidas por duzentos dólares ou menos, um valor muito mais acessível. Mencionei a ideia a Jean-Luc, e ele sugeriu que eu a discutisse com Elvire. Afinal, isso nos daria algum assunto feminino e seria uma forma de nos conhecermos.

Então, mandei um e-mail a ela.

Elvire, uma amante de gatos, conhecia a raça. Juntas, em francês, trocamos e-mails animados sobre como seria incrível comprarmos um de Natal, se Jean-Luc estivesse de acordo. Elvire e eu trocamos várias mensagens, sugerindo um criador ou outro. Algumas semanas mais tarde, depois de muito vasculhar, consegui descobrir *une éleveur* na região de Bordeaux, a apenas duas horas de distância da casa de Jean-Luc. Havia quatro gatinhos sobrando para serem escolhidos: dois machos e duas fêmeas. Disse a Elvire para pedir a Jean-Luc que ligasse para o criador e conseguisse mais informações e, em seguida, que o *papa* me ligasse. O telefone tocou poucos minutos depois.

— Quanto custam? — perguntei, preocupada.

— Novecentos euros.

Só podia ser eu para encontrar um dos gatos mais caros do mundo.

— Querido. — falei — Eu poderia comprar uma gata mais velha aqui. Duzentos dólares.

— Eles querem filhote.

— Com um ano de idade, eles são como os filhotes...

— Elvire quer daqueles, uma fêmea, e graças a você, ela quer dessa raça. Maxence também.

Claro que eles queriam. O gato de bengala era como a estrela do rock dos gatos.

— Desculpe.

— Querida, nunca peça desculpas. Não se preocupe. Tenho uma ideia e as crianças já concordaram com ela.

Escutei a solução dele enquanto roía as unhas. As crianças, Jean-Luc e eu íamos dividir o custo do gato. As crianças tinham algumas economias e iriam contribuir com 150 euros cada. Jean-Luc pagaria a metade. Eu ficaria responsável pelo restante, 150.

— Hum, tudo bem. — eu disse.

— Sempre achei que gatos fossem de graça. A gente pode encontrar em qualquer lugar na rua. — o riso de Jean-Luc foi respondido com meu silêncio. Seu tom ficou sério — Querida, se você não puder, posso pagar sua parte, mas achei que você gostaria de estar envolvida.

— Não, não, não. Esse gato foi ideia minha. Vou pensar em alguma coisa. — gato estúpido. Eu e minha boca grande e gorda — Então, de qual parte vou ser dona? Da bunda?

Poucos dias depois, Elvire me enviou um e-mail para perguntar se eu tinha alguma ideia para nomes. Pensando em sua recente obsessão com a saga *Crepúsculo*, de Stephenie Meyer, sugeri Bella. E assim nós concordamos. Seria Bella, a gata de Bengala. Despesas à parte, eu provavelmente estava tão animada com a gata quanto as duas crianças. Além disso, era uma ótima maneira para quebrar algumas barreiras com Elvire, cujos hormônios em fúria estavam prestes a entrar em ebulição. Sim, com dois filhos adolescentes, eu estava prestes a mergulhar no fogo de cabeça.

Na manhã seguinte, Jean-Luc me ligou com notícias incríveis. Não era sobre a gata; seu divórcio de Natasha tinha finalmente saído. O drama tinha acabado e poderíamos começar a planejar nosso futuro e uma grande família feliz franco-americana, com uma gata absurdamente cara.

Com a finalização do divórcio de Jean-Luc, a inspiração para endireitar o resto da minha vida me fez entrar em ação. Era hora de me dedicar, de me livrar de todos os problemas que eu estava evitando, enfrentando-os de cabeça, como um jogador de defesa de futebol americano, esmagando os grandes primeiro. Um: eu precisava consultar um advogado de falência para descobrir se o capítulo 7 da lei de falência era uma opção viável para mim. Eu não ia sobrecarregar ninguém com a minha dívida — não Jean-Luc, não os meus pais, nem ninguém. Dois: eu precisava vender tudo o que podia. Havia um joalheiro em Santa Mônica, na Montana Street com uma placa que dizia: "Compro ouro" — então corri para lá.

A loja era legal, cheia de belas peças, tudo reluzente com diamantes em abundância. Alguns anéis da eternidade numa caixa preta de exibição chamaram minha atenção, mas não; eu não estava lá para pegar algo novo. Estava lá para vender. O dono da loja ergueu uma lupa e inspecionou meus anéis de casamento. Ele era jovem, uns 35 anos, até que bem bonito, com longos cabelos castanhos que vinham até os ombros.

Ele, como a maioria dos homens em Los Angeles, usava uma roupa descolada: uma calça jeans moderna de duzentos dólares e uma camisa de Oxford com um dragão bordado nas costas. Colocou os anéis numa balança.

— Dou mil e quinhentos dólares pelos dois.

Eu não tinha certeza se o tinha ouvido corretamente. Senti como se tivesse levado um soco no estômago. Bela jogadora de defesa. Eu queria cair de joelhos, vomitar e depois chorar como um bebê.

— O quê?

— Primeiro de tudo, o diamante é em formato de pera. Ninguém mais compra anéis em formato de pera. É praticamente inútil, a menos que eu o transforme num colar. Em segundo lugar, há um dente nele. — ele apontou para o topo do diamante — Vai precisar ser lixado, o que vai me custar algumas centenas de dólares e vai diminuir o tamanho. O contorno de platina só vale o peso. Você tem dedos finos, então... — ele parou de falar, provavelmente percebendo as lágrimas nos meus olhos — Quanto você achou que poderia conseguir por eles, afinal?

As palavras gorgolejaram da minha boca.

— Meu ex me disse que o diamante valia dezoito mil.

— Não neste planeta. — o joalheiro riu — Embora a qualidade seja razoável, não é tão boa assim. Varejo? Você teria sorte de conseguir três ou quatro mil por ele.

— Quatro é bom. — eu disse — Vou aceitar quatro. Além do valor da platina.

— Querida, eu não compro no varejo, eu compro por preço de atacado. E como eu disse a você, ninguém está comprando diamante em formato de pera. — meus joelhos pareciam prestes a ceder debaixo de mim. O meio sorriso do joalheiro estava cheio de pena — Olha, eu vi você babando sobre a vitrine. Se quiser fazer uma troca, consigo um negócio melhor.

Sacudi a cabeça, atordoada. Eu não podia vender meus anéis de casamento antigos para comprar novos. E, embora tivéssemos discutido casamento, e as coisas parecessem estar indo naquela direção, Jean-Luc, para todos os efeitos, ainda não tinha me feito a proposta.

— Não, isso seria carma ruim.

— É só dinheiro. — disse ele — Se fizer você se sentir melhor, compro os anéis de você, te entrego o dinheiro, aí você me dá o dinheiro de volta e escolhe outra coisa.

Ele estava brincando? Louco? Olhei para ele.

— Não faz diferença.

—Você que sabe. — ele devolveu os anéis — De verdade, não estou fazendo uma oferta abaixo do mercado. É justa. Pense a respeito.

Murmurei um "Vou pensar" e me dirigi à porta. Minhas mãos tremiam enquanto eu colocava as chaves na ignição. Visitei mais três lojas de joias e todos me disseram mais ou menos a mesma coisa. Pânico se estabeleceu. Eu tinha brincado com isso antes, mas finalmente me dei conta de que realmente não tinha nada além da roupa do corpo.

Em casa, minha mãe sugeriu que eu entrasse em contato com uma vendedora de bens com quem ela havia feito negócio alguns anos antes, então liguei e marquei um horário. Além dos anéis, ela disse que também poderiam me ajudar a vender um conjunto de chá banhado a prata do qual eu estava tentando me livrar havia anos. Mesmo na França, eu não conseguia me ver fazendo uma reunião formal para o chá. Teria de ser paciente, a vendedora explicou, mas achava que seria capaz de vender tudo por cerca de cinco mil dólares, menos trinta e cinco por cento. Sem outras opções, concordei.

Quanto à falência, já que eu não conhecia ninguém que tivesse passado pelo processo, vasculhei páginas na internet em busca de um advogado que: (a) não se parecesse com Slick Willy, o vendedor de carros usados, (b) não anunciasse o capítulo 7 da lei de falência como prato do dia por 795 dólares, e todo o processo litigioso necessário, e (c) não fosse um advogado que arrancasse tudo o que pudesse dos clientes. Isso levou algum tempo. Finalmente, depois de muita pesquisa, cheguei a uma mulher chamada Shannon Sugar, que também era advogada de família. Depois que a informei sobre minha situação e cheguei ao estado desastroso das minhas finanças, perguntei se ela antevia algum problema.

— Bem — disse Shannon —, suas finanças estão perto do nível da pobreza. Você definitivamente não tem recursos, mas não há garantias.

— Ótimo. — eu disse. Eu era quase uma mendiga. Simplesmente ótimo.

— Pois bem, eu lhe disse todos os riscos e você os entendeu.

Sim, eu sabia que ia ficar com nome sujo, algo de que eu estava orgulhosa de forma bizarra. Sim, sabia que havia uma chance de que minha dívida não fosse perdoada. Sim, sabia que minhas finanças eram patéticas. Sim, sabia que levaria cerca de três meses do começo ao fim. E sim, sabia que, se tivesse sorte o suficiente para vender meus anéis, os fundos que eu conseguiria iriam cobrir os serviços da advogada, deixando-me com quase nada. Sim, eu entendia os riscos.

— Quando você gostaria de dar entrada? — perguntou Shannon.

Gostar não era a palavra exata que eu teria escolhido. Eu não *gostaria* de fazer aquilo. Ninguém em seu juízo perfeito gostaria de fazer aquilo. Engoli minha resposta sarcástica.

— Gostaria de ver como as coisas vão ficar ao longo dos próximos meses. Se minha situação não mudar, vou precisar dar entrada no processo logo depois do Ano-Novo.

— Até lá, não use seus cartões de crédito. E não pague nenhuma das suas contas.

Eu estava pisando num oceano de dívidas. Aquilo eu poderia fazer.

Carta cinco

Paris, 13 de agosto de 1989

"A caneta corre mais rápido do que a língua."

Meu coração,

Esta é a minha quinta carta. Deus precisou de sete dias para criar o mundo, talvez por isso eu precise de mais do que sete cartas para construir com você algo tão grandioso como a criação do mundo. Os dias estão passando, e eu ainda penso em você com a mesma força do começo. Nenhuma notícia sua desde que você deixou Paris. Não sei, mas hoje estou com a mente um pouco perturbada.

Samantha, mesmo que você seja apenas uma estrela cadente que passou pela minha vida de uma forma tão maravilhosa, ainda quero ser capaz de guardar nossas horas juntos, como se fossem joias. Claro, minha esperança é de que a estrela cadente não desapareça.

Quero que você venha para Paris em breve. Sinto sua falta.

Em breve, vou colocar esta carta no correio e vou ficar me perguntando se escrevi as melhores coisas para você. Talvez eu tivesse falado demais e você se incomodasse com minha forma de falar sobre os meus sentimentos. Talvez você me tome por um cara louco, como muitos "francesinhos".

Mas muitas coisas na minha mente me dizem para lhe enviar minhas palavras, pois temos de nos abrir quando sentimos algo tão grande como o que eu sinto por você. Quando a gente vê nosso trem na estação, não tem como perder. Pode ser o último. Faço o mesmo com a minha vida. Você pertence a essa história e eu espero que tenha sentido e ainda sinta o mesmo.

Queria que você estivesse aqui esta noite, ao meu lado, dando momentos de ternura. Me escreva logo. Preciso de notícias suas.

Ainda seu,
Jean-Luc

20
O mês de teste

Durante meses, fiz tudo o que podia para encontrar um emprego. Percorri sites de vagas, enviei currículos aqui e ali para basicamente todos os lugares. Persegui minha recrutadora. Ela me repeliu. Não havia oportunidades freelances. Não havia empregos. Não havia nada, além da minha carreira como passeadora de cachorro e ocasionais noites em claro.

Enquanto cuidava de dois cães, um cavalo e um pônei Shetland e dormia num quarto que tinha uma coleção de bonecas velhas, com olhos e membros faltando, observando-me da prateleira em cima da cama, virando de um lado para o outro (ladeada pelos dois cachorros), eu me lembrei: pelo menos o trabalho pagaria o suficiente para arcar com minha parte da gata. Porém me mudar para a França ainda não estava nada certo. Tudo podia acontecer. O casamento de Jean-Luc com Natasha tinha azedado por causa do relacionamento — ou falta dele — com as crianças. E se não gostassem de mim?

Eu descobriria em breve.

O dia 19 de dezembro chegou e eu me vi de volta à França. Saí da alfândega, prestes a conhecer meus maiores críticos. Jean-Luc correu em minha direção e me deu o maior dos abraços de urso e um beijo ainda maior.

Maxence e Elvire espiaram por cima do ombro, me encarando — a estranheza: uma mulher estranha da América. Elvire era uma flor delicada, magra, com uma tez cor de marfim e olhos de gata, grandes e azuis. Seu cabelo avermelhado proporcionava um forte contraste com a palidez de sua pele. Maxence era o seu oposto. Pequeno em estatura, com certeza, mas robusto e forte. A pele do garoto de 10 anos era mais amorenada, seus olhos eram azul-esverdeados e seus cabelos eram de um castanho claro, cor de areia. Os dois filhos tinham os lábios perfeitos do pai.

Antes de Natasha ir embora, havia dito que Jean-Luc não iria encontrar ninguém para amar seus dois monstros horríveis. Podia ser por causa da época de Natal mas, para mim, pareciam dois anjinhos. Não havia absolutamente nada de terrível neles.

— *Tu es plus jolie en personne.*[17] — eu disse para Elvire. O elogio de sua beleza imediatamente trouxe um grande sorriso a seu rosto. Trocamos beijinhos nas faces e, para causar uma boa impressão, dei-lhe um grande abraço. O processo também foi repetido com Maxence, mas em vez de dizer que ele era lindo, eu disse que ele era *très beau*.[18] Os olhos de Elvire e Maxence dispararam de um para outro e depois para mim. Eu quase podia ver seus pensamentos funcionando, se perguntando se eu era "tão legal quanto seu pai tinha dito".

Jean-Luc pegou minha bolsa e fomos para o carro.

— Pronta para ir para casa?

Casa. Eu estava ansiosa para vê-la.

— Não é muito. — disse Jean-Luc — Mas faço o que posso. Precisei comprá-la às pressas. — ele olhou para as crianças — Logo depois a mãe deles faleceu.

— Tenho certeza de que é ótima.

— Tem muito trabalho a ser feito.

— Vou te ajudar. — um homem faça-você-mesmo, Jean-Luc já tinha me preparado para algumas "questões", como as paredes nuas no hall de entrada que precisavam ser pintadas e o buraco no chuveiro de um de seus fracassos de encanamento.

---

17 Você é ainda mais linda pessoalmente.
18 Muito bonito.

— Sam, não é nada como a casa dos seus pais.

— Eu sei. Eu já vi. — seus olhos se arregalaram de horror — Google Earth. — eu disse, a título de explicação — É uma casa de cor creme com um pequeno jardim na frente, de dois andares com uma cerca verde.

— Quando…

— Depois que você me enviou o telefone, eu peguei seu endereço no pacote.

Jean-Luc estava bem consciente da minha natureza curiosa. Ele chamava de espionagem; eu chamava de pesquisa. Pelo menos tinha sido honesta sobre minhas atividades de Mata Hari.

— Ahh, minha pequena espiã. Você andou ocupada. — ele cutucou meu ombro — Em casa, há uma caixa na qual você pode estar interessada. Vou te mostrar onde fica.

Paramos em sua rua, que eu reconheci imediatamente das minhas investigações no Google. Uma mulher passeando com um Lulu da Pomerânia indisciplinado olhou para o nosso carro. Levantei minha mão num gesto amigável. Ela olhou feio para mim e apertou o passo, praticamente arrastando o cachorro pela rua. Jean-Luc riu.

— As pessoas não são tão amigáveis aqui como são nos Estados Unidos. Elas são, como eu disse, um pouco mais reservadas.

Ele estacionou o carro na vaga. As crianças pularam para fora do carro e se dirigiram para a casa branca com o portão de ferro verde. O pequeno jardim da frente estava um pouco cheio de ervas daninhas, mas eu não disse nada.

— Preciso do seu senso artístico para transformar a casa num lar. — disse Jean-Luc, mexendo com as chaves.

— Natasha não fez nada?

— Não. Fiz tudo. Eu trabalhava na casa. Cozinhando, limpando, fazendo compras de supermercado e cuidando da decoração. Tudo.

— Mas ela não trabalhava?

— Por um tempo, sim. Depois o contrato acabou e ela entrou no seguro-desemprego. Não faço ideia do que ela fez com o dinheiro dela. Ela nunca se ofereceu para ajudar com nada. Quando eu pedia, ela gritava e chorava.

— Ela ligou?

— Não, não nos falamos desde que o divórcio foi finalizado, há duas semanas. Só temos nos comunicado por e-mail.

— Ela falou com as crianças?

— Nem uma palavra.

Bufei para expressar minha desaprovação.

Jean-Luc abriu a porta. Eu estava esperando "casa de homem": sofá preto de couro com uma TV de tela grande, talvez uma mesa de centro com rodas de carroça. Mas ele estava exagerando quando disse que precisava de ajuda. Claro, os quartos podiam ganhar um toque feminino, mas ele tinha feito um bom trabalho na decoração. Numa das paredes da sala de estar havia papel de parede feito de fibras de folhas, em cor natural, e a parede nua havia sido pintada de bege claro. A mesa da sala de jantar, um pedaço de madeira sólida, escura, com quatro cadeiras, era de influência asiática, assim como o aparador sobre o qual estava a televisão. O sofá era marrom-chocolate, da IKEA, com espaço suficiente para quatro pessoas. A sala era estreita, mas confortável, e ficaria melhor com um toque de cor — um tapete, um pouco de arte, almofadas, velas, coisas dessa natureza. No canto havia uma árvore de Natal Charlie Brown: um arbusto patético com luzes de quatro cores e alguns enfeites multicoloridos espalhados. Era evidente que ele estava tentando.

— Quando comprei este lugar, tinha sido abandonado. Você deveria ter visto isso, Sam. Estava horrível. Com pressa de encontrar alguma coisa, eu só tive duas semanas para torná-lo habitável antes que as crianças viessem morar aqui comigo. Felizmente, meu irmão ajudou.

Olhei para a pequena cozinha com armários de pinho e o piso quadriculado preto e branco. Estava tudo impecável. Jean-Luc abriu a porta que levava à garagem, onde encontrei um pequeno recanto com uma lavanderia modesta. Ele apontou para a secadora.

— Acabei de comprar isso. Para você. Feliz Natal, para minha garota americana.

— Você é tão romântico — eu disse.

Seus belos lábios se uniram num sorriso travesso.

— Eu sou, Sam. Seja paciente. Você vai ver.

Enquanto ele subia apressado as escadas, eu me perguntava o que ele estava tramando. Jean-Luc tinha coberto a entrada e a escada que levava ao segundo andar com ladrilhos que pareciam tijolos, mas o trabalho havia parado no meio do caminho, no patamar, e as paredes acima do trabalho de ladrilhos eram de gesso sem acabamento. Ele acenou para as paredes nuas e deu de ombros.

— Sei que precisam ser pintadas. Só não tive tempo de fazer nada ainda. E gostaria que você escolhesse a cor.

Concordei com a cabeça, ansiosa para dar uma mãozinha.

— Você fez um trabalho muito bom com o lugar. Devia ficar orgulhoso.

—Você é muito gentil. Não está perfeito, mas vai chegar lá um dia.

O quarto de Elvire era revestido por papel de parede amarelo girassol pálido e decorado com pôsteres do *Crepúsculo*. Além de sua cama, havia uma estante de livros, um armário e uma mesa de vidro. Era um total caos adolescente: explosão de embalagens de doces, papéis e roupas no chão. Jean-Luc sacudiu a cabeça.

— Eu disse a ela para limpar, mas ela simplesmente não me dá ouvidos. — ele gritou — *Elvire, viens ici et range ta chambre!*[19]

— *Deux secondes.*[20] — foi a resposta.

Dois segundos. Suspirei, lembrando de como eu era na idade dela. Filhos, quer na França, quer nos Estados Unidos ou no Zimbábue, eram todos iguais.

Peguei uma foto de uma Elvire muito mais jovem, sorrindo com uma mulher com cabelos curtos e escuros. A mulher tinha olhos azuis de gata, assim como Elvire. Confetes azuis e rosa cobriam as duas.

— Natasha pediu para Elvire manter as fotos escondidas da vista. Elas te incomodam?

Não que me incomodassem, em si. Senti como se estivesse olhando para o rosto de um fantasma, um sentimento difícil de descrever, não bem ciúme, mas de consciência. Um pequeno buraco se formou no meu estômago.

---

19 **Elvira, venha aqui e arrume seu quarto!**
20 **Dois segundos.**

— Natasha queria competir com a memória de uma mãe morta?

— Não. — disse Jean-Luc.

— Ela competia com Elvire pela minha atenção.

— Fico mais do que feliz em dividir você. — recordando a história que ele havia me contado sobre seu único *ménage à trois*, eu o beijei e corrigi — Com as crianças, é claro.

Jean-Luc me levou ao quarto de Max, que era revestido com papel de parede num tom médio de azul. Ao contrário de Elvire, seu quarto estava arrumado e organizado. Cartas colecionáveis estavam colocadas em pequenas pilhas perfeitas sobre sua mesa. As roupas e os brinquedos tinham sido guardados. Sorri quando vi o robô azul que meus pais tinham lhe dado de aniversário, o qual Jean-Luc tinha trazido para Max depois de me visitar nos Estados Unidos. A tromba de um elefante cinza aparecia sob o edredom azul-marinho.

— Aquele é o Doudou. Max tem desde que era bebê.

— Ah. — eu disse. Outro resquício do passado. Foi então que eu disse a mim mesma para deixar a espionagem de lado. Eu sabia tudo o que precisava sobre Jean-Luc e seus filhos.

— Tenho outra coisa para te mostrar. — disse ele, me guiando para a varanda, que havia sido fechada com uma grande janela. Ele sorriu, orgulhoso.

— Achei que você precisaria do próprio armário. Eu mesmo coloquei o piso e as paredes. Tudo o que você tem de fazer é escolher os acabamentos.

Meu coração batia descontroladamente, feliz.

Nossa próxima parada foi a suíte principal parcamente mobiliada. Apenas uma cama e uma cômoda.

—Você parece um pouco cansada.— ele me deu um beijo no nariz — Descanse um pouco enquanto eu preparo o jantar.

Tive doces sonhos e não acordei até o dia seguinte. Fizemos amor pela manhã; eu tentando fazer silêncio por causa de Max, que dormia profundamente logo ao lado. Por um tempo, apenas ficamos ali, envoltos nos braços um do outro, pernas entrelaçadas.

—Você acha que vai ser capaz de viver aqui? — sussurrou Jean-Luc.

Esfreguei minha mão sobre seu peito musculoso.

— Já me sinto em casa.

Logo após o café da manhã, Jean-Luc, as crianças e eu íamos para o mercado de Natal em Toulouse. Apelidada de *La Ville Rose*, por causa de todos os seus edifícios de tijolos, a "cidade rosa" era o centro para a indústria aeroespacial francesa — e a razão por Jean-Luc viver na área. Eu estava animada para ver a cidade rosa coberta por um manto branco, o que, de acordo com Jean-Luc, era muito raro.

Vestidos com nossos paramentos de inverno — botas, casacos, gorros e cachecóis, andamos vinte minutos de carro até *Le Capitole*, o centro de Toulouse, passando por parques cobertos de neve, em que pais empurravam os filhos em trenós de plástico, e o Canal-du--Midi, que agora estava coberto por uma fina camada de gelo. Atravessamos ruas estreitas ladeadas por belos edifícios com varandas de ferro e portas de madeira entalhada, chegando enfim ao nosso destino: uma praça grande cheia de pequenas barracas de madeira que vendiam de tudo — de roupas e sapatos a especiarias, frutos do mar e salsichas. As bancas faceavam um enorme edifício neoclássico de tijolos e pedra calcária, adornado com esculturas impressionantes. Um grupo de cafés, inclusive com clientes sentados do lado de fora, circundava o mercado.

— Assim que o mercado termina, a praça fica vazia. Às vezes, apresentações ou outros eventos acontecem aqui. Essa é a prefeitura. — disse Jean-Luc, acenando para o Capitólio — Na extremidade direita, há um teatro. Você gosta de ópera?

As crianças gemeram. Eu ri e disse:

— Gosto.

— E sua favorita?

— *Madame Butterfly*.

— Um dia, talvez a gente possa assistir juntos.

— Eu gostaria.

As crianças correram à nossa frente. Jean-Luc colocou o braço ao meu redor e seguimos, dando a eles espaço para explorar, mas ficando de olho ao mesmo tempo.

Entre os velhos e os jovens, passeamos enquanto olhávamos as vitrines do mercado, apenas desfrutando de todas as vistas, os cheiros e os sons. Havia uma ligeira brisa, não suficiente para nos fazer tremer, mas apenas para garantir que a ponta do meu nariz ficasse fria. Max e Elvire correram até um vendedor de doces, praticamente babando sobre as guloseimas. Jean-Luc entregou alguns euros a cada um. Comprariam as frutas cristalizadas revestidas de açúcar: pêssegos, maçãs e morangos? Ou chocolate?

— Querida, quer um vinho com especiarias? É uma especialidade aqui. — Jean-Luc inclinou a cabeça em direção a uma barraca a poucos metros de distância. Fiz que sim, com olhos ansiosos. Ele se afastou, com passo confiante. Mais uma vez, eu lhe assisti jogar seu charme para o vendedor. Jean-Luc era muito descontraído; fazia todo mundo sorrir.

Nossos olhos se encontraram quando ele me entregou um copo de papel de *vin chaud*, e os aromas natalinos do vinho quente permearam minhas narinas. Tomei um gole, e o líquido aqueceu minha garganta. Delicioso. As crianças logo se juntaram a nós, açúcar cristalizado brilhando em seus lábios, e seguimos em frente.

— Está gostando do mercado? — perguntou Jean-Luc.

Gostando? Eu estava amando o mercado. Amando os aromas. As especiarias, a canela e a noz-moscada permeavam o ar naquela época do ano, juntamente do pão recém-assado. Alguns dos vendedores usavam gorros de Natal e cantavam canções natalinas francesas, e o sentimento geral era de festa. A novidade da minha nova situação não parecia tão intimidante como tinha sido na minha chegada.

Maxence puxou a manga do meu casaco.

— *Regarde! Un petit cochon!*[21]

Numa caixa à nossa esquerda, um pequeno porquinho corria em círculos, gritando, o som agudo mandando dezenas de pombos pelos ares. Estavam vendendo algum tipo de doce. O porco bebê era,

---

21 Olha! Um porquinho!

obviamente, uma estratégia para atrair clientes mais jovens. Sorri para baixo, na direção de Max.

— *C'est toi?*

É você?

— *Non, c'est notre dîner.*[22] — disse Jean-Luc.

Os olhos de Elvire se arregalaram. A risada de Maxence diminuiu. Dei um soquinho no braço de Jean-Luc.

— Não vamos comer leitão no jantar. — pisquei para as crianças. — *Ton père, quel blagueur!*

Que palhaço!

Maxence correu para acariciar o porco de estimação. Jean-Luc colocou um braço em volta de mim, o outro em torno de Elvire.

— *Mes deux filles.*[23] — disse ele, referindo-se às suas duas mulheres, e eu sorri. Os cílios longos de Elvire piscaram para afastar a neve e quaisquer sinais de desconfiança.

Flocos de neve em miniatura cobriam o chão com uma camada fina de branco, derretendo sob nossos passos. A forma como as crianças olhavam para Jean-Luc, com os olhos arregalados, com adoração, fazia meu coração se encher de orgulho, um balão de água cheio demais, pronto para estourar. Era o país das maravilhas de inverno. Meu país das maravilhas. Eu estava tão feliz, que tive de parar de girar no meio da rua, agitando os braços, com língua para fora para pegar flocos de neve, como as crianças. Caminhamos de volta ao estacionamento, com um saco de castanhas torradas, deixando pegadas pelo caminho atrás de nós.

Era hora de conhecer os amigos de Jean-Luc.

Ele colocou um CD clássico e deu partida no carro. As crianças colocaram fones de ouvido nos iPods.

— Faz quatorze anos que trabalho com Christian. Ele e a esposa, Ghislaine, são tão próximos a mim como minha própria família.

— O que você contou a eles sobre mim?

Jean-Luc estalou os lábios.

---

22 Não, é o nosso jantar.
23 Minhas duas filhas.

— Sam, não tem com que se preocupar. Tenho certeza de que eles vão te amar tanto quanto eu.

Porém, no modo típico de cisma da Sam, eu estava preocupada. Apertei minhas mãos, imaginando catástrofe. Tipo, e se as crianças dissessem aos amigos de Jean-Luc que não me suportavam, que mal podiam esperar para eu levar minha bunda americana de volta ao Estados Unidos, onde era o lugar dela? E se, em vez de canudo, eu pedisse sexo oral de novo? E se os amigos fossem pessoas tensas, reservadas que não entendessem meu senso de humor? E se nos servissem *pot-au-feu de la mer* e eu tivesse que dar uma golada na minha taça de vinho para mandar goela abaixo?

Jean-Luc tocou a campainha. A porta se abriu.

Revelou-se que meus medos não se justificavam. De forma alguma.

Christian tinha olhos azuis cintilantes, um sorriso enorme e, como Jean-Luc, vinha com uma risada contagiante de fábrica. Falou algumas palavras em inglês, o que imediatamente me deixou à vontade. Ghislaine, a esposa, tinha um rosto acolhedor e alegre, cabelo loiro curto e usava óculos com armação moderna cor de laranja. Ambos, eu imaginei, estavam em seus sessenta e poucos anos. Com movimentos rápidos de mãos, eles nos conduziram para a sala de estar.

Desde o instante em que chegamos, eles não pararam de sorrir. O *aperitif* — vinho espumante — foi servido. As crianças se entretiveram com um livro de truques de mágica. Sentados perto da lareira, comemos aperitivos, queijos e tortas, e fizemos nossa melhor tentativa de conhecer um ao outro apesar da barreira linguística. Jean-Luc traduzia quando eu não entendia. Falando por meio de gestos, me ofereci para ajudar Ghislaine na cozinha, mas ela se apressou em recusar.

Durante o jantar, foi servido um vinho Bordeaux picante. Jean-Luc contou nosso caso em 1989, sobre como retomamos o contato vinte anos mais tarde e nossos planos futuros de casamento. Entrei na conversa aqui e acolá, falando francês só no passado e no presente. Ninguém me corrigiu, porque eu estava tentando. Falamos de alguns problemas em nossos relacionamentos passados; ele com Natasha e eu com Chris. Quando terminamos, Ghislaine tinha lágrimas nos olhos.

— *Je suis très contente.*[24] — disse ela e acenou com a cabeça para as crianças — *Et je pense qu'ils sont heureux aussi. Ils ont besoin d'un morceau de bonheur.*[25]

Foi então que notei as crianças sorrindo para mim. Percebi que eu não precisava de um gato para dar a eles o que estavam procurando, *un morceau de bonheur*, "um pouco de felicidade". Tudo o que precisavam era serem rodeados por amor. Sim, todos nós, todos nós estávamos *très* contentes. Muito felizes.

Numa tentativa de me aquecer ainda mais para as especialidades regionais, aquela noite foi dedicada a *le canard*, ou pato, e as várias maneiras das quais era servido. Como entrada, nos deleitamos com *foie gras*, que eu nunca tinha experimentado antes e que era produzido naquela região da França. Era saboroso, uma delícia amanteigada, que foi seguida pelo prato principal, um *confit de canard*, coxa de pato, servido com batatas assadas. Nossos anfitriões sorriram e me perguntaram se eu estava gostando da refeição.

De fato, eu estava.

— *C'est fantastique!*

Nenhum jantar francês estaria completo sem uma salada, uma variedade de queijos e frutas frescas, que, prato após prato, foram servidos logo antes da sobremesa: uma torta de chocolate excepcional decorada com kiwis cristalizados e morangos. No final da refeição, eu estava cheia e zonza com todos os sabores marcantes. Então chegou a fadiga. Mal conseguia manter os olhos abertos e lutei contra a vontade de bocejar. Eram apenas 22h, mas depois do nosso dia agitado no mercado e meu *jet lag*, parecia ser duas da manhã. Jean-Luc me olhou e explicou que eu tinha viajado de avião na noite anterior e que ele achava ser uma boa ideia me levar para casa. Afinal, partiríamos para a Provence no dia seguinte, logo cedo.

— Sem problemas! Entendemos! — exclamaram nossos anfitriões. Um turbilhão de despedidas e beijos duplos nas faces vieram em seguida.

---

24 Eu estou muito feliz.

25 E acho que eles estão felizes também. Eles precisam de um pouco de felicidade.

No caminho de volta para casa, não pude deixar de pensar no quanto Christian e Ghislaine, de fato, pareciam família. Só tinha passado algumas horas com aquele casal fabuloso, mas sua gentileza e bondade fizeram minha ideia de me mudar para a França algo bem menos aterrorizante.

Regras de compromisso

Se conhecer os amigos de Jean-Luc já tinha mexido com meus nervos, não era nada comparado a como eu me sentia nervosa por conhecer suas irmãs. Irmãs eram protetoras, as guardiãs dos portões da família. Deus sabia como a minha era. Ficaríamos hospedados na casa de Isabelle, a mais velha das irmãs de Jean-Luc, mas mais jovem do que ele três anos, e sairíamos no início da manhã.

Mais uma vez, sentei-me no banco do passageiro, torcendo as mãos que transpiravam.

Uma hora depois de iniciarmos a viagem de quatro horas de Toulouse a Marselha, as crianças começaram a discutir no banco de trás, provocando um ao outro, aos socos, aos gritos e aos berros. Jean-Luc lhes disse que não compraria a gata depois do Ano-Novo se eles não parassem a confusão. Ou isso, ou ele iria parar o carro. Essa última ameaça funcionou como um feitiço. Ele ligou o som do carro e sintonizou numa rádio tocando um Top 40 de *dance music*, tanto dos Estados Unidos, quanto da França. Elvire e eu cantamos juntas um dos sucessos de Lady Gaga, "Poker Face"; Jean-Luc não conseguiu guardar para si a própria opinião. Ele fez uma careta.

— *Les deux? Vous chantez comme une casserole.* O som é pior do que panelas batendo.

Elvire e eu continuamos cantando. Max colocou seu fone de ouvido. Jean-Luc suspirou.

Três horas e muitas canções mais tarde, chegamos à casa de Isabelle. Fui apresentada a Richard (*Ri-chárd*, com o *d* final suave), companheiro de Isabelle havia sete anos, e seus dois filhos: Maxime, de 18 anos e Steeve (com os *ee* compridos), de 23. Também estavam presentes a noiva de Steeve, Laura, e, claro, Isabelle. Depois conheci Muriel, a irmã mais nova de Jean-Luc, seu marido Alain e seus dois filhos: Arnaud, de 12 anos e Anaïs, de 18. Dois grandes boxers, Leo e Juju, e uma gata cinzenta, Dolly, logo se juntaram à festa. Todos, com exceção dos animais, me beijaram em ambas as faces. As apresentações levaram bem mais de meia hora.

As duas irmãs de Jean-Luc eram lindas de morrer, ou *éblouissant*.[26] Muriel era bem esbelta e estava em forma, com longos cabelos castanhos e postura perfeita. Uma beldade de cabelos negros, Isabelle, era a mais curvilínea das duas, sem querer dizer, de forma alguma, que ela estivesse acima do peso. Provavelmente manequim 38. As duas irmãs tinham aquela atitude francesa, um certo quê. Eu supunha que tudo se resumia à confiança, o que ambas as irmãs usavam bem, e que incluía também suas roupas — chiques sem esforço, casuais, mas requintadas. Feliz em estar calçando botas pretas simples, mas elegantes, jeans, um suéter e um cachecol pretos, eu quase me encaixava. Quase. Contudo, eu era definitivamente a estrangeira. E com tanta gente falando ao mesmo tempo, eu estava tendo dificuldades em entender qualquer coisa em francês. Minha confiança estava diminuindo.

Isabelle e Muriel me levaram para conhecer a casa, primeiro apontando o enorme presépio na sala de estar. Algumas das estatuetas de terracota, chamadas *santons de Provence* e feitas na região, eram pintadas à mão em azuis brilhantes, amarelos cintilantes e em verdes e vermelhos vívidos, representando os vários personagens da vida do vilarejo provençal: pescadores, vendedores de produtos agrícolas, mulheres boêmias e pastores com suas ovelhas. Todos os moradores e animais estavam dentro de um belo arranjo de prédios, fazendas e lojas, levando nosso olho para a *crèche*, o abrigo onde Maria, José e o Menino Jesus espera-

---

26 Deslumbrantes.

vam, rodeados por anjos, reis e, claro, mais animais. Isabelle me disse que ela e Richard vinham colecionando *santons* havia anos.

— *C'est magnifique.* — elogiei. Eu confessava: depois de ter visto a árvore de Natal do Charlie Brown de Jean-Luc, estava um pouco assustada sobre como os franceses comemoravam o Natal.

As irmãs sorriram. Isabelle pediu licença e voltou alguns minutos depois com uma pequena caixa.

— Abra. É uma pequena lembrancinha de boas-vindas à família.

O sorriso de Muriel se alargou.

— Das suas novas irmãs.

Abri o presente e encontrei uma pulseira de prata esterlina fina e muito clássica de uma loja chamada Agatha Paris. A pulseira era linda, e eu estava ainda mais deslumbrada por ver como as duas mulheres eram calorosas, como todos eram gentis. Eu estava recebendo as boas-vindas ao país e à família com beijinhos e aceitação.

— Gostou?

— *J'aime beaucoup, beaucoup, beaucoup. Merci.*[27] — agradeci, muito enfática.

Já que nunca tinham ido aos Estados Unidos, as duas irmãs queriam começar o planejamento de uma viagem imediatamente, para assim que fosse possível. E o momento perfeito era o casamento de Jean-Luc e Sam! Elas planejavam ir por duas semanas, talvez três. Seria a viagem de suas vidas! Tudo aquilo era novidade para mim, e de uma só vez, vi o meu sonho de me casar num castelo francês desaparecer. Puxei Jean-Luc de lado.

— Que história é essa de nos casarmos na Califórnia? — sussurrei.

— Eu deveria ter te alertado sobre como elas estavam empolgadas por finalmente terem uma desculpa para visitar os Estados Unidos.

Isabelle me mostrou um sinal de positivo com o polegar. As duas irmãs conversavam, e suas vozes iam subindo com o entusiasmo. Eu podia discernir palavras como "Las Vegas!" e "Califórnia!", "Grand Canyon!", "Área 51!". Minha boca se contorceu e eu suspirei.

— Não sou estraga prazeres.

---

27 **Eu gostei muito, muito, muito. Obrigada.**

— Querida, se você quer se casar aqui, nós podemos. Não mude suas ideias por causa delas. — ele inclinou a cabeça para as irmãs. Ainda estavam sorrindo. De alguma forma, aquilo parecia estranhamente planejado.

—Tanto faz. Não é nada de mais. Sempre me resta fazer minha irmã se casar num castelo. — peguei meu iTouch da bolsa e abri o calendário — Quando você acha que seriam… — comecei e depois parei de falar.

— Meu escritório vai ficar fechado por duas semanas no final de julho e depois posso tirar mais dias.

Espere um segundinho. *Un instant.* Jean-Luc e eu tínhamos conversado sobre casamento mas, para todos os efeitos, ele não tinha me pedido em casamento.

— Mas você não me pediu em…

Muriel chamou Jean-Luc antes que eu pudesse dizer mais uma palavra. Ouvi as palavras em francês para "jantar", "ajuda", e foi tudo o que eu pude discernir. Olhei para Jean-Luc com curiosidade, mas ele ergueu um dedo e disse que tinha de cuidar do molho.

Onze pares de olhos se voltaram para mim durante o jantar. Dessa vez, em franglês, uma língua a que eu já estava mais do que familiarizada, Isabelle perguntou:

— *Tu et* Jean-Luc desejam ter *des enfants?* — por alguma razão, eu esperava que ela fosse acrescentar a palavra *terrible*, mas não o fez. Com um sorriso no rosto, apenas ficou observando eu me contorcer na cadeira quente. Ah, que divertido! Vamos torturar a americana.

— Já conversamos sobre isso. — respondi, espetando um tomate cereja com o garfo. Ele furou e se abriu, escorrendo sementes amarelas — Mas agora não é o momento de termos filhos.

A conversa foi um pouco desconfortável. Mandei para dentro a minha taça de vinho. Infelizmente, todos os olhos ainda repousavam sobre mim. Com uma expressão confusa, Richard inclinou-se e encheu meu copo. Eu quase podia ler sua mente: "*Ahh, essa amerrrricane, ela gosssta di beberrr!*". Até poderia ter dito em voz alta.

— *Quand? Quand est-ce que tu veux des enfants?*[28] — perguntou Muriel.

---

28 Quando? Quando é que vocês querem ter filhos? (N. T.)

— *Après le mariage. Nous attendrons pour juillet.*[29] — disse eu, reunindo meu melhor francês. Afundei no meu assento, traduzindo as palavras que eu tinha acabado de pronunciar. Depois do casamento? Esperar até julho? Por que eu estava falando de um casamento que era apenas presumido? E ter filhos? As irmãs, Richard, Alain, Steeve, Maxime e Jean-Luc caíram na risada. Isabelle agarrou a barriga. Muriel sequer conseguia olhar para mim. Com o coração acelerado, me virei para Jean-Luc.

— O quê? O que há de tão engraçado?

— Querida, você acabou de dizer que estava esperando por um orgasmo.

— Não, não, não, eu não disse isso. Eu disse "não até julho". Julho! — meus olhos se arregalaram em confusão. O riso do grupo ficou mais alto. Seus olhos lacrimejavam. Eles chiavam e riam até pelo nariz. Fiz uma careta.

Jean-Luc pegou minha mão e apertou-a.

— Sam, você não pronunciou "julho" direito. Você falou como o verbo *jouir*, que significa ter um orgasmo.

Ah. Não. Não falei.

Mas, sim, sim e, Ah, Sim, eu falei.

A manhã estava escura e tempestuosa, com nuvens carregadas ameaçando chuva. Clima à parte, estávamos a caminho da cidade natal de Jean-Luc, La Ciotat, localizada à beira do Mar Mediterrâneo. Depois de vinte minutos numa autoestrada, dobramos uma esquina e Cassis, o vilarejo turístico à beira-mar, vizinho a La Ciotat, surgiu em nosso campo de visão. De beleza impressionante, as cores da paisagem magnífica eram especialmente vívidas à luz tempestuosa: prédios amarelos, salmão e laranja enfincados num cenário de verde. A cidade em si era situada numa baía, cercada por enseadas abrigadas, conhecidas como *calanques*.

— Ahhh, este é o cheiro de casa. — disse Jean-Luc ao abaixar a janela — Sinta.

---

29 Após o casamento. Vamos esperar até julho.

O ar carregava o cheiro molhado de sal e terra, e era refrescante. Percorremos de carro os desfiladeiros rochosos e as falésias com uma vista espetacular das águas abaixo de nós, em direção a La Ciotat. Assustador e bonito ao mesmo tempo, o Mar Mediterrâneo se agitava e borbulhava, um chantilly branco espumoso.

—Você deve ter amado crescer aqui.

— É verdade. — Jean-Luc afirmou com a cabeça e apontou para um aclive — Aquele é o ponto mais alto de toda a Europa. Ah, tivemos alguns problemas quando éramos jovens. — ele riu baixinho para si mesmo — Nunca precisei deixar a cidade. Meninas de toda a Europa…

— Menos, garanhão. — olhei para o banco de trás — Crianças no carro.

— Eles não entendem inglês tão bem assim.

Risos iluminaram os olhos de Jean-Luc; revirei os meus.

La Ciotat era muito maior e muito mais robusta do que sua vizinha delicada e charmosa, Cassis, mas ainda bela. Num passeio rápido de carro pela cidade, passamos pelo velho porto mercante da cidade, pela praia e por inúmeros restaurantes e lojas — tudo que parecia servir aos turistas. Além das famosas *calanques*, La Ciotat havia reivindicado a posição de local com o cinema mais antigo do mundo, o Eden, onde a primeira exibição de filme ocorreu.

—Temos algum tempo antes do horário que meus pais esperam por nós. — disse Jean-Luc, o que significava que deveríamos ser pontuais e não chegarmos mais cedo — Então, vamos tomar um café rápido.

Paramos o carro num estacionamento público junto à praia e serpenteamos pelas ruas de paralelepípedos, até que encontramos um *salon de thé*.[30] Pegamos uma mesa para quatro ao lado de uma vitrine com várias chaleiras — todas com uma influência muito japonesa. Os filhos pediram dois refrigerantes e biscoitos. Jean-Luc e eu optamos por chá. Logo depois de fazermos nosso pedido, Jean-Luc puxou a carteira. Nenhum dinheiro. Antes que eu pudesse oferecer um *centime*, Jean-Luc se levantou e me deixou com as crianças.

— Nem pense nisso, Sam. Não está aberto à discussão. Já volto.

---

30 Salão de chá.

— *Où tu vas, papa?* — perguntou Elvire, querendo saber aonde ia seu pai, bem enquanto a porta da frente se fechava.

Estendi a mão e esfreguei o polegar contra o indicador e o dedo médio, o sinal universal para "dinheiro". Elvire acenou com a cabeça, demonstrando compreensão. De repente, um tumulto veio de fora, com música alta e risadas. As crianças me olharam. Balancei a cabeça. Todos saltamos da mesa e saímos para encontrar árvores de Natal gigantes andando com grandes olhos arregalados e homens sobre pernas-de-pau pintadas, como soldados de brinquedo, e flocos de neve gigantes. Homens com gorros de Papai Noel tocavam instrumentos musicais — cornetas, tambores e trombones — enquanto as mulheres vestidas com fantasias de duendes dançavam. Era uma loucura do melhor tipo. Peguei minha câmera de vídeo.

O clima no pátio era além de festivo, repleto de risadas e, bem, árvores de Natal andantes. Uma árvore gordinha coberta com bolas reluzentes amarelas, enfeites brilhantes e grandes laços vermelhos ia na direção de Maxence. O sorriso torto de Max queria dizer: "Sou descolado demais para isso", mas o riso em seus olhos dizia o contrário. Devia ser a estrela de feltro molenga sobre a cabeça da árvore de Natal. Imediatamente depois disso, um dos soldados de brinquedo com calças listradas veio pulando como gafanhoto na direção de Elvire e parou bem na frente dela, com as mãos nos quadris. Seu rosto estava pintado de branco, em contraste com seu grande bigode preto curvado estilo Salvador Dalí e cavanhaque. Grandes bolas redondas enfeitavam seu terno vermelho, combinando com o chapéu de estilo bobo da corte. Seus olhos se arregalaram comicamente quando ele pegou uma mecha de cabelo ruivo de Elvire e o segurou no ar, mas não o puxou. Elvire caiu na gargalhada antes de fugir. O homem empolado fingiu ir atrás dela, dançando e agitando os dedos.

Jean-Luc apareceu andando atrás de mim.

— O que está acontecendo aqui?

— Não faço ideia. — eu estava sorrindo tanto, que meu rosto doía — O Natal é assim no sul da França?

— *Évidemment.*

Alguns instantes depois, a multidão de foliões de Natal se dispersou para apresentar suas peripécias a outras pessoas desprevenidas. Rindo, voltamos para o interior do *salon de thé* para desfrutar do nosso lanche no meio da manhã.

O prédio de apartamentos dos pais de Jean-Luc era velho, muito provavelmente construído nos anos 1960, e um pouco degradado, uma caixa sem o charme francês — não bem o que eu esperava, algo que Jean-Luc notou quase imediatamente.

— Meu pai trabalhava nos estaleiros — explicou ele — e sempre teve medo de investir dinheiro em imóveis. Tendo trabalhado duro, ele se agarrava a cada franco que conseguia. Agora, mesmo se quisessem comprar, o preço dos imóveis em La Ciotat disparou e, como a maioria dos moradores daqui, não seriam capazes de pagar os preços acessíveis apenas para os parisienses ricos.

Dei de ombros para dispersar o choque inicial.

— Casas não importam; as pessoas é que importam. Estou muito animada para conhecê-los.

As crianças dispararam à nossa frente e subiram uma escada, seus passos ecoando por todo o corredor.

— Não tem elevador? — perguntei.

Lembrava um pouco o apartamento de Jean-Luc em 1989, em Paris.

— Não.

— Tem banheiro?

Jean-Luc fez uma careta.

— Claro. Não é a Idade Média.

Um passo de cada vez, caminhamos até o quarto andar. Eu estava sem fôlego quando chegamos ao topo. As luzes no corredor se acenderam. O irmão de Jean-Luc, Michel, abriu a porta e entramos num apartamento de três quartos, ensolarado. Michel me disse *bonjour* com dois beijinhos no rosto e depois se enfiou em seu quarto, fechando a porta atrás de si. A atitude não passou despercebida pela mãe de Jean-Luc, que gritou algo num francês irritado.

Jean-Luc sussurrou:

— Meus pais estão envergonhados pelo comportamento de Michel.

Fiz um gesto como quem não dava importância.

— *Non, ça va.* Não tem problema. — Jean-Luc já havia me informado sobre a timidez de Michel. Não me ofendi.

O pai de Jean-Luc, André, era magro, com uma cabeça de penugem branca, olhos castanhos gentis e um sorriso maroto. Aos 76 anos, tinha uma aparência fantástica, estava em forma e cheio de vida. A mãe, Marcelle, apareceu atrás dele. Ela, como Jean-Luc tinha mencionado, era bem pequena, com belos olhos verdes, o que oferecia uma explicação para a cor dos olhos de Jean-Luc — uma mistura tanto do pai, como da mãe. Ela me envolveu num grande abraço, muito mais forte do que eu teria julgado que ela fosse capaz, e agarrou meu rosto, me beijando em ambas as faces.

— *Bienvenue dans la famille.*[31] — disse em seguida, e mais rodadas de beijos vieram.

Parecia que eu estava a caminho de me tornar parte francesa. Talvez eu tivesse assimilado a parte dos beijinhos, mas era hora de melhorar minhas habilidades de conversação. Se bem que Jean-Luc ainda não tinha me pedido em casamento; ele simplesmente presumia que aconteceria. Em julho, ao que tudo indicava.

Sequer tive tempo para respirar antes que seguíssemos em frente outra vez. Gilles, amigo de Jean-Luc desde a infância, e sua esposa, Nathalie, convidaram-nos para jantar, juntamente de outro casal, Claude e Danielle. Isabelle já tinha concordado em ficar com as crianças. Depois do tema da conversa da última noite, eu não sabia se estava a fim de que zombassem de mim de novo e, pelo que Jean-Luc havia me dito, eu estava um pouco temerosa. Gilles era um louco, daqueles com olhos insanos, e encrenqueiro. Eu estava certa de que nada de bom esperava por mim.

— Falei com Gilles mais cedo — disse Jean-Luc —, e ele me disse uma coisa muito engraçada. — resmunguei e ele continuou — No dia do meu casamento com Natasha, ele e alguns membros da minha família fizeram uma aposta sobre quanto tempo o casamento iria durar. — ele riu baixinho para si mesmo — Metade não deu seis meses. Os outros disseram um ano.

---

31 Bem-vinda à família.

Fiquei imaginando o que a família dele e os amigos estavam realmente dizendo sobre nós pelas costas. Que tipo de apostas estavam fazendo? Eu descobriria logo.

Jean-Luc acariciou o topo da minha mão com o polegar. A atitude demonstrava nervosismo. Havia algo que ele não estava me dizendo, alguma outra coisa em sua mente. Mudei a posição do meu corpo para encará-lo.

— Que foi?

Ele pigarreou.

—A razão pela qual o divórcio com Natasha foi tão tranquilo, é que eu a fiz assinar alguns papéis antes do casamento.

— Um acordo pré-nupcial?

Ele assentiu com a cabeça.

— Nunca confiei nela, mas confio em você. Pensei que ela fosse mudar quando nos casamos, que a estabilidade iria deixá-la mais confiável. Pensei errado. Ela não melhorou. Ficou pior.

—Assino tudo o que você quiser que eu assine.

— É por isso que sei que não precisamos desse acordo. E quando estivermos casados, vai ser para sempre.

— Então, vamos nos casar?

— É claro. — respondeu Jean-Luc — Existe alguma outra saída para nós?

— Mas…

— Chegamos. — disse.

Estacionamos na casa de Gilles, ampla e moderna, com uma piscina infinita. A porta da frente se abriu e Gilles veio até nós, olhos arregalados, o que o fazia parecer um pouco com Jack Nicholson, em *O Iluminado*.

Dei um passo para trás, mas antes que pudesse correr para as colinas, Gilles me pegou pelos ombros, me puxou para ele e me beijou nas duas faces. Depois, me pegou e me girou no ar antes de me colocar de novo no chão.

— Olá, Sam! Bem-vinda! — disse, em inglês.

— *Entrrrem* e venham tomar champanhe! Nesta noite, celebramos seu noivado! *Félicitations!*

Gilles conduziu Jean-Luc para a sala, dando um tapa em sua bunda. Segui com um riso inadequado. Nathalie saiu da cozinha, revirando os olhos. Estava vestida de forma impecável, outra que poderia encarnar a atitude "Quem, eu? Não, só juntei umas peças antigas". Trocamos olhares da cabeça aos pés, não óbvios demais, mas avaliando uma a outra, de qualquer forma. Como a maioria das mulheres francesas que eu tinha conhecido, a maquiagem de Nathalie era mínima, apenas rímel, base, blush, e uma pitada de brilho labial. Notei suas botas de camurça cinzentas imediatamente. Eram a perfeição. Ela me beijou nas duas faces.

— *Bonsoir, Samantha. Enchantée.*

Em seguida, fui apresentada a Claude e sua esposa de 25 anos, Danielle. Nós nos sentamos num sofá marrom, moderno e que lembrava Roche Bobois, e Nathalie serviu os aperitivos — porções pequenas de queijos temperados, junto de espumante com essência de creme de cassis. Gilles puxou uma câmera de seu bolso da camisa.

— Todos queremos saber o porquê. Por que, com todos os homens nos Estados Unidos, com todos os homens na França, com todos os homens do mundo, por quê? Por que você está com Jean-Luc? — a sala sacudiu com riso. Gilles riu desvairado e tirou uma foto minha. Ele apontou para Jean-Luc e continuou — Basta olhar para ele. Ele é *hor--ri-ble*. Um monstro!

Em silêncio, fiquei ali, sem ter certeza do que fazer. Jean-Luc estalou os lábios. Nathalie e Danielle deram de ombros. Conhecidos havia bem mais de trinta anos, aquilo era comum quando os três se reuniam, supus.

— Nenhuma mulher em sã consciência iria se casar com ele. — concordou Claude. Ele bateu na lateral da cabeça duas vezes. Gilles e Claude se inclinaram para frente. Gilles pegou um bloquinho de cima da mesa de centro com tampo de vidro, como se para fazer anotações.

— Conte-nos. Por quê?

— Nunca conheci ninguém como ele antes. Eu o amo.

A risada de Gilles ecoou. Ele rabiscou no bloco e depois, agitando os braços, disse:

— Sam, precisamos que você fale sério *pour un instant*. Por que Jean-Luc?

Tomei um gole do champanhe. Eu poderia me aproveitar da situação, entrar na deles, me divertir um pouco também.

— E que história toda é essa de casamento? — estendi minha mão esquerda — Ele sequer me pediu em casamento ainda. Não estou vendo anel no meu dedo. Você está? Por mim poderia ser um desses anéis de açúcar ou de plástico.

Bingo.

Gilles e Claude suspiraram e colocaram as mãos sobre a boca em choque simulado. Danielle e Nathalie deram uma risadinha. Jean-Luc suspirou.

— *Zut alors,* Jean-Luc! — Gilles estendeu a câmera com uma das mãos e apontou para o chão com a outra — Desça! Ajoelhe-se e faça o pedido agora!

As mulheres bateram palmas com expectativa. Claude puxou Jean-Luc do sofá. E, de repente, Jean-Luc estava com um dos joelhos flexionados na minha frente. Seus amigos gritavam:

— Pedido! Pedido! Pedido! — Gilles batia uma foto após a outra.

Jean-Luc agarrou minha mão e disse:

— Samantha, você aceita ser minha esposa?

Abri a boca para responder, mas o gemido coletivo enchendo a sala me interrompeu. Gilles se intrometeu enquanto continuava tirando fotos como um *paparazzi*.

— Isso foi *hor-ri-ble.* Mais uma vez!

Jean-Luc sacudiu a cabeça.

— Samantha, meu amor, você é a única mulher no mundo para mim, minha luz mais brilhante, a rosa mais bonita do meu jardim. Me faria a honra de se casar comigo?

— Não foi muito melhor — disse Gilles —, mas serve. — Ele cutucou meu ombro — Você não vai responder? Não olhe para mim. Eu já tenho uma esposa.

Meu olhar encontrou o de Jean-Luc.

— Sim, eu me caso.

Gilles, Claude, Danielle e Nathalie gritaram:

— Beijo, beijo, beijo, beijo.

Então nos beijamos.

— Onde esse casamento vai ser? — perguntou Nathalie.

Adivinhe. Adivinhe. Adivinhe.

Jean-Luc e eu respondemos em uníssono:

— Califórnia.

22

Celebrar o Natal

Estávamos de volta à casa de Isabelle e Richard, sentados na cama, depois de termos nos empanturrado de mais pato *chez* Gilles e Nathalie. Se eu comesse mais *confit de canard*, poderia ter começado a grasnar. Apoiada nos cotovelos e chutando minhas botas, observei Jean-Luc tirar uma caixa circular e branca de sua bolsa. Um nome, Mauboussin, marcava a tampa. Ele abriu. Dentro, havia um anel de ouro branco com uma enorme, e eu quero dizer enorme, ametista quadrada de um rosa-pálido, reluzindo brilhantemente dentro de uma fileira elegante e feminina de pavê de diamantes. Engoli em seco. O *Fou de Toi*!

— Não estava pensando em fazer isso esta noite, mas as coisas mudaram e, já que a véspera de Natal é amanhã... o que é um dia? — Jean-Luc delicadamente colocou a joia em meu dedo anelar esquerdo — Já que você aceitou.

As palavras não me vinham. Maravilhada, eu olhava para o anel, prestes a explodir em lágrimas.

— Não estava brincando quando disse que o anel podia ser de plástico...

— Querida, o que foi? Não gostou? Preferiu o outro?

Gostar? Ele estava brincando? Ergui os olhos para Jean-Luc, com lágrimas escorrendo pelo meu rosto.

— Está louco? Eu amei. — joguei meus braços em volta do pescoço dele e nos beijamos, suas mãos acariciando minhas costas — Com anel, sem anel, eu te amo muito. — ri, olhando para minha mão — Mas este anel, na verdade, é fora de série.

— É. Não é?

Olhei para o bombom rosa decorando meu dedo e sorri. Já que agora estávamos fazendo as coisas nos conformes, tive uma ideia.

— Por favor, você tem que pedir minha mão ao meu pai. Vai ser muito significativo para ele.

— Vamos ligar para os seus pais agora.

— Tenho uma ideia melhor. — eu disse — Vamos fazer isso ao vivo.

Peguei meu computador, liguei, esperei impaciente pela tela inicial e abri o Skype. O computador dos meus pais estava listado como on--line, e minha mãe atendeu no primeiro toque.

— Oi, Sam!

— Mãe, coloque no vídeo e chame meu pai e a Jess.

Ela gritou:

— Tony, Jess, venham aqui! Ligação da Sam, da França!

A voz da minha avó vibrou no fundo.

— Oi, Sam! Estou com saudades.

A tela de vídeo apareceu e o sorriso da minha mãe encheu a tela. Minha avó espiava por cima do ombro.

— Oi, vovó. Também estou com saudades da senhora! — inclinei a cabeça para o lado — Vovó, este é Jean-Luc.

— Olá, Dottie. — disse Jean-Luc — Ouvi coisas maravilhosas sobre a senhora.

— É um prazer conhecê-lo também, Jean-Luc. — disse vovó, um olhar de confusão escrito em seu rosto — Pelo Skype, quero dizer. Mal posso esperar para conhecê-lo pessoalmente.

A família toda agora estava na tela do computador, conversando entre si. Bodhi ofegava no canto. Só conseguia ver seu nariz preto molhado. Estendi minha mão esquerda até a câmera. Minha mãe, vovó e Jess gritaram.

— Ai, meu Deus.

— Parabéns!

— Ahhhhhhhh!

Assim que a empolgação das mulheres diminuiu, cutuquei Jean-Luc nas costelas. Ele se endireitou e, ao fazê-lo, sua cabeça ficou fora da tela. Ajustei a câmera de modo que ele conseguisse olhar meu pai nos olhos, de homem para homem.

— Olá, Tony, gostaria de pedir sua permissão para me casar com sua filha.

Pelo brilho nos olhos do meu pai, eu percebia que ele apreciava o gesto de Jean-Luc, ainda que, obviamente, tivesse sido incitado por mim.

— É claro. — começou meu pai, mas ele foi interrompido.

As mulheres da minha família gritaram.

— Pode levar!

Antes que eu desconectasse, minha mãe pediu para ver como era um Natal provençal. Então marchei com o computador até o térreo, mostrei a árvore e os *santons*, e ao longo do caminho, apresentei minha irmã, minha mãe e minha avó, que tinham vindo junto no passeio, a Isabelle, Richard, Maxime, Steeve e sua noiva, Laura, que ainda estavam assistindo à TV. Eles acenaram e riram e eu só conseguia pensar em como aquilo era muito estranho, ser capaz de apresentar minha família para minha nova família francesa usando um computador.

A segunda tela apagou, liguei para o celular da Tracey, usando meus créditos do Skype para chamadas.

— Bem, Feliz Natal. — disse ela.

— Para você também. Ah, e é oficial.

— O quê?

— Jean-Luc e eu estamos noivos!

— Parabéns! Estou muito feliz por você! — Ela fez uma pausa. — Vocês, por acaso, vão se casar na França?

Suspirei e expliquei a decisão da Califórnia.

Por mais que eu amasse meu suéter cinza com lantejoulas cor de lavanda da Forever 21, eu não tinha mais 21 anos, e não me servia mais. Por isso, dei-o à Elvire. Ela sorriu e me agradeceu, depois saiu e, dois segundos depois, voltou ao banheiro, vestindo o suéter, e ficou observando enquanto eu passava maquiagem. Ela inclinou a cabeça de lado. Sorri. Eu tinha entendido a dica. Ela precisava de uma mulher em sua vida. Eu podia sentir. E por tudo o que fosse mais sagrado, se existia um momento para estabelecer um vínculo, era aquele.

— *Est-ce que tu veux un peu de maquillage?*[32] — perguntei e Elvire afirmou com cabeça, entusiasmada.

Escolhi só cores naturais: um pouco de delineador marrom, um toque de sombra creme, uma pitada de blush e um pouco de rímel. Ofereci a ela um brilho labial, que ela passou. Pela forma como seu queixo tinha empinado só um pouquinho, eu percebia que ela estava se sentindo bonita. Juntas, descemos até o térreo, onde Maxime e Steeve imediatamente deram-lhe um assobio, o que a fez corar. Ela bateu em Maxime.

— *Arrête!*[33]

— Sua menininha está crescendo. — disse eu, ao me sentar com Jean-Luc no sofá.

Ele gemeu.

— Vamos esperar que, quando ela crescer, não fique como eu.

— O que você quer dizer? — perguntou Jean-Luc.

— Bem, minha família continua tentando se livrar de mim, mas como um bumerangue, não paro de voltar.

Pelo menos uma vez, meu humor pôde ser traduzido. Jean-Luc me pegou pelos braços e me levou à sala de jantar.

— Eu te peguei e não vou te deixar ir embora.

— Isso é bom — falei —, porque venho com uma política que não permite devolução.

---

32 Você quer um pouco de maquiagem?
33 Pare.

— *Tout le monde, venez à table.*[34] — veio a chamada.

Todos para a mesa. Era véspera de Natal e hora do jantar.

Alain, o marido de Muriel, tinha trazido o prato principal: javali. Alguém deu as graças. Meus pensamentos estavam em outro lugar; principalmente em *Como diabos faço para não comer esta carne de caça com molho espesso cinzento sem ofender ninguém?* Meus futuros familiares franceses, quatorze dos quais reunidos para aquele banquete, estavam falando a toda velocidade entre si, e eu não conseguia fazer parte da conversa animada porque, mais uma vez, não conseguia entender palavra nenhuma. Por mim, eles poderiam estar falando em suaíli. Jean-Luc colocou um pedaço de javali no meu prato. Minha cabeça girou. Meu estômago revirou. Apertei um pedaço cartilaginoso com meu garfo, lutando contra o mal-estar que se agitava no meu estômago. Jean-Luc serviu uma colherada de molho espesso sobre a carne. Engoli em seco.

— Querido, acho que não consigo comer isso.

— É bom. Você vai gostar. Foi Alain mesmo quem caçou.

Como se tornasse melhor.

— Eu sei. Mas o molho? É cinza...

— Sim, é delicioso, incrível, feito de sangue!

Sangue? Eu queria chorar. Como o pobre porco no meu prato, senti como se estivesse sendo assada. Todo mundo estava rindo e conversando, enquanto eu me impedia de gritar de frustração. Quanto mais eles riam, mais irritada eu ficava. Inseguranças beliscavam meu cérebro. Aquela vida e aquele mundo eram diferentes demais dos meus. Assisti a todos comerem e decidi que eu devia ter péssimas maneiras à mesa; eu nem sequer comia direito. Diferente de mim, quando os franceses cortavam a comida, não destrocavam o garfo para a mão direita antes de trazê-lo à boca. Olhei para meu anel. Dei-me conta de tudo de uma só vez. Uma nova vida? Uma nova língua? Um novo país? E duas crianças que provavelmente me trocariam por um pacote de chicletes? Ok, talvez não um pacote de chicletes, mas um gato?

— Querida, o que foi? — perguntou Jean-Luc.

— Não sei se estou pronta para isso. — sussurrei.

---

34 Todo mundo, venha para a mesa.

— Você não precisa comer o javali.

Forcei um sorriso, mas não disse uma palavra.

Jean-Luc pegou o pedaço de javali do meu prato e colocou no dele. Como beijar a ferida de uma criança assustada, aquela ação simples tornou tudo melhor. Em vez de manter segredo sobre os medos que eu tinha sobre mudar toda a minha vida, em sussurros, falei sobre eles. Jean-Luc entendia meus receios, e eu percebi que, mesmo em circunstâncias extremas, poderia conquistar qualquer coisa com ele ao meu lado. Suas cartas de amor, afinal, tinham me inspirado a mudar minha vida. Então, do quê eu tinha tanto medo? Tentar algo novo? Tudo aquilo era novo para mim. Reunindo toda a minha coragem, comi um pedaço do javali no molho de sangue. E não foi tão ruim. Naquela noite, fui para a cama tão animada como qualquer criança em véspera de Natal, mas meu verdadeiro presente de Natal não era o anel de noivado bonito, não a nossa forma selvagem e apaixonada de fazer amor, não a gata absurdamente cara, que em breve buscaríamos, e definitivamente não era a secadora de roupas; era Jean-Luc e seus filhos.

— Sei que tudo isso é muito diferente para você. — Jean-Luc beijou minha nuca — Estou muito feliz por ter você em minha vida. Juntos, nós vamos conseguir.

Minha mãe comprou meias verdes e vermelhas de veludo com monograma da Pottery Barn para Jean-Luc, eu e as crianças. As meias delas eu havia recheado de coisas divertidas: doces, camisetas, jogos, batons para Elvire e tatuagens temporárias para Max. Os olhos dos dois brilharam quando vasculharam dentro das meias, surpresos para encontrar mais presentes. O presente de Natal para Jean-Luc era mais sofisticado do que uma camiseta ou um bastão de plástico cheio de chocolate. Imediatamente, ele arrancou o velho relógio de pulso para colocar o novo.

— Como você pagou por isso? — perguntou.

— Segredo milenar chinês. — respondi.

— Sam...

— Jean-Luc, sério, comprei meses atrás, quando tinha dinheiro.

— É demais.

Mas não era. Comparado com o que ele tinha feito por mim, não era nada.

— Bom, sei que você ama mergulho. E sei que você precisava de um relógio novo.

Eu tinha comprado um relógio de mergulho Swiss Army de aço inoxidável, visor azul, 500 metros, logo que voltei de nossa viagem à Europa, meses antes que o lobo mau da falência viesse soprar minha casa até derrubar. Quando vi o relógio na internet, soube que tinha de comprá-lo para Jean-Luc. E foi uma pechincha, já que era um modelo que estava saindo de linha. Havia sido necessária uma grande dose de autocontrole para não contar, especialmente porque tinha ficado escondido na minha escrivaninha quando ele me visitou em outubro.

— De qualquer forma, estava em promoção e, como eu, vinha com a política que proibia devolução.

— Sam, é demais. — disse Jean-Luc.

— Tarde demais. — respondi.

Depois que a família abriu os presentes, arrumamos as coisas das crianças e fizemos uma viagem de trinta minutos para deixá-los na casa da avó materna, onde eles iriam ficar por uma semana. Estacionamos num pequeno chalé cercado de tijolinhos. Do outro lado da rua, galinhas e galos corriam de um lado para o outro num terreno aberto. Um gato preto e branco veio até o portão. As crianças nos beijaram rapidamente no rosto, pegaram suas malas e pularam para fora do carro. Jogaram as malas no chão do lado de fora da porta da frente e saíram correndo atrás do gato.

— Vou conhecer a avó deles? — perguntei.

— Não. Ela me odeia, me culpa pela morte da filha.

— Não é culpa sua Frédérique ter tido câncer.

— Ela acha que sim e não tem como eu convencê-la de que não.

Uma mulher de cabelos grisalhos, vestindo calças cor de carvão e uma camisa branca saiu da casa. Acenei, mas ela sequer se incomodou em olhar na nossa direção. Levou as crianças para dentro de casa, sem nunca olhar por cima do ombro ou oferecer qualquer tipo de sinal de reconhecimento da nossa existência.

Engoli em seco. Aquele seria um problema difícil de transpor. Fiz uma nota mental para tentar descobrir como atravessar o abismo.

Já que estávamos no coração da Provence, Jean-Luc e eu passamos o resto da semana na casa de Isabelle e, mais uma vez, ele se tornou meu guia de turismo particular (e muito sexy). Visitamos ruínas, catedrais antigas e cidades amuralhadas: Marselha, Aix-en-Provence, Saint-Rémy-de-Provence e Les-Baux-de-Provence. Porém, simbolizando minha nova vida, eu estava ansiosa pela véspera de Ano-Novo. Gilles tinha convidado Jean-Luc e eu para ficarmos em sua cabana nos Alpes.

Estávamos avançados na viagem de duas horas quando Jean-Luc perguntou:

— Querida, você esquia?

A primeira vez que esquiei foi com a Tracey e foi um pesadelo. Nunca tinha posto os pés numa montanha antes, não que as encostas do sul de Wisconsin pudessem ser chamadas de montanhas. Mais como colinas de gelo sólido feito pelo homem. Tracey tinha me dado cerca de dois segundos de instrução e seguimos caminho para o teleférico, o que imediatamente me deixou atordoada. Também fiquei com vontade de sair dali. Tracey me levou ao topo da colina e me disse para "ir com tudo". E fui com tudo. Gritando: "Saia do meu caminho! Não sei esquiar!". Desci de uma vez e passei por um pequeno salto, pernas abertas e diretamente em cima de um pobre coitado que estava parado na encosta. Do alto da colina, Tracey disse que tudo o que ela viu foi um sopro gigante de branco. Droga! Felizmente, não me machuquei, só fiquei sem fôlego. Também entortei o bastão de esqui do sujeito.

— Adoro esqui, mas acho que você tem de ir devagar comigo, tipo um morrinho. Faz muito tempo.

— Ah. — disse Jean-Luc — É como andar de bicicleta. A gente nunca esquece.

— Assim como meu francês, certo?

Jean-Luc ignorou a piada.

Em outra vez que fui esquiar, novamente com a Tracey, machuquei feio meu joelho e tive de descer a montanha carregada em uma maca. Eu estava começando a me perguntar se era uma boa ideia. Talvez eu só devesse relaxar no chalé e beber cidra quente.

— Não tenho nenhuma roupa de esqui. — disse eu, pensando que eu poderia evitar uma visita provável à sala de emergência.

— *C'est pas grave.* — não era grave, nada grave. — Nathalie e as filhas dela têm coisas para você.

— Ótimo.

A paisagem diante de nós se tornou montanhosa e linda, de tirar o fôlego, picos irregulares alongando-se para o céu. A cabana de Gilles estava situada nos Alpes-de-Haute-Provence, num povoado de esqui chamado Sainte-Anne-la-Condamine. Era verdade, parecia muito fabuloso poder dizer: "Ah, passei o Natal na Provence e depois fomos esquiar nos Alpes durante o Ano-Novo".

A neve começou a cair com mais força. Não era bem uma nevasca, mas a visibilidade estava, sem dúvida, comprometida. Focado na estrada, Jean-Luc mantinha seu comportamento sempre tranquilo. Algumas agulhas de pinheiro grudaram na janela.

Enfim, a placa para Sainte-Anne! Os nós dos dedos de Jean-Luc ficaram brancos, enquanto ele tentava manter o controle do carro. Um ônibus estava na lateral da estrada. Não havia proteção na beira da pista. Um movimento em falso e seríamos catapultados pela encosta da montanha. Fechei os olhos até que estivéssemos fora do caminho do mal. E rezei.

Vinte ou mais pequenos chalés de madeira pontilhavam a encosta à nossa direita. Viramos em uma rua estreita e estacionamos o carro. Antes de sairmos, calcei um par de botas de inverno de Elvire.

— Qual é o do Gilles?

Jean-Luc fez beicinho com o lábio inferior e encolheu os ombros. Pegou o celular do bolso de sua jaqueta, discou, falou rapidamente em francês e depois pegou uma pequena trilha por uma encosta.

— *Suis-moi.* — siga-me — É lá atrás. Temos de ser rápidos. Acabei de falar com Gilles e vamos encontrá-lo para o almoço em dez minutos. Nathalie vai nos mostrar a cabana.

Colocando um pé firmemente na frente do outro, andei pela estrada, que estava coberta por uma fina camada de gelo. O cheiro de fumaça enchia o ar, algumas lareiras expeliam fumaças brancas ondulantes que pareciam marshmallow. Com um grande sorriso e um copo de café fumegante, Nathalie acenou da varanda.

— *Coucou! Faites attention!* — "ei, vocês, cuidado", disse Nathalie. Ela me agarrou pelo braço antes que eu escorregasse pelos degraus.

Entramos no chalé onde uma pequena sala de estar e uma cozinha nos aguardavam. O banheiro ficava atrás de uma cortina. As filhas adolescentes de Gilles dormiam no primeiro nível, que era um espaço aberto com duas camas e um banheiro. Nathalie apontou para os dois quartos no mezanino com uma pequena varanda.

— *Ta chambre est à droite.* — nosso quarto era o da direita — *On y va dans cinq minutes.* — eu tinha cinco minutos para ficar pronta. Nathalie me entregou calças de neve pretas, uma jaqueta de esqui branca, um par de luvas, um gorro, meias grossas de lã e um par de óculos de esqui.

Parecia que eu ficaria bem e quentinha naquele mundo de globo de neve de açúcar.

Mesmo se eu quebrasse uma perna.

No momento em que abri a porta da lanchonete, o lugar inteiro gritou:

—Ahhhh, *c'est* Samantha *et* Jean-Luc. — e todo mundo começou a cantar. Um copo cheio com cinco centímetros de pastis foi empurrado na minha mão. Beijaram-me e me abraçaram. E me beijaram de novo.

— *Félicitations!*

Não sabia quem eram aquelas pessoas, mas eu já as amava.

Jean-Luc sussurrou em meu ouvido:

— Gilles me disse que a maioria dessas pessoas aqui são vinicultores de uma área chamada Nimes. Todos vêm aqui há anos.

—Vinicultores? — dei um sorriso tão grande, que doeram minhas bochechas — Meu tipo de gente.

Tomei um gole de pastis, que esquentou minha garganta quase tanto quanto meu coração tinha sido aquecido por aquela recepção calorosa e frenética. E então era hora de esquiar.

Infelizmente, Jean-Luc tinha confundido "Eu amo esquiar", com "Eu sei esquiar" e acabei caindo, batendo a cabeça e torcendo o joelho sobre o que, com toda certeza, não era um morrinho. Aquilo não nos impediu, no entanto, de depois dançarmos noite afora a música "Memories" de David Guetta com Kid Cudi, entre outros sucessos franceses e americanos, junto com Gilles, Nathalie, e uma multidão selvagem de vinicultores de Nimes — incluindo um homem com o nome de Henri, que eu peguei escapando com uma garrafa gigantesca de pastis.

Quando o relógio bateu meia-noite, Jean-Luc me beijou na boca, enquanto teve chance. Aparentemente, na França, a pessoa tinha de beijar todo mundo do lugar, e o pessoal de Nimes deu mais um beijo para garantir — no estilo do sul da França, as pessoas trocavam três beijinhos nas faces. Direita. Esquerda. Direita. Ou talvez esquerda, direita, esquerda. Com as notícias do nosso noivado recente, todos queriam tirar uma casquinha de nós. Jean-Luc e eu conseguimos sair de fininho da festa mais cedo, às três da manhã, para que pudéssemos brindar o Ano-Novo sozinhos antes de desmaiarmos.

Na manhã seguinte, agradecemos, nos despedimos e saímos cedo para pegar as crianças na casa da avó deles e seguirmos para casa. Fiquei surpresa quando quatro pessoas saíram para nos cumprimentar: Thierry, o tio das crianças, sua esposa, Cristina, e seus dois filhos, Thomas, da mesma idade de Elvire, e Mathilde, que tinha a idade de Max. Jean-Luc e eu saímos do carro e completamos os exigidos beijos duplos nas bochechas.

Foi por meio de Thierry, que já tinha sido um amigo próximo de Jean-Luc, que Jean-Luc tinha conhecido Frédérique. Naturalmente, depois que ele havia deixado a irmã de Thierry, a amizade se tornou tensa. No mínimo, Thierry fazia um esforço para deixar seus sentimentos por Jean-Luc de lado por causa de Max e Elvire, e isso me deixou feliz. Os homens brincaram um com o outro sobre cabelos, ou melhor, a falta dele. Um *Bonne Année* final foi trocado, mas mesmo com o riso e com a camaradagem, o ar ficou mais pesado quando as crianças entraram no carro.

Max disse algo rapidamente em francês. Os olhos de Jean-Luc perderam o brilho.

— O que ele disse? — perguntei.

— Ele disse que a avó e o tio brincaram com eles sobre nós, dizendo que minha casa devia ter uma porta giratória. Qual mulher está chegando? Qual mulher está indo?

— Bom, espero que um dia, eles vejam a luz. Você ama as crianças. E você sabe de uma coisa? Eu também. — apertei sua mão — Não vou a lugar nenhum. E vou tirar a porta giratória. Agora estamos a caminho de nos tornarmos uma família de verdade.

A burocracia francesa e a americana

Legalmente falando, ficamos sabendo no consulado francês em Los Angeles que seria muito mais fácil se nós amarrássemos o nó na França e depois fizéssemos a cerimônia para a família e amigos em Malibu. Na França, o único casamento que contava era a cerimônia civil, realizada na *mairie* local, isto é, na prefeitura. Um casamento adicional na igreja ou no templo era comum, mas não era o que legalizava a união. Antes que nos dessem uma data, teríamos de entregar à prefeitura uma pasta de casamento, e só então eles iriam publicar o que era chamado de *la publication des bans*, as proclamas, afixadas numa vitrine para que toda a cidade visse, caso alguém — um ex vingativo, por exemplo — desejasse questionar o casamento. Um resquício da Idade Média, sim, mas era a lei. A papelada era confusa e parecia não ter fim.

Assim que voltamos para minha nova casa, fomos direto para o Hôtel de Ville — um jeito elegante de dizer "paço municipal" — para pegar a lista de documentos exigidos. Entramos no prédio da prefeitura, nos sentamos num banco rígido do lado de fora de *état-civil* e esperamos pacientemente por nossa vez de sermos chamados. Alguns instantes depois, uma mulher robusta, com cabelo escuro e olhos castanhos nos chamou para a sala dela com um movimento do dedo indicador.

Ela se sentou atrás de uma mesa e apontou para as cadeiras à sua frente. Enquanto Jean-Luc explicava o propósito da nossa visita, ela o olhava com curiosidade, seus olhos castanhos cintilando com reconhecimento. A mulher abriu uma pasta, tirou um pedaço alaranjado de papel e o colocou na nossa frente.

— *Vous avez des questions?*[35]

Os olhos dela revelaram o que a boca não disse: você deve saber o que é necessário, não esteve aqui no ano passado? Quando nos levantamos para sair, a mulher teve um vislumbre do meu anel gigante cor de doce e lançou um olhar fulminante para Jean-Luc. Estávamos condenados. Eu podia sentir.

A lista de Jean-Luc era bem simples: certidão de nascimento, declaração de divórcio, comprovante de identidade e comprovante de residência. Os meus, no entanto, eram um pouco mais tediosos. Além dos mesmos documentos, os quais teriam de ser traduzidos por um tradutor juramentado, eu também teria de fornecer uma das seguintes opções: um *certificat de non-remariage* ou um *certificat de coutume*. O *certificat de non-remariage* era exatamente isso: um certificado comprovativo de que não havia me casado de novo desde o divórcio. O *certificat de coutume* era um parecer jurídico informando que, de acordo com as leis do meu país, eu estava legalmente livre para me casar e não tinha me casado desde o meu divórcio.

— Acho que precisamos contratar um advogado para fornecer os dois documentos. — disse Jean-Luc.

— Por quê? Parece um pouco redundante. Quero dizer, está escrito *ou. Ou* significa *ou.*

— Só estou com um pressentimento.

Pela forma como a mulher tinha olhado para Jean-Luc na *mairie*, eu concordava.

—Você já falou ao Chris sobre nós? — perguntou ele.

— Ainda não. Você já contou à Natasha?

— Ela não responde aos meus e-mails nem aos telefonemas. Ela não se importa. — franziu os lábios — Mas Chris ainda te manda e-mails. Isso tem que parar.

---

35 Você tem alguma dúvida?

— Eu sei. — respondi — Mas as coisas são diferentes entre Chris e eu. Ficamos juntos por quase treze anos...

— Sam, agora você está comigo.

—Vou dizer a ele. — disse eu. A única coisa era que eu não sabia como dominar aquele medo, como diria ao meu ex que eu estava feliz. Finalmente. Feliz.

Enquanto Jean-Luc estava no trabalho e as crianças, na escola, passei meu tempo procurando por todas as oportunidades potenciais de design freelance nos Estados Unidos apenas para descobrir que não havia nada, além de tentar descobrir a melhor forma de conseguir os documentos do meu casamento iminente e próximo. Embora o site do consulado francês listasse advogados e suas áreas de atuação, encontrar um que agisse tanto nos Estados Unidos quanto na França se mostrou um desafio. Jean-Luc e eu reunimos os documentos dele, mas decidimos que era melhor eu reunir os meus quando voltasse para os Estados Unidos.

Uma semana não nos faria mal, faria?

Jean-Luc tinha me prometido um vislumbre de sua vida cotidiana com os filhos. E agora, com o fim das festas, a vida cotidiana foi exatamente o que vi. À noite, Jean-Luc me ensinava a cozinhar gastronomia francesa básica, uma habilidade com a qual ele era mais do que familiarizado, tendo sido um pai solteiro por tanto tempo. Eu abria uma garrafa de vinho e tomávamos uma taça enquanto ele me instruía sobre os pontos mais delicados de se preparar uma quiche — o segredo era a massa pré-assada, minúsculos pedaços de presunto chamado *lardons*, *crème fraîche*, *herbes de Provence* e mostarda dijon, a verdadeira. Eu cozinhava os *lardons* enquanto Jean-Luc misturava os ovos com um batedor, um *fouet*. Nós nos encontrávamos em algum lugar no meio do caminho e nos beijávamos: sobre uma quiche, um *pot-au-feu*, um *boeuf bourguignon* ou as ainda mais simples "ettes" — *raclettes*, *tartiflettes* ou *galettes*. Trabalhávamos bem juntos e eu adorava o fato de que ele gostava de cozinhar tanto quanto eu. Uma noite, porém, Jean-Luc chegaria tarde do trabalho e eu estava preparando a refeição sozinha, quando Elvire entrou na cozinha, seguida por Max.

— *On mange quoi ce soir?*[36] – perguntaram, suas expressões um pouco temerosas.

---

36 O que vamos comer hoje à noite?

Jean-Luc me havia alertado sobre a experiência alimentar que haviam tido com Natasha. Pelo que parecia, ela tinha preparado uma refeição russa carregada com toneladas de maionese, e as crianças se recusaram a comê-la, o que fez Natasha ter um acesso de raiva. Ela subiu as escadas chorando, bateu a porta e não quis sair do quarto até a manhã seguinte. Também se recusou a novamente tentar cozinhar alguma coisa para as crianças ou para Jean-Luc.

— *Ce soir* — eu disse com um grande sorriso — *on mange un magret du connard.*

— *Connard?* — repetiu Max.

— *Oui.* — respondi — *T'aime le connard?*

As crianças irromperam em gargalhadas, e eu não entendi o motivo até Elvire explicar que *connard* significava babaca em francês, e que *canard* era pato. Opa. Embora minha última gafe francesa tivesse me feito encolher de vergonha no início, era uma das boas. Pela primeira vez, Max e Elvire estavam realmente rindo *comigo*.

Durante nosso prato de pato servido com um acompanhamento de arroz e vagens francesas, olhei para o sofá. Precisava de almofadas coloridas, algumas mantas. O chão da sala precisava de um tapete. Um pouco de arte nas paredes também seria bom. A designer em mim não conseguia se conter em planejar tudo; nem tudo tinha de ser utilitário. Além disso, eu precisava colocar minha marca no local, fazer da casa um lar. Fiz uma lista mental do que eu precisava trazer dos Estados Unidos e o que seria necessário declarar. Como pratos e talheres que combinassem, bules e panelas que não estivessem amassados e tigelas de servir.

Felizmente, Jean-Luc concordou. Ele queria animar nossa casa, mas com seu horário de trabalho cheio, ele não tinha tempo. Comecei com pouco, indo ao centro e comprando itens decorativos — em promoção, claro — como dois castiçais de vidro mercurizado e uma bandeja de madeira entalhada.

Quanto às tarefas domésticas, parecia que lavar roupa nunca chegava ao fim. Era o que acontecia quando se tinha uma garota adolescente cuja ideia de limpeza do quarto incluía jogar tudo o que tinha dentro do cesto de roupa suja. Eu lembrava daqueles dias. E estava agradecida por Jean-Luc ter comprado a secadora. Eu era uma mulher americana acostumada às conveniências modernas e não conseguia me imaginar pendurando todas as roupas e lençóis no quintal durante o inverno, usando pregadores de madeira, como nossos vizinhos.

As noites de sexta eram reservadas para compras de supermercado e aos sábados de manhã íamos ao mercado local para comprar frutas, legumes e verduras frescos. No domingo, Jean-Luc, as crianças e eu fazíamos faxina juntos. Acredite em mim, não havia nada mais sexy do que observar um homem passar aspirador e passar pano, especialmente porque eu não gostava de fazer nenhum dos dois. Eu estava mais para espanar as superfícies e organizar. O único drama acontecia quando as crianças não davam ouvidos a Jean-Luc ou, como filhos típicos, respondiam. Quando isso acontecia, eu apenas fingia que não os entendia. Até que estivesse mais integrada em suas vidas, eu queria ficar de fora.

Só havia uma coisa que faltava em nossa crescente unidade familiar franco-americana: nossa gatinha.

Então, carregamos o carro, dirigimos as duas horas até Bordeaux, cantando o tema de *Happy Days*, para buscar Bella no criador. No momento em que a vimos, nos apaixonamos. Ela era linda e sua pelagem era incrivelmente macia, suave como seda. A gatinha ronronava como o mais alto dos motores. Esguia e musculosa, sua barriga tinha manchas de leopardo e suas pernas eram como as de um tigre. As marcas na carinha davam a impressão de que ela exibia um sorriso permanente. Seus olhos eram gigantescos, um belo verde e amarelo, e ela parecia sábia, quase mística. As crianças ficaram mais do que empolgadas. Eu também. Por isso, podíamos ter comprado um dos gatos mais caros do mundo, mas o simples fato de que ele me aproximava das crianças era inestimável. Éramos como uma grande e feliz quase-família.

Era bom demais para ser verdade.

E era mesmo, porque, mais uma vez, o tempo passou rápido demais. Tínhamos acabado de nos entrosar, as crianças estavam começando a me conhecer e agora era hora de ir embora. Olhei nos olhos de Jean-Luc no aeroporto. Ele insistiu em esperar comigo na fila do check-in, gastando até o último segundo comigo enquanto podia.

— Por favor, você tem de contar a ele sobre nós. — por *ele*, eu sabia que Jean-Luc se referia a meu ex-marido, Chris — Consigo ver nos seus olhos. A culpa.

Antes que tivéssemos saído de casa rumo ao aeroporto, eu havia cometido o erro de verificar minha caixa de e-mails e tinha encontrado várias mensagens de Chris me dizendo como a saúde de Ike estava definhando depressa, o que era mais do que preocupante. Meu instinto sobre o meu cachorro tinha sido certo.

— Agora não. Não é o momento.

— Sam, eu te conheço. Você tem um coração bom, mas ele é uma toxina na sua vida. Veneno não te mata imediatamente; mas, pouco a pouco, vai trabalhando pelo seu sistema. Você tem que tirar o veneno da sua vida antes que ele danifique tudo. Você tem coisas mais importantes para pensar. Tem a mim e às crianças. Precisa abandonar sua culpa e seguir em frente.

Eu sabia que ele estava certo, mas magoar Chris ainda mais do que eu já tinha magoado não estava na minha lista de prioridades. Evitar conflito estava.

— Prometo que vou contar.

— Quando?

— Não posso despejar isso nele agora. Ike…

— Entendo sobre Ike, de verdade. Mas também acho que ele está usando o cão para te manter na vida dele.

A mulher atrás do balcão da British Airways me chamou. Jean-Luc segurou minha mão enquanto eu fazia o check-in, apertando-a. Tínhamos apenas alguns minutos restantes juntos antes que eu fosse até o portão. A tristeza pairava sobre meu coração outrora feliz.

— Sam, sei que você vai fazer a coisa certa. — Jean-Luc sussurrou em meu ouvido — Preciso de você aqui comigo, totalmente.

— Vou fazer o que puder. O mais rápido possível.

Reparti minha vida em pedaços que eu conseguia administrar, o que tornava os problemas que eu estava enfrentando muito mais fáceis de engolir. Em primeiro lugar, casamento. Em relação à minha certidão de nascimento, o documento mais importante da lista para o governo francês aprovar nossa petição de casamento, eu precisava preencher alguns papéis e enviá-lo juntamente de uma declaração autenticada, afirmando quem eu era, e um cheque de quatorze dólares. Fácil. Dei ok no primeiro item da lista.

Estava na hora de falar com a advogada de falência. Para me livrar da minha dívida, ela me custaria pouco mais de dois mil dólares. Antes que eu fechasse, contei sobre minha situação e como eu planejava me mudar para a França. Isso, ela me assegurou, não era problema. Poucos dias depois, fiquei sabendo que minha audiência havia sido marcada para o final de fevereiro.

— Querida — disse Jean-Luc em um de nossos telefonemas diários —, se sua falência não passar, estou aqui para te ajudar. Vamos cuidar das coisas juntos. Eu pago as mensalidades até conseguir vender a *kitchenette* nos arredores de Paris. Afinal, eu já tinha vontade de me livrar daquilo.

De jeito nenhum. Eu agradecia a oferta, mas não ia acontecer. Não com meu orgulho.

— Mas isso é seu pé-de-meia. É seu único investimento. Eu cuido da minha confusão financeira sozinha. Isso não é problema seu.

Jean-Luc não tinha qualquer dívida, nunca teve. Quando disse a ele pela primeira vez sobre o montante necessário para pagar meus cartões de crédito, ele não entendia como eu poderia ter chegado a dever tanto. Ele havia definido o limite de seu cartão para três mil euros e todos os meses sua fatura era paga no débito automático. Claro, às vezes, isso o deixava "no vermelho", como ele dizia, mas nunca por muito tempo e havia poucos encargos bancários.

— Agora estou investindo em você.

Que homem. Ele ficaria comigo em qualquer crise.

O tom de Jean-Luc ficou sério:

—Você já contou ao Chris?

— Ele é a última coisa da lista, mas estou chegando lá.

— Estou orgulhoso de você. — disse Jean-Luc.

— Orgulhoso?

— Por ser tão forte.

No momento, eu não me via como forte. O estresse era esmagador, e eu estava começando a questionar minha sanidade. Eu me perguntava se seria capaz de realizar tudo o que precisava fazer para ter minha vida de volta nos trilhos. Minha lista de tarefas estava uma confusão de rabiscos ilegíveis. Quanto mais eu pensava sobre o que precisava fazer, mais a lista crescia. Liguei para a Tracey, precisando ouvir uma voz amiga.

—Você pode vir me visitar antes de eu me mudar para a França? — perguntei.

— Estava pensando em quando?

— Bem, tenho de voltar em abril, então, março?

—Vou procurar passagens assim que desligar. — disse ela — Não posso acreditar que você vai se mudar para a França. É uma loucura.

Engoli em seco. Aquilo tudo era uma loucura. A ficha da realidade estava começando a cair. Mudar para outro país era uma experiência assustadora, para dizer o mínimo. Em que eu estava me metendo? Já que estava no espírito das listas, decidi criar uma com todos os prós e contras de me casar com Jean-Luc e de me mudar para a França:

Contras

1. Ficaria longe da minha família e dos meus amigos.
2. Não falava bem a língua.
3. Me tornaria mãe instantaneamente.

Prós

1. Tinha passado o último ano vivendo na casa dos meus pais, e a França estava a apenas um voo de distância. Poderia voltar para casa sempre que quisesse.
2. Faria novos amigos. E todos os meus amigos nos Estados Unidos estavam morrendo de vontade de me visitar na França, especialmente minha irmã.
3. Eu estaria imersa na sociedade francesa, então obviamente o meu francês iria melhorar.
4. Os filhos de Jean-Luc e eu nos dávamos muito bem. Tinha certeza de que havia espaço no coração deles para mim.

5. Mudar para um novo país seria uma aventura.

6. Não conseguia imaginar uma vida sem Jean-Luc. Eu o amava.

Todos os prós anulavam os contras, e a revelação que eu tinha tido na véspera de Natal atingiu meu cérebro. Lembrei-me de que eu estava lutando por amor. Se aquilo tudo era loucura, que a loucura começasse. Eu poderia lidar com o estresse, mas os itens da minha lista de afazeres não iam ser realizados sozinhos. Havia apenas uma pessoa a quem eu poderia recorrer para me tirar do lodo da minha vida: eu e somente eu.

Minha conta bancária estava bem próxima de ficar negativa. Eu realmente precisava de dinheiro. Liguei para Stacy para que ela soubesse que eu estava pronta e disposta a passear à noite, mas só poderia andar com Kira, a husky, já que ela morava no meu bairro e eu ia entregar o carro. Depois de desligar o telefonema com Stacy, deixei uma mensagem de voz para minha recrutadora e, em seguida, para garantir, enviei-lhe um e-mail. Mandei alguns currículos para mais algumas oportunidades freelance que tinha encontrado no Craigslist. Liguei para o banco e os alertei sobre meu infortúnio, para informá-los de que estava passando por um processo de falência e que entregaria meu carro. Durante o resto da tarde, trabalhei nos meus impostos. Porque eu tinha descontado meu fundo de previdência mais cedo, vi minha declaração ir de positiva a negativa em trezentos dólares. Meu estômago também afundou. Exausta, desabei na cama. Estava prestes a cochilar e a dormir quando o telefone tocou. Era a vendedora de bens que estava trabalhando com meus anéis.

— Boas notícias, más notícias. — disse ela — O que você quer primeiro?

Eu ansiava por uma boa notícia.

— A boa.

— Bem, vendemos o jogo de chá.

— Isso é ótimo. — sentei-me na cama, bem desperta — E a má notícia?

— Falei com minha joalheira especialista e ela tem uma oferta nos seus anéis. Não é bem o que você esperava, mas ela acredita que é a melhor oferta possível.

A quantia em dinheiro era decepcionante, mas eu não ia brincar com minha sorte, considerando que ninguém na cidade queria me dar mais do que dois mil. Fiz as contas na minha cabeça.

— Aceito.

— Vou colocar o cheque no correio amanhã.

Dei um suspiro de alívio com tanta vontade, que poderia sacudir cada folha em cada árvore no cânion.

Enquanto ainda tinha o carro e o plano de saúde, fiz uma consulta com minha médica para meu exame de Papanicolau anual. Durante o exame de mama de rotina, ela expressou preocupação com alguns caroços que havia sentido no meu seio direito. Agendamos uma mamografia e um ultrassom. Assim como quando descobri o nódulo aos 16 anos, fiquei apalpando meu seio constantemente, apertando, sentindo, mais do que preocupada. Eu não tinha mais 16 anos.

Duas semanas depois, dois capangas tatuados vieram pegar meu carro. Não fiz contato visual. Só entreguei as chaves e não disse uma palavra. Algumas horas depois, recebi a cópia autenticada da minha declaração de divórcio, o que foi uma bênção, mas também recebi uma carta do departamento de registros do condado de Los Angeles dizendo que não tinham registros do meu nascimento. Logo fiquei sabendo que, porque eu tinha um pai adotivo, meus registros haviam sido lacrados em Sacramento, e eu tinha de entrar em contato com o Departamento de Saúde Pública da Califórnia (DSPC), cujo website dizia que poderia levar até dezoito semanas para eu receber uma certidão de nascimento. Sem o documento emitido e certificado dentro dos últimos seis meses, eu não poderia me casar com Jean-Luc.

A raiva me invadiu.

Maldito Chuck. Mais uma vez, meu pai biológico tinha atrapalhado minha vida. Se não fosse por ele, minha certidão de nascimento estaria na minha mão, entregue no prazo de duas semanas.

Já que eu não tinha mais carro, adentrei uma milha pelas estradas do cânion para passear com Kira, esperando que a proprietária, Barbara, uma advogada, estivesse em casa. Com aproximadamente a idade da minha mãe, Barbara era minha cliente dona de cachorro favorita, porque não me tratava como uma serviçal e sim como amiga. Sem fôlego, quando abri a porta da frente, fiquei extasiada ao encontrá-la sentada em frente ao computador na sala de estar. Com um queixo tremendo, relatei meu dilema.

— É época de eleições, Samantha. Você foi inteligente ao começar escrevendo para o DSPC. Se isso não funcionar, passe para os caras mais importantes, como o senador ou talvez até mesmo o governador. Na verdade, eu não perderia tempo. Faça agora. Os escritórios para o público servem apenas para isto: ajudar os eleitores em seus distritos. Não faria mal a ninguém. — Barbara ergueu o punho em gesto de vitória. — Lute por seu amor. Estou torcendo por você.

Escrevi a cada oficial de estado, na Califórnia, implorando ajuda. Depois dei a notícia a Jean-Luc.

— Querida, não fique tão chateada. — disse ele — Por enquanto, só temos de seguir em frente com o que temos. Digitalize a certidão de nascimento antiga e sua declaração de divórcio, envia-os para mim e eu vou mandar traduzir tudo enquanto você procura os originais. E agora que você tem o divórcio, contrate o advogado para executar o *certificat de coutume* e o de *non-remariage*. Não se estresse. Vai dar tudo certo.

Mas e se não desse?

24

Um amor pelo qual valia a pena lutar

"Inspire, expire. Você consegue. Você é um aventureira destemida" tornou-se meu mantra. As três dúzias de rosas alaranjadas e rosa-choque enviadas por Jean-Luc no Dia dos Namorados solidificavam aquele novo sentimento de poder. E o e-mail de Jean-Luc me impulsionava a seguir em frente.

Para: Samantha
De: Jean-Luc
Assunto: Joyeuse Saint-Valentin

Meu Amor,

Seu primeiro olhar nesta manhã vai se voltar para esta mensagem e, em minhas palavras, vai ver todo o amor que carrego por você. Quando nos conhecemos, você era apenas uma adolescente e eu era um homem jovem, mas uma página de amor já estava se escrevendo sozinha — uma página num livro de história, a nossa História com H maiúsculo. Este livro foi então fechado tão rapidamente como foi aberto. Depois, um dia, em maio de 2009, vinte anos depois, o livro foi aberto e as páginas em branco foram preenchidas com palavras de amor... de novo e de novo. Foi isso o que fiz, o que fizemos, em cada minuto, em cada hora de cada dia desde o mês de maio. Tenho seu coração nas minhas mãos e vou protegê-lo como se fosse um tesouro inestimável. Minhas palavras nunca são desperdiçadas quando falam ou cantam Meu Amor por Você. O livro hoje está aberto... Amor... neste primeiro Dia dos Namorados que compartilhamos pela primeira vez. Meu coração bate por você como nunca bateu antes. Sou fiel à sua alma e ao seu corpo. Sou fiel ao nosso juramento. Sou fiel ao meu compromisso. Sou um homem tão apaixonado por você, minha princesa, minha beldade, minha *belle*.

Eu te amo. Feliz Dia dos Namorados. Não se preocupe. Tudo vai dar certo. Vamos ficar juntos.

Jean-Luc, seu homem

Sim. Eu conseguiria. Com o amor ao meu lado, poderia fazer qualquer coisa e eu estava lutando por ele com unhas e dentes. Jean-Luc e eu ficaríamos juntos, não importavam os problemas que eu enfrentava.

O próximo item a ser cortado da lista era financeiro e extraordinariamente estressante. Minha mãe me levou à audiência de falência. Entrei correndo no prédio, procurando minha advogada enquanto minha mãe procurava uma vaga para estacionar o carro. Senti náusea. Minhas palmas transpiravam. Minha advogada me esperava na sala 110. Shannon correu em minha direção.

— Está com sua identidade e com seu cartão de seguro-social?

Meu estômago afundou.

— Cartão de seguro-social? — levantei um dedo. Um e-mail de lembrete teria sido legal — Desculpe, mas já volto.

Amor não me ajudaria com esse descuido. Mas será que não?

Saí correndo pelo corredor e liguei para minha mãe, afobada.

— Mãe, por favor, você pode voltar para casa e buscar o meu cartão de seguro-social? Está na escrivaninha branca dentro da gaveta pequena. — eu estava praticamente hiperventilando — Eles precisam.

— Sam, Sam, tudo bem. Acalme-se. Estou a caminho.

Voltei para a sala da tristeza e da melancolia, onde Shannon me entregou um pedaço de papel. Era um velho comprovante de seguro-desemprego, que indicava meus dados nele.

— Espero que isso sirva. Mas quem sabe? — ela apontou para um par de portas de aço inoxidável — Siga-me.

Um homem estava sentado na frente de uma mesa de metal longa; uma mulher digitava ao seu lado. Duas mesas ficavam de frente para eles de cada lado da sala, como a letra I maiúscula. Havia umas cinquenta cadeiras alinhadas em fileiras, algumas delas ocupadas por pessoas que tinham todas a mesma expressão temerosa que eu tinha. Mordi meu lábio inferior. Shannon nos conduziu a lugares vazios e fez sinal para que eu me sentasse. Ela sussurrou:

— Quando chamarem seu nome, você vai se sentar à mesa mais próxima da porta. Vou me sentar na sua frente. — balancei a cabeça para mostrar compreensão — Basta responder às perguntas de forma honesta e vai dar tudo certo.

Olhei para meu relógio. Eram 11h30, a hora do meu julgamento. Meu nome foi chamado e minha mãe ainda não havia retornado. Como foi que eu tinha deixado de levar o cartão de seguro-social? O magistrado falou num gravador, dizendo meu nome e o número do caso, e que estávamos entrando nos procedimentos do capítulo 7 da lei de falência. Por cima dos óculos, ele olhou para mim e pediu minha identidade. Entreguei-lhe minha carteira de motorista de Illinois e meu comprovante de seguro-desemprego.

Shannon entrou na conversa.

— Ela não está com o cartão de seguro-social, mas temos um recibo de seguro-desemprego.

O magistrado assentiu.

— Registre que um documento emitido pelo governo está sendo fornecido como comprovante de seguro social.

A mulher que estava sentada ao lado dele digitou. Soltei um suspiro de alívio quando meu caso foi aceito. O administrador folheou as páginas do meu arquivo.

— A senhora está incluindo seu carro neste processo?

— Sim. Eu o entreguei voluntariamente na semana passada.

— E sua dívida total, não incluindo o carro, é de vinte mil dólares?

— Sim, senhor.

— Aqui diz que a senhora passeia com cachorros. — resmunguei uma afirmação — E a senhora ganha aproximadamente cem dólares por semana?

— Sim, senhor.

— Onde a senhora mora?

— No momento, vivo na casa dos meus pais.

Afundei mais e mais no meu assento.

— A senhora se divorciou recentemente?

Eu me mexi na cadeira dura de madeira.

— Sim.

— A senhora não recebe nenhum apoio do seu ex-marido?

— Não.

— E ele não pode ajudá-la com esta dívida?

Sufoquei uma risada. A dívida de Chris com cartões era pior do que a minha.

— Não.

O magistrado olhou para uma folha diante dele.

— A senhora recebe cerca de mil e quatrocentos dólares por mês com o seguro-desemprego. Não vai durar para sempre. Quando acaba?

— Em um mês.

O magistrado analisou os documentos, sacudindo a cabeça em sinal de desaprovação, estalando a língua. Seus olhos dispararam adagas na direção da minha advogada.

— Com esta declaração de finanças desleixada, a senhora fez cada mês fechar com uma soma positiva de dinheiro. Suas projeções são inúteis. O seguro-desemprego da sua cliente vai chegar logo ao fim e ela obviamente não vai morar com os pais para sempre.

O queixo de Shannon caiu.

— Mas ela não tem recursos para…

— Recursos ou não, nessa declaração financeira desleixada não se mostram projeções de aluguel, utilidades, contas médicas, nada.

Para me enquadrar no capítulo 7, meus documentos tinham de provar que eu não tinha renda suficiente para pagar minhas contas, também conhecido como o "teste de meios". Aparentemente, as projeções de Shannon não eram benfeitas e a menção de plano de saúde me fez encolher de medo. Ruína financeira não era minha maior preocupação. Na semana anterior, meu exame de Papanicolau tinha dado anormal e minha médica queria realizar mais exames para descartar câncer cervical. Eu estava me esforçando ao máximo para continuar otimista, mas era difícil, especialmente quando me lembrava das mamografias, ultrassonografias e a biópsia em cone que eu tinha acabado de agendar e do fato de que meu plano de saúde temporário só cobria uma parte dos custos de cada exame. Minha mão se moveu para minha axila.

— Mas minha cliente não tem recursos. Demonstro que ela... — interrompeu Shannon, mas o magistrado não a deixou falar.

Todos na sala nos encaravam, seus olhos disparando entre mim e minha advogada. Eu queria gritar.

—Vou reagendar a audiência para que a senhora possa organizar o balanço financeiro da sua cliente. Além disso, precisarei ver comprovantes de gastos. Se tudo estiver em ordem quando derem entrada de novo, não vai haver razão para apareceram aqui novamente. — ele escreveu algo num bloco — Espero que todos os papéis estejam em minha posse dentro de um mês, a contar de hoje.

Antes de nos separamos, Shannon colocou a mão nas minhas costas.

— Não se preocupe. Vamos corrigir isso.

Forcei um sorriso e, com os dentes cerrados, minhas palavras saíram lentas e determinadas. Tirei a mão dela de mim.

— Vou providenciar o comprovante dos meus gastos e estimativas para todo o resto amanhã de manhã, incluindo minhas despesas médicas recentes e estimativas dos exames pelos quais vou ter de passar.

Shannon saiu porta afora e pegou o corredor. Fui até lá fora e liguei para minha mãe com as mãos trêmulas de raiva, meu corpo tremendo de medo. Dez minutos depois, subi no SUV.

— Desculpe ter pedido para você ir até em casa por nada.

—Vai dar tudo certo, Sam. Parece que o magistrado estava pensando no que seria mais vantajoso para você. E eu trouxe boas notícias comigo.

Boas notícias? É, claro, como se talvez eu tivesse ganhado na loteria?

Minha mãe me entregou duas cartas, uma do escritório de atendimento ao público do governador Arnold Schwarzenegger e uma do escritório do senador Pavley, ambos oferecendo assistência para me ajudar a conseguir a certidão de nascimento.

— Obrigada. Muito obrigada.

Minha mente passou de chateada e com raiva a flutuante, num estado que eu chamei de euforia absoluta.

Até que caiu a próxima bomba, quando Jean-Luc me ligou.

— Querida, tenho uma má notícia. — disse ele — Todos os documentos devem ser certificados pelo governo do seu país.

Sibilei por entre os dentes.

— Mas eles *são* certificados.

— Não com uma Apostila da Convenção de Haia.[37]

Eu sabia exatamente o que era a apostila. Também sabia que nem sempre se exigia esse tipo de autenticação de documentos. Agora eu tinha de enviar cada documento para o Secretário de Estado de cada estado de emissão para obter um selo especial, confirmando que meus documentos já certificados eram cópias autênticas dos originais.

Fechei os olhos e apertei.

— Não posso autenticar minha certidão de nascimento com uma apostila, quando eu nem sequer estou com a certidão de nascimento. E se não chegar a tempo? Não podemos fazer uma festa de casamento se não estivermos casados. Talvez devêssemos suspender a cerimônia para familiares e amigos até que a gente saiba como estão as coisas.

— Nós não podemos. — disse Jean-Luc — Toda a minha família já reservou as passagens. É a viagem da vida deles. — ele limpou a garganta — Tem outra coisa.

— O quê?

— A *mairie* não vai aceitar os documentos que o advogado contratado levantou. Aparentemente, precisamos pegar os formulários no consulado em Marselha.

---

37 Certificação de autenticidade de documentos, que vale em território internacional. (N. E.)

Lágrimas quentes de frustração escorreram pelo meu rosto. Engoli em seco.

— Isso é um pesadelo.

— Querida, você está aborrecida.

— É claro que estou! Estamos parando num obstáculo depois do outro. Eu só queria que algo fosse fácil pelo menos uma vez. Isso é ridículo. — fiz uma pausa — Você teve tanto trabalho assim quando se casou com a Natasha?

— Não. — respondeu, sem rodeios — Só com você.

Deixei minha cabeça cair para trás na cama. Só havia uma coisa que eu pudesse fazer: cruzar os dedos e ter esperanças do melhor.

— Envie-me todos os documentos de volta para que eu possa cuidar disso.

A título de curiosidade, pesquisei Natasha no Google e descobri que ela havia se casado de novo em fevereiro. Encontrei uma foto dela parecendo um chantilly gigante de vestido de noiva, parada ao lado de um cara magrinho de smoking. Havia se casado com outro francês. Enviei o link a Jean-Luc por e-mail. Ele me respondeu:

Bom para ela. Ela parece feliz, minha pequena espiã. Acho que isso significa que eu deveria parar de pagar pelo apartamento dela.

Eu me perguntava por que Jean-Luc e eu estávamos tendo tantos problemas. Claramente, Natasha estava livre e desimpedida.

Ao longo dos dias seguintes, recebi uma notícia de Chris de que a morte estava batendo à porta de Ike. Ele não conseguia se recuperar de um quadro de pneumonia e agora seus órgãos estavam sofrendo falência. Não estava comendo, nem andando, e Chris tinha de usar uma cinta especial para levantá-lo. Pedi-lhe para configurar o Skype em seu computador, para que eu pudesse dizer adeus ao meu cão.

Os olhos de Ike estavam vidrados e tristes. Ele estava esparramado no chão, ofegante. Disse-lhe como ele era um menino doce e como eu tinha orgulho dele. Depois fui às lágrimas.

—Você tem que acabar com o sofrimento dele. — eu disse — Este não é o Ike que eu conheço. Ele nem sequer consegue abanar o rabo.

— Eu sei, Sam — ponderou Chris —, mas é muito difícil.

Ele mal conseguia falar.

— Não tive a intenção de te mandar um cachorro doente. — disse eu.

— Eu sei — respondeu ele.

— Fizemos o nosso melhor pelo Ike.

— Eu sei. — disse ele — Sam, por favor me diga que o nosso casamento não foi de todo ruim. Tivemos alguns bons momentos, não tivemos?

— É claro que tivemos.

— Gostaria que tivéssemos sido melhores um com o outro. Tenho que ir. — disse ele — Não posso…

— Entendo.

Tremendo e segurando as lágrimas, fechei o Skype.

No dia seguinte, Chris enviou um e-mail desanimador, pedindo-me para ligar de novo. Ike não conseguia mais se mexer, e seu corpo só tremia e sacudia. Com a minha bênção, Chris agendou a eutanásia de Ike. Ele não estava mais vivendo uma vida de cachorro. Por mais difícil que fosse, tive de apoiar a decisão.

Chris e eu conversamos e trocamos e-mails, sofrendo pela perda do nosso filho peludo postiço. De certa forma, Ike era meu último elo com meu ex-marido. Agora, antes que mais dano pudesse ser feito, finalmente era chegada a hora de contar a Chris sobre Jean-Luc, as crianças e nossos planos de nos casarmos. Então eu contei.

— Conheci alguém. — disse eu.

— Oh.

—Vamos nos casar.

Ele prendeu a respiração.

— O quê?

—Vou me mudar para a França.

Não dissemos nada por um momento.

— Bem, espero que você tenha encontrado o que estava procurando, que você seja feliz — sua voz ficou presa na garganta. — Deus, Sam, queria ter podido ser essa pessoa, aquela que te desse luz, não que a apagasse. Quem quer que seja, ele é um homem de muita sorte.

Ele pediu desculpas por suas ações passadas. Pedi desculpas pelas minhas. Nós dois lamentávamos. Estávamos bem, ou tão bem quanto poderíamos ficar. Eu finalmente podia seguir em frente. Bem, se o governo francês me permitisse.

Integração e transpiração

Eu precisava seguir em frente, esperançosa de que tudo desse certo, por isso me joguei de cabeça no planejamento do casamento para os familiares e amigos, em julho. Do lado de Jean-Luc, dezenove pessoas viriam da França para Malibu, incluindo Max e Elvire, é claro; as duas irmãs, Alain, o marido de Muriel, junto dos filhos, Steeve e a noiva, Laura, Maxime e Arnaud; Christian, Ghislaine e a filha Anne; Claude e Danielle; Gilles e Nathalie. Os pais de Jean-Luc e seu irmão não poderiam vir, em decorrência de problemas de saúde de sua mãe, mas nos desejaram felicidades. Richard, companheiro de Isabelle, não poderia tirar folga do trabalho, e Anaïs, filha de Muriel, tinha passado algum tempo na Califórnia, no verão anterior, portanto, também não viria.

Do meu lado, eu estava tentando manter a lista equivalente, mas a minha mãe não parava de incluir pessoas, algumas que eu nem conhecia. No total, a lista chegou a algo em torno de setenta convidados, e haveria mais, se os familiares que moravam em outros lugares decidissem que poderiam arcar com a viagem. Eu só estava convidando alguns amigos próximos e contando que uns oito, dos doze, poderiam comparecer. Porque minha mãe estava aumentando o custo do casamento com cada convidado novo, meus pais se ofereceram para dividir os gastos. Jean-Luc tinha me dado um orçamento total de três mil euros, uma das razões pelas quais *tanto* o jantar de ensaio, *quanto* o casamento aconteceriam na casa dos meus pais.

Por isso, contei minhas estrelas da sorte. Jean-Luc e eu poderíamos pagar pela grande noite.

O quintal dos fundos na casa dos meus pais, apesar de ter sido usado principalmente como canil, era um lugar mágico, rodeado por arbustos de roseiras brancas selvagens e, u-lá-lá, lavanda francesa. Com vista para o cânion infinito, Jean-Luc e eu trocaríamos votos de casamento sob um caramanchão de madeira, revestido de jasmins brancos. Enquanto eu caminhava pelo jardim com minha mãe, que poderia ser considerada mais empolgada até do que eu, atualizei-a sobre minhas ideias.

— Estou pensando no tema "jardim à beira-mar", com tons de verdes, azuis e brancos. — disse eu — Vamos manter as flores simples, basicamente orquídeas *dendrobium* como base e três buquês gigantes de orquídeas *cymbidium*, em vasos com uma folha enrolada e uma vela flutuante nas mesas. — peguei minha planilha — Fiz um orçamento com um atacadista e, se nós mesmos fizermos os arranjos, diminui muito o orçamento. Só precisamos comprar doze vasos de uma loja de 1,99, com os quais você pode ficar depois do casamento. O que acha?

— Ooh, vamos comprar luzes de LED submersíveis para a parte debaixo do arranjo. Ficaria tão bonito à noite. E muitas velas. Muitas, muitas velas. — assenti. Minha mãe gritou — Isso é tão divertido!

— Já encomendei setecentas estrelas-do-mar filipinas no eBay para decorar e também fazer as lembrancinhas. — mostrei-lhe uma foto dos pingentes tibetanos que eu também tinha encontrado — Encomendei também setecentos pingentes tibetanos por quarenta dólares. Cada um simboliza algo do casamento: a flor-de-lis para a França, uma libélula para o jardim, um coração com uma chave e fechadura, dois corações abertos representando nosso amor, e uma estrela-do-mar e uma concha para o oceano. Vou passar glitter nas estrelas e prender sete pingentes em cada uma com uma cordinha prateada. Também vai ser o cartão marcando os assentos.

— Adorei. — minha mãe franziu os lábios, em pensamento — Você pode colocá-los na minha bandeja de madeira branca. Podemos encher com areia.

— Também vou fazer os convites do casamento. Achei convites em branco na internet por vinte dólares e podemos imprimi-los aqui. Com uma fitinha e um pingente de estrela-do-mar, vão ficar lindos. — caminhamos até o deque nos fundos — Após a cerimônia, o coquetel vai ser aqui. Falei com Jean-Luc e decidimos manter as opções de bebida modestas, o que também vai baixar o orçamento. Então, vamos fazer sangria e oferecer pastis, uísque e vinho branco e tinto, o mesmo vinho que vamos servir no jantar.

— E quanto à vodca? Ou tequila?

— Mãe, é um casamento. Não queremos que as pessoas fiquem chapadas e depois peguem uma estrada de cânion. — fiz uma careta — E vodca leva ao divórcio.

Onde quer que houvesse um *yin*, havia um *yang*, e a natureza encontrava seu equilíbrio. Se as coisas ruins aconteciam por uma razão, as coisas boas também. Agora eu acreditava verdadeiramente em carma. Enfim, minha certidão de nascimento chegou. Não sabia quem era responsável por enviá-la tão depressa, o escritório do governador Schwarzenegger ou do senador Pavley, mas, de qualquer forma, enviei duas notas de agradecimento por e-mail. Também recebi a notícia da minha advogada de que minha liquidação tinha passado, que o magistrado tinha aceitado meus arquivos revisados. Eu estava livre de dívidas e receberia um aviso pelo correio em um mês ou dois.

Além disso, a biópsia para câncer cervical deu normal, assim como o Papanicolau mais recente e, de acordo com a ultrassonografia e a mamografia, os nódulos no meu seio eram fibroadenomas, assim como no colegial — nada sério. Tendo superado o susto de saúde e o financeiro, eu poderia finalmente avançar sem medo. Peito estufado, marchando com orgulho, cuidei rapidamente da certificação da Apostila da Convenção de Haia necessária sobre minha certidão de nascimento, rezando para não se perder no correio.

Liguei para Jean-Luc quando cheguei em casa.

— Querido, sou uma mulher livre. Estou livre de dívidas. Estou livre do câncer. Estou com minha certidão de nascimento. E sou toda sua. Faça-me sua esposa!

Poucos minutos depois, Jean-Luc me enviou meu itinerário, tendo utilizado suas milhas, novamente, para comprar minha passagem. Eu chegaria a Toulouse dois dias antes de seu aniversário. Junto de algo sexy, que começava com Victoria's e terminava com Secret, eu tive uma ideia para o presente perfeito para ele. Algo muito especial que iria durar uma eternidade.

Eu não tinha fortuna nenhuma para pagar, mas comprei nossas alianças de casamento. O total chegou em torno de 350 dólares. A dele era uma aliança de ouro branco lisa comprada na Amazon. A minha também era de ouro branco, com um X delicado incrustado com pavê de diamantes, que eu tinha encontrado no eBay.

Depois disso, toda minha fortuna era de 475 dólares.

Independente das minhas finanças, não havia muito o que comemorar. Olhei para o meu relógio.

— Mãe, temos que buscar a Tracey no aeroporto!

Com minha melhor amiga ao meu lado, meu mundo estava completo. No segundo em que chegamos à casa dos meus pais, Tracey e eu nos debruçamos sobre o velho álbum de fotos da nossa aventura europeia de 1989. Então lemos as cartas de Jean-Luc e de Patrick e o antigo diário de viagem de Tracey, dando risadinhas com todas as lembranças, como duas garotas bobas de colégio.

— Não acredito que você vai se casar com Jean-Luc. — disse ela.

— Não acredito que vou me mudar para a França.

— Não acredito que tenho outro lugar incrível para visitar.

— É fantástico, não é? — sorri e virei uma página no álbum de fotos e vi uma imagem de Patrick — O que será que aconteceu com ele? Você também não gostaria de saber?

— Às vezes. — disse ela — Mas Michael e eu estamos muito felizes.

Michael era o companheiro de Tracey havia oito anos. Tínhamos nos conhecido no ensino médio, quando ele sempre havia tido uma queda por Tracey. Nós o chamávamos de garoto do telefone vermelho. Quando o carro de Tracey quebrava, ela ligava para o Michael. Se passasse por uma separação ruim, ligava para Michael. A persistência e a paciência de Michael finalmente deram frutos e ele conseguiu a garota de seus sonhos.

—Você pode não ser curiosa, mas eu sou. Jean-Luc e Patrick perderam contato logo depois de nos conhecerem. — abri meu computador — Qual era o sobrenome dele? Talvez esteja no Facebook. — ela me disse, eu procurei e lá estava ele. Ainda bonito como uma estrela de cinema, ele não tinha mudado nem um pouco. Tracey e eu erguemos as sobrancelhas. Sua página no Facebook não tinha privacidade restrita, por isso pudemos ver algumas fotos. Ele parecia estar feliz, casado com uma francesa linda; tinham dois filhos bonitos.

—Vou enviar um recado. Você se importa? — perguntei — Quero que ele saiba que eu, finalmente, escrevi a Jean-Luc.

— Por que eu me importaria? Também estou um pouco curiosa para saber se ele vai responder.

Com Tracey olhando por cima do meu ombro, enviei um pedido de amizade no Facebook para Patrick, juntamente da notícia de que Jean-Luc e eu iríamos nos casar. Patrick respondeu dois segundos depois, em francês. Abri o Google Tradutor numa janela do navegador e colei o recado:

Parabéns, é realmente incrível, como, quando cai um raio, deixa vestígios que continuam, mesmo anos depois. Se algum dia você e Jean-Luc vierem a Paris, por favor, me procurem. Eu adoraria ver vocês dois. E, por favor, dê meu "olá" para Tracey.

— Uau, isso foi rápido. — disse Tracey — Rápido como um raio.

— Incrível o poder da internet, hein? Quer que eu conte que você está aqui? Comigo, agora?

— Não. — disse ela — Já estou com meu cara do passado; mas, se algum dia você o vir novamente, diga que eu disse "olá" também.

O telefone tocou, uma chamada internacional.

— Falando de "olás", atenda. É Jean-Luc. Tenho certeza de que ele adoraria falar com você.

Ela não me devolveu o telefone por mais de uma hora. Só pude falar com Jean-Luc por cinco minutos, apenas tempo suficiente para alertá-lo de que Tracey, minha mãe e eu iríamos para o deserto em poucos minutos, para ficarmos com Debra por dois dias.

— É uma despedida de solteira? — perguntou ele.

— Não, nos despediremos da minha antiga vida e saudarei a nova com você na França.

— Bem, então não vou te ligar.

— Você pode.

— Não, Sam, passe tempo com suas amigas. Beba champanhe, mas não muito. Vou esperar pelo seu retorno.

E voltei. Duas semanas depois, eu estava de volta à França.

No momento em que cheguei a Toulouse, liguei para o consulado geral dos Estados Unidos em Marselha para marcar uma consulta e pegar o *certificat de coutume* e o *certificat de non-remariage*, falando com um homem cuja voz lembrava a de James Earl Jones, profunda e inconfundível. Expliquei minha situação, como eu tinha contratado um advogado para elaborar os dois documentos, mas que a prefeitura não iria aceitá-los, que era para eu buscá-los no consulado. Ele riu; não provocativo, nem condescendente, mas calorosamente.

— Ahhh, a burocracia francesa! É um caminho divertido e interminável a ser seguido, não é? Quando você quer passar aqui?

— Amanhã, às 13h?

— Ótimo. — ele pegou meus dados — Nos veremos amanhã.

Eu estava esperando um bloqueio na estrada. Mas não, na viagem de quatro horas, não encontramos sequer um semáforo no caminho.

Jean-Luc esperou por mim num café enquanto eu conhecia o homem por trás da voz, o próprio cônsul: um homem forte, alto e moreno, com olhos gentis e uma risada ruidosa. Preenchi a papelada necessária e paguei. O cônsul me entregou os dois certificados.

— Se criarem algum problema para você — disse ele —, ligue para mim.

Eu estava prestes a desmaiar. Pelo menos uma vez! Alguém do meu lado! Eu poderia tê-lo chamado de meu salvador pessoal. Agradeci ao cônsul enfaticamente.

No dia seguinte, com todos os nossos documentos em mãos, todos certificados e traduzidos, incluindo a apostila, Jean-Luc e eu seguimos caminho para a *mairie*. A mulher estava começando a discutir sobre um dos meus documentos, dizendo algo sobre não atender às exigências de Toulouse, mas Jean-Luc interrompeu. Em francês, ele disse:

— Temos tudo o que é necessário na lista, segundo as exigências de Toulouse. Eu olhei. Também falamos com o consulado americano em Marselha. Realmente espero que a senhora não me force a envolver a prefeitura.

E foi suficiente.

Ela abriu o calendário, olhando as datas.

— *Le sept mai, ça marche?*

O sorriso distendeu minha face.

Ah, sim, o dia era bom para nós. Dia 7 de maio era o dia exato em que eu tinha escrito a primeira postagem no "blog do amor", um ano antes, quando ainda não tinha certeza sobre meu futuro.

Quanta sorte.

Enquanto esperávamos com expectativa pelo grande dia, Jean-Luc me inscreveu para um mês de aulas intensivas de francês no Institut Catholique de Toulouse. Todas as manhãs, cinco dias por semana, durante quatro horas por dia. Era hora de me integrar um pouco melhor à cultura francesa e cometer menos gafes, bem como encontrar uma maneira melhor de me comunicar com as crianças, que riam do arremedo das minhas habilidades de linguagem e só me ensinavam palavras como *dégueulasse* (nojento), *nul* (*perdedor*), e *méga moche* (não apenas feio, mas megafeio). De forma surpreendente, meu teste me qualificou para "*Elémentaire II*", dois níveis acima de iniciante, mas não completamente intermediária. De forma não tão surpreendente, eu era a pessoa mais velha (por uma diferença de vinte anos) e a única americana na sala de aula com outros dez alunos: uma menina bonita da Etiópia, um rapaz gentil da Argentina, e um sujeito vietnamita muito engraçado chamado Paul que flertava com as meninas japonesas, que compunham o resto da minha classe de companheiros linguistas.

— Ei — disse Paul, sentando-se à mesa ao meu lado. Ele olhou para o meu anel, balançou as sobrancelhas —, *tant pis*.

Que pena? De forma alguma. As coisas estavam melhorando. Fui capaz de reaprender todas aquelas temidas conjugações e melhorar meu vocabulário, o que tornou muito mais fácil conversar com Max e Elvire. Ninguém contestou minha união com Jean-Luc e a *plublication des bans* foi tirada da vitrine da prefeitura. Mais uma semana e seríamos unidos legalmente como marido francês e mulher americana. Tudo o que tínhamos de fazer era aparecermos no dia 7 de maio. E, de repente, o dia especial chegou.

Eram 15h40 e eu estava pronta para a cerimônia civil, só faltava meu vestido. Corri para o armário e o tirei do cabide. Era um vestido social simples, creme, sem alças, em camadas com um cinto e uma única roseta. A loja de noivas em que eu tinha comprado o vestido "real", tinha feito aquele por cinquenta dólares. Quem era eu para dizer não? Infelizmente, fazia meses que eu não o experimentava e estava tendo problemas com o zíper, o que significava que ele não subia e tinha ficado preso nas minhas costas.

Que se danasse o mito sobre o noivo não poder ver a noiva antes da cerimônia. Iríamos juntos até a prefeitura, de qualquer forma.

— Jean-Luc! — gritei — Preciso da sua ajuda!

Ele correu para o quarto.

— Ufa, querida, talvez você devesse ficar longe dos doces. Acho que você pode ter ganhado...

— Isso não é engraçado. — eu me virei — Socorro!

Puxei as laterais do vestido, enquanto ele puxava o zíper.

— Querida, talvez você devesse usar outra coisa. Temos que sair em dois minutos...

— Não tenho mais nada para vestir. — virei-me para encará-lo, com minha voz trêmula. — Isso vai funcionar. Tem que funcionar.

— Tire esse vestido. Vamos tentar puxá-lo sobre a sua cabeça.

E foi exatamente o que fizemos. E ele estava puxando e puxando e puxando e puxando. Eu tinha colocado rosas frescas do jardim no meu cabelo, agora um coque banana muito bagunçado. Pétalas caíram no chão.

— Ah, não! Meu cabelo!

— Querida, por favor, pense em alguma coisa. Isso não está funcionando. — ele riu — Seu vestido, *évidemment*, não serve e temos que sair agora. Você pode ter que se casar nua.

Sentei-me na cama. Mulheres francesas podiam não engordar, mas bastava colocar uma mulher americana na França, com todos os pães e queijos encantadores e estávamos a caminho de nos tornarmos Miss Piggy. Jean-Luc enxugou a lágrima se formando no canto do meu olho.

— Tem certeza de que você quer se casar comigo? — fiz beicinho — Porque agora seria o momento perfeito para mudar de ideia.

— Achei que você vinha com uma política antidevolução. — Jean-Luc acariciou meu queixo — Vamos, Sam, pare de fazer beicinho, temos que ir.

— Pelo menos ganhei quilos de felicidade. — murmurei, e uma solução para o problema me veio à mente. O vestido estava mais ou menos fechado, e Jean-Luc conseguiu fechar o último botão. Disparei para meu armário e peguei uma jaqueta preta com uma roseta negra da Forever 21 para esconder o fato de que o zíper estava aberto no meio das costas. Não era o que eu tinha em mente, mas o vestido não iria cair, e teria que ser daquele jeito. Então corri para o banheiro, arrumei meu cabelo, estiquei as flores esmagadas e reapliquei meu batom.

— Querida, temos que ir. — gritou Jean-Luc. Temos dois minutos para chegarmos à cerimônia.

Joguei as alianças na minha bolsa, e Jean-Luc e eu corremos para o carro. As crianças estavam na escola. Tínhamos decidido torturá-las com apenas um casamento — o especial, em julho.

Jean-Luc enfiou o pé na tábua por três quarteirões até a *mairie*. Minha cabeça deu uma guinada para trás por causa da velocidade, o que esmagou as flores no meu cabelo novamente. Ele me deixou em frente ao hall onde Christian e Ghislaine, nossas testemunhas, estavam à espera, e parou cantando os pneus numa vaga de estacionamento. Ghislaine me cumprimentou com um sorriso largo e entregou um lindo buquê de rosas brancas, lírios e frésias, com arranjos verdes elegantes.

Isso, eu não estava esperando.

— *Merci.* — disse eu. Seu gesto amável transformou o que era para ser um dia burocrático em algo realmente especial. Entramos na sala de casamento, onde Jean-Luc se juntou a nós alguns minutos depois.

Naquele dia, o vice-prefeito da nossa cidade realizaria a cerimônia. Ele vestia um terno cinza com uma faixa azul, branca e vermelha por cima. Sentamos em nossos lugares, na frente de uma grande mesa de madeira. Ghislaine sentou ao meu lado, enquanto Christian tirava fotos e mais fotos durante a leitura do código civil francês. Cinco minutos mais tarde, Jean-Luc e eu assinamos o livro de casamento, o qual Ghislaine e Christian também assinaram.

Eu estava casada?

— *Les bagues?* — perguntou o vice-prefeito.

As alianças. Praticamente haviam sido as duas únicas palavras que compreendi em toda a cerimônia. Tirei a caixinha da minha bolsa, abri e coloquei o anel de ouro branco no dedo de Jean-Luc. Tirei meu anel de noivado e o coloquei sobre a mesa. Jean-Luc cautelosamente me pegou pela mão, e uma aliança de casamento logo adornou meu dedo anelar esquerdo. Depois de colocar meu anel de noivado de volta no lugar, ergui minhas mãos em vitória, sacudindo-as duas vezes.

Todos riram.

Ahh, os americanos! Éramos uma espécie muito divertida.

Et voilà! O vice-prefeito entregou a Jean-Luc o *Livret de Famille,* um livreto vermelho fino, e depois ofereceu outro buquê de flores: um presente de felicitações da cidade.

— *Félicitations, Madame et Monsieur Vérant!*

— *Félicitations!* — ecoaram Christian e Ghislaine.

Depois de meses de estresse, agora tudo tinha acabado? Olhei para Jean-Luc, e o alívio inundava todo o meu corpo.

— O que acabei de assinar?

— Agora você me pertence. Você tem de fazer tudo o que eu mandar. — Jean-Luc me puxou para perto dele — Então me beije, Madame Vérant.

Carta seis

PARIS, 16 DE AGOSTO DE 1989

Minha doce Sam,

Esta noite eu queria muito escrever-lhe algumas palavras, das mais doces, espero, para comunicar meus sentimentos. Estou ouvindo Bach, uma bela peça de música clássica. Leva a gente às lágrimas, mostra que nossos sentimentos ocultos podem ser despertos em nossa consciência com a beleza do som. Temos vontade de esquecer tudo por um tempo, a única coisa que sobra somos nós e nossos pensamentos. Meus pensamentos conseguem chegar até você como flechas para abrir seu coração ao meu?

Cada palavra que escrevo para você é tão fresca como o ar que eu respiro. A água e o ar são a base da vida. Assim como o fogo. Você ainda queima no fundo de minha pele quando penso em ti. Às vezes me pergunto se as estrelas é que brilham ou se é a luz dos meus olhos, estimulados por sua memória, projetada nelas. Então, quando você olhar para o céu e vir as estrelas, talvez, ao mesmo tempo vou estar olhando para elas.

Com amor,
Jean-Luc

26

A terceira é de vez

Como eu não podia ficar na França mais de três meses num período de seis meses, graças às restrições de viagem, fui forçada a voltar para casa no final de maio. Tinha passado muito tempo como um bumerangue, indo e voltando da França para a Califórnia. Desta vez, quando voltasse para a França, seria para valer, pelo menos era o plano. Eu já tinha o meu visto de longa duração como cônjuge de um cidadão francês, um presente do consulado francês em Los Angeles. Fazia mais de um mês, e eu estava sentindo uma falta feroz do meu marido e das crianças. Para impedir iminente insanidade, criei um blog, *O sapo e a princesa: vida, amor e vida na França*, como uma distração, tendo decidido que blogar era uma boa maneira de conhecer outros expatriados e compartilhar fragmentos da minha nova vida com meus amigos. Postei um link no Facebook para o meu primeiro post: "Procurando pelo Príncipe Encantado?". Não era uma criatura rara, furtiva, à espreita numa lagoa. Era real. Eu o encontrei.

Finalmente, num dia ensolarado por volta do final de junho, Jean-Luc e os filhos chegaram à Califórnia. Era algo bom que Jean-Luc tivesse mais de quarenta dias de férias, porque ele usaria a maior parte deles. Meus pais se tornaram avós instantaneamente, o que os emocionou além das palavras. Passeamos de barco, fomos à praia e andamos de bicicleta. Comemos no estilo americano: clássicos como churrasco de costeletas, hambúrgueres grelhados, e cachorros-quentes. Mais uma vez o tempo voou, e o dia mais importante daquela louca aventura amorosa tinha chegado. Minha mãe e eu descansávamos à beira da piscina, olhando as crianças brincarem nela.

— Como eles vão me chamar? — perguntou ela — Que tal Me--Me? Eu gosto.

— *Meme* é como eles chamam a avó deles.

— E que tal Kiki? — perguntou ela.

— Um, essa é uma gíria para pênis.

Os olhos de minha mãe se arregalaram.

Max pulou na piscina estilo bomba e espirrou água em Elvire.

— *Viens dans la piscine avec nous, Sam! Viens!*[38]

Desci da minha espreguiçadeira e disse:

— Fique feliz que eles te chamem de Anne. — e mergulhei na água. Quando saí, sorri e nadei atrás de Max e Elvire, jogando água — Afinal de contas, estou feliz em ser Sam. Estou mesmo!

Logo, só tínhamos duas horas antes dos nossos convidados do "Churrasco franco-americano" dançarem pelo jardim. Jean-Luc tinha trazido cinco das mesas alugadas da garagem, as quais Elvire e eu decoramos com toalhas de mesa xadrez azuis e brancas, potes de cerâmica azuis da loja de 1,99 — cada uma decorada com uma bandeirinha francesa, outra americana — e girassóis vívidos e felizes. Estávamos à espera de quarenta pessoas naquela noite, na maioria convidados e familiares de fora da cidade, e setenta para a celebração de casamento.

Na maior parte, tudo para a "grande noite" estava pronto. Na semana anterior, Elvire e eu tínhamos nos juntado para fazer as lembrancinhas e as decorações com estrelas-do-mar, enquanto Maxence, que não queria nada com as coisas femininas, nadava na piscina e brincava com os cães.

---

38 Venha para a piscina com a gente, Sam! Venha!

Jean-Luc pendurou todas as luzes de Natal, e eu prendi arames com estrelas-do-mar em todo o caramanchão e nos arbustos.

Um verdadeiro jardim à beira-mar.

Uma amiga da minha mãe, Diane Lotny, era musicista profissional. Como presente de casamento, ela se apresentaria com sua banda, depois que o violonista flamenco Marco, que eu tinha contratado para a cerimônia, coquetel e jantar, terminasse. Não mais tendo que recorrer ao meu iPod e alto-falantes externos para dançar, fiquei emocionada com o presente. Íamos sacudir o cânion. Além disso, MC, outra amiga da minha mãe e também dançarina de salão profissional, tinha presenteado Jean-Luc e eu com aulas de dança particulares. Mal sabia eu que o meu homem sabia dar os passos de dança como se não houvesse amanhã.

Minha avó e sua irmã, minha tia Bobby, tinham amarrado previamente capas de organza e decorações de estrela-do-mar, então tudo o que tínhamos a fazer era cobrir as cadeiras na parte da manhã. Minha madrinha, Diane, que era estilista, ofereceu-se para lidar com todos os arranjos, incluindo decorar o caramanchão, sob o qual Jean-Luc e eu nos casaríamos — de novo.

Tracey e Michael chegaram cedo e ofereceram ajuda. Tinham orçamento limitado, e eu queria meus melhores amigos perto de mim, portanto, hospedei-os com meus novos amigos Rob e Edina, que viviam no final da rua. Além de me divertir, nada mais precisava ser feito. O buffet iria cuidar do resto. O fotógrafo estava confirmado. Tudo estava como planejado, incluindo meu vestido, que, felizmente, ainda servia. Ok, estava apertado, mas o zíper ainda fechava.

Jean-Luc e eu contratamos Rayna, a faxineira da minha mãe, e sua filha, Yvette, para trabalharem no jantar de ensaio. Na cerimônia, elas seriam convidadas, ficariam com a nossa família. Como surpresa, Yvette, que também tinha trabalhado com buffet durante o colégio, preparou uma deliciosa salada e pequenas pizzas como aperitivos. O buffet chegou com os pratos: um churrasco franco-americano com um orçamento de oito dólares por pessoa. Enquanto Yvette organizava o buffet e Rayna fazia limonada fresca, prendi garfos, facas e colheres em guardanapos vermelhos e azuis com uma fita branca e os coloquei numa cesta. O casamento era verdadeiramente um esforço comunitário.

Um por um, os outros convidados chegaram. O contingente francês de Jean-Luc — suas irmãs e o marido de Muriel, Alain, e, com exceção de Anaïs, seus filhos; Gilles, Nathalie, Claude e Danielle; e Christian, Ghislaine e sua filha, Anne.

Minha graciosa avó e sua irmã, tia Bobby.

Rob e Edina, meus vizinhos.

Minhas tias, meus tios.

Lori, minha melhor amiga da faculdade, e seu marido, Jonathan.

Barbara, minha cliente dona de cachorra favorita, e Stacy, a proprietária da empresa.

Meus amigos; alguns antigos, outros novos. Minha família.

Antes que eu me desse conta, a festa estava em pleno andamento. Música francesa tocava ao fundo. As pessoas dançavam e comiam, e o som de risada ecoava pelo cânion. A mesa do buffet exibia uma explosão colorida de saladas e bebidas. O feijão cozido com melaço, milho na espiga e frango grelhado foram servidos em travessas aquecidas, enquanto Yvette preparava cachorros-quentes e hambúrgueres por encomenda, todos os acessórios colocados ao lado. Max não sabia para onde se virar primeiro; era sua ideia de paraíso.

Peguei um prato e me sentei com Lori e Tracey. Stephen, um amigo da minha mãe, que se ofereceu para tirar fotos do evento, estava à beira da piscina, com a câmera profissional em punho. Gilles corria pelo quintal, entregando a todos um panfleto rosa.

— Estão prontos? — ele perguntou antes de disparar para dentro da casa.

Estavam tramando algo. Mordi o lábio inferior e olhei para Jean-Luc, que apenas balançou a cabeça em resignação. Ele sabia que um pouco de dor estava a caminho. Um prato mais bem servido com humor. Eu esperava.

— Samantha e Jean-Luc — disse Stephen, acenando com as mãos —, essas pessoas afirmam ter uma canção dedicada a vocês, em honra de algo que acontecerá amanhã às sete horas. Não sei do que se trata. — Stephen ergueu os ombros — Todo mundo pronto?

— *Oui* — veio a torcida retumbante.

Jean-Luc gemeu.

— Pare a música. — disse Stephen.

Depois de um *un, deux, trois*, a família e os amigos de Jean-Luc, incluindo Max e Elvire, começaram a cantar uma canção zombando de Jean-Luc. No ritmo de uma canção popular de sua cidade natal, La Ciotat, um pouco desafinados e em francês, provocavam-no sobre como ele havia fantasiado sobre uma das professoras, como falava algumas línguas, como francês e inglês apenas por causa de mulheres e como ele havia crescido à beira-mar. Os últimos versos, no entanto, eram bem fofos e incluíam as crianças, Jean-Luc e eu, e como todos nós vivíamos felizes para sempre juntos.

Aplaudimos, gritamos e fizemos algazarra.

Pelo canto do meu olho, vi meu pequeno beija-flor empoleirado em seu galho. Quando virei a cabeça para observá-lo, ele gorjeou e voou para longe. Imaginei que seu trabalho comigo tinha sido concluído.

Não havia muito o que fazer no grande dia. Logo após as flores chegarem, mostrei à minha madrinha como eu tinha imaginado os arranjos e onde flores extras eram necessárias, ao longo da propriedade. Dei-lhe carta branca, sabendo que tudo ficaria fantástico. O perfume das flores enchia a sala de ioga de minha mãe, na qual todos os itens do casamento estavam sendo guardados. Claro, pedi à florista para organizar os itens pessoais. Eu só podia imaginar a bagunça criativa que eu teria feito de um buquê.

Elvire levaria uma versão em miniatura do meu buquê, composto por rosas cor de marfim, frésias e orquídeas *cymbidium* verdes. Minha mãe, Jessica, Tracey, minha avó e as irmãs de Jean-Luc usariam braceletes com orquídeas *cymbidium* e rosas. Para os homens — meu pai, Jean-Luc e Maxence — eu tinha feito broches de orquídeas. Separei quinze hastes de orquídeas *dendobrium* para o serviço de buffet, colocando-as no balcão da cozinha com um bilhete: "Por favor, usem como acharem melhor, no bolo, nas mesas e qualquer lugar! Obrigada. A noiva!".

Segundo minhas instruções, Jean-Luc já tinha trazido as mesas restantes da garagem. Enquanto Michael e Jean-Luc traziam todas as cadeiras alugadas para o jardim, Tracey, Jessica e eu colocávamos as capas de organza com estrela-do-mar e os laços. Depois de arrumar as lamparinas com velas à pilha na parte de trás, o que levou dois minutos, a única coisa a ser feita era a sangria.

Todo o trabalho foi concluído às dez da manhã. Jean-Luc me beijou na testa antes que saísse com meu pai para buscar o bolo. Enquanto se afastavam, Jean-Luc sorriu para meu pai.

— Antes, ela era um bumerangue, mas eu a peguei.

— Estou contando com isso. — disse meu pai com uma risada.

Sem nada para fazer além de relaxar, sentei-me ao lado da piscina com Tracey e as crianças. Já que as toalhas de mesa ainda não tinham sido colocadas, deixei Maxence e Elvire enlouquecerem na piscina. Brinquei com Tracey que ela e Michael deveriam ter amarrado o nó com a gente. Porém, quando ela mencionou colocar uma bandeira irlandesa nas panelas de churrasco americano, junto da francesa, reconsiderei a sensatez daquela ideia. Para não mencionar como os convidados extras iriam deixar minha mãe louquinha. Já tinha sido difícil convencê-la a deixar que eu fizesse *tanto* o churrasco, *quanto* o casamento na casa.

Michael veio por trás de Tracey e colocou os braços em volta dela. Tracey sorriu.

— Precisa de mais alguma coisa? Senão, vamos explorar um pouco Santa Mônica enquanto podemos.

— Não. Está tudo bem. Obrigada pela ajuda.

— Está tudo lindo, Sam. — ela me deu um abraço.

— Obrigado. — apertei-a com força — Estou muito feliz por vocês estarem aqui.

— Eu não teria perdido por nada no mundo. — ela riu — Que história. Estou muito feliz por fazer parte dela.

Eu também estava.

Eles saíram, e eu decidi passear com os cães para difundir meu nervosismo. Estava na garagem guardando as coleiras, quando meu pai e Jean-Luc apareceram no SUV da minha mãe. Jean-Luc estava sentado no banco de trás, lambendo os dedos. E...

Meu Deus! O bolo!

Corri até a janela, olhei para dentro e encontrei a mão de Jean-Luc coberta de glacê branco, um pouquinho em seu nariz. Ele me olhou com os olhos arregalados, provavelmente esperando que eu surtasse.

—Viramos a esquina e ele deslizou. Tentei impedir, mas…

— Desculpe, Sam. — disse meu pai — O gosto ainda vai estar bom, não vai?

Tive uma crise de riso histérico e incontrolável.

Pela expressão preocupada em seus rostos e pela maneira como nenhum deles era capaz de me olhar nos olhos, eu percebia que eles estavam se sentindo muito mal. Examinei os danos. Não estava tão ruim assim. Apenas um pouco de cobertura amassada e alguns sulcos provocados pelas mãos de Jean-Luc. Meu riso ficou ainda mais forte. Aquilo? Era um bolo machucado. A vida estava cheia de problemas muito maiores.

—A empresa de bufê acabou de chegar. Eles vão conseguir corrigir.

Em questão de minutos, um dos chefs fez sua magia. Agradeci à minha estrela da sorte por eu ter encomendado orquídeas *dendrobriun* sobressalentes. As flores foram colocadas em cada uma das três camadas que rodeavam a parte inferior. Algumas *cymbidiums* encobriram o dano maior. Quando o chef terminou de brincar de médico, não havia nenhum sinal de ferimentos.

— Obrigada. — disse eu —Você é um verdadeiro salvador de bolos.

— Não se preocupe. Estamos acostumados a esse tipo de coisa acontecendo o tempo todo. — o chef colocou o enfeite do bolo: uma princesa de porcelana segurando um pequeno sapo verde na mão. Era perfeito. Ele apontou para mim e depois para Jean-Luc — Ahhh, entendi. Você é a princesa americana e ele é o sapo francês.

Às 16h, era hora de nós, garotas, ficarmos prontas. Jessica, minha mãe, Elvire e eu corremos para o quarto dos meus pais, trazendo conosco uma garrafa de champanhe e tomando o lugar como a suíte da noiva. Elvire tomou um gole de meu copo. Pela forma como sorriu, eu sabia que ela amava ser incluída, sentindo-se como um dos adultos, uma das garotas.

Meu vestido cor de marfim estava pendurado fora do armário. Desenhado por Maggie Sottero, era menos um vestido de noiva e muito mais um vestido de noite, e o destaque eram as costas. De chiffon franzido diáfano, o corpete era enfeitado por duas tiras incrustadas de cristais, que se uniam na nuca e se tornavam uma tira só nas costas; era sexy e glamouroso e, melhor ainda, já que era uma amostra: foi barato. Meu cabelo foi arrumado para trás num penteado alto simples, lembrando um pouco os anos 1960 e Brigitte Bardot, mantido no lugar com uma bela estrela-do-mar e um pente de pérola.

O vestido de Elvire era novinho em folha, azul-marinho, cintura império, chiffon de seda da BCBG que eu tinha encontrado no eBay, com paetês prateados na altura do busto. E ela estava deslumbrante com ele. O vestido de minha mãe, chiffon de seda, sem alças, azul-acinzentado com um pequeno detalhe de strass na cintura caía perfeitamente bem. E o vestido de Jessica era azul sexy com detalhes de pedraria que lembrava o meu. Um oceano de azuis para um casamento no jardim à beira-mar.

Pam, uma amiga cujo pai havia estudado com Ansel Adams, bateu à porta e se ofereceu para fazer algumas fotos sensuais estilo *boudoir* de mim, quando as meninas ficaram prontas. Servi a ela uma taça de champanhe. Logo, eu estava seminua, numa poltrona branca, meu braço envolto sobre meu peito. Elvire ergueu uma sobrancelha, mas não disse uma palavra.

— Um brinde ao "viveram sexy para sempre". — disse Pam, levantando um copo.

Mal sabia ela.

Nossa cerimônia ecumênica era menos sobre religião e mais sobre celebração do amor e começaria às sete em ponto, mas estávamos nos atrasando alguns minutos. Cinco minutos antes da hora, mandei Jessica para a varanda dos fundos para colocar todos sentados no jardim e pegar Maxence e meu pai. Foi uma corrida contra o relógio. Ou talvez eu estivesse pensando demais a respeito? Percorri as coincidências em minha cabeça.

Sete era meu número da sorte.

Jean-Luc e eu tínhamos sete anos de diferença na idade.

Ele havia me escrito sete belas cartas.

Eu tinha escrito sete postagens no meu blog.

Nossa cerimônia civil foi realizada no dia 7 de maio, exatamente um ano após a primeira postagem no "blog do amor". Nós nos conhecemos em 24 de julho de 1989, perto do final do sétimo mês do ano, havia exatamente 21 anos. Se ousei dizer a um cientista de foguetes cético que eu suspeitava que o destino tivesse dado uma mãozinha para nos unir?

Olhei para o relógio no quarto. Teria de esperar.

Maxence subiu correndo em seu tênis Converse azul de enfiar o pé, adorável em seu estilo Califórnia casual com as bermudas azuis compridas e camisa branca para fora da calça. O mesmo acontecia com meu pai, que estava usando calças de linho e uma camisa cor de marfim, com o rosto adornado por uma barba de um dia.

Saímos da casa pela porta da frente, em direção ao portão que nos levaria ao jardim.

Depois de verificar o caramanchão, que carregava uma sensação de encantamento por causa da decoração de orquídeas e estrelas-do-mar, captei o olhar do violonista e acenei com a cabeça. Depois de uma rápida transição, Marco começou a dedilhar uma bela versão de "Ária na corda Sol", de Bach. Minha mãe e minha irmã entraram, seguidas por Max e Elvire. O oficiante, Greg, estava sob o caramanchão, Jean-Luc à sua esquerda.

Olhei para o relógio do meu pai. Eram *sete* e *sete* da noite; eu não poderia reclamar.

Meu pai me levou até Jean-Luc e, em seguida, tomou seu lugar ao lado de minha mãe e de minha irmã. Jean-Luc pegou minhas duas mãos. Nós nos olhamos nos olhos um do outro e ele murmurou:

—Você está linda, a rosa mais bonita deste jardim. — Jean-Luc estava mais bonito do que nunca, vestindo uma camisa de cor creme com calça preta e sapatos pretos.

Greg começou a cerimônia.

— Amigos e familiares de Samantha e Jean-Luc, bem-vindos e obrigado por estarem aqui neste dia especial...

Zonza, fiquei de frente para Jean-Luc, segurando suas mãos, sorrindo como uma boba. Antes que eu percebesse, Greg estava dizendo:

— *Vous pouvez embrasser la mariée.*

Jean-Luc colocou a mão nas minhas costas e me inclinou, plantando um beijo enorme nos meus lábios.

A multidão aplaudiu.

O resto da noite passou lindamente. Todos ficaram impressionados tanto com o violonista flamenco, que mudava de Sting para Gipsy Kings com destreza, quanto pelos aperitivos servidos durante o coquetel. Os garçons ofereceram camarão com ervas e pimenta com um molho tailandês, filé mignon em canapés, queijo de cabra e pasteizinhos de figo fresco, tartare de atum numa massa folhada e aspargos belgas com calda balsâmica de mirtilo. Os convidados bebericavam pastis ou sangria, ou *mojitos* preparados sob demanda, curtindo a companhia uns dos outros. Até mesmo o ar com perfume de jasmim cheirava à magia.

Para o prato principal, fomos para as mesas ao lado da piscina. Sentei Jessica na nossa mesa, juntamente de Isabelle, Muriel e Alain. As crianças ficaram felizes de se sentarem com os primos. A vela flutuante estava acesa e a orquídea *cymbidium*, disposta no centro; pequenas velas a rodeavam. Cada guardanapo tinha uma orquídea *dendobrium* por cima.

Junto de um delicioso Pinot Noir, desfrutamos de uma salada verde orgânica com peras grelhadas e nozes caramelizadas, seguida de um peito de frango desossado orgânico com molho de manga fresca, acompanhada de batatas *fingerling*, vagens e cenouras com calda de gengibre. Antes que eu pudesse piscar, Diane Lotny e a banda subiram ao palco.

— Senhoras e senhores, por favor recebam Jean-Luc e Samantha Vérant na pista.

A música começou.

Jean-Luc me tomou pela mão e me levou à pista de dança para a nossa música, "Moondance", de Van Morrison. Tínhamos escolhido aquela em especial porque nos identificávamos com a letra e também porque eu não conseguia pensar em música melhor para dançar sob as estrelas com meu cientista de foguetes. Milhares de estrelas pontilhavam o céu, uma constelação brilhante após a outra. E então, como se eu tivesse encomendado para a ocasião, uma Lua cheia surgiu, grande e brilhante sobre nossa cabeça.

Jean-Luc me girou e me puxou de volta para ele. Sussurrei:

— Finalmente encontrei a estação espacial, o ponto mais brilhante no céu. — aninhei-me em seu ouvido — Sempre esteve bem aqui com você. Está no meu coração e esteve desde que nos encontramos pela primeira vez, vinte anos atrás.

Com uma das mãos firmemente plantada nas minhas costas, segurando-me à Terra, Jean-Luc mergulhou-me sob as estrelas.

27

Um coração começando do zero

A vida deu uma volta mágica e de repente tudo fluiu. Como uma trégua para o verão típico do sudoeste da França de 26 °C, havia uma brisa agradável. Abri as *volets* da cozinha ampla e travei as pesadas portas de madeira no lugar com uma tranca de ferro, empurrando cuidadosamente de lado os ramos da minha roseira favorita. Repleto de pelo menos cem cachos escarlates, as vinhas subiam pelas vigas rústicas na parte de trás de nossa casa e se aninhavam no pequeno telhado de terracota que protegia nossa cozinha do sol. O perfume inebriante de lavanda e rosas encheu o ar. Estranhamente, todas as flores tinham florescido uma segunda vez. Como eu.

As crianças ficariam na casa da avó pelo resto do verão, dando a nós, recém-casados, algum tempo sozinhos. Quando voltassem, eu queria ter a casa em ordem, aconchegante e convidativa, para compensar o frio iminente que eu esperava estar presente quando voltassem para casa, graças à antipatia de sua avó por Jean-Luc.

Eu era uma mulher com um plano.

O olhar de Jean-Luc disparou para a pequena estante na sala. Com uma furadeira em punho, eu tinha pendurado três placas de gesso entalhadas, o trabalho ornamental e arquitetônico de um artista chamado Sid Dickens sobre ela. Junto das fotos da família que eu tinha colocado em cima da estante de livros, encontrei um navio de madeira bonito na garagem. Tinha cerca de três metros de comprimento e um metro de largura, com detalhamento impressionante, desde o piso de madeira de tábuas até as velas. Jean-Luc olhou com orgulho.

— Meu pai construiu isso, cada peça foi esculpida com as próprias mãos.

Passei meus dedos pelo leme delicado, em seguida, pelo mastro.

— Não era um kit de montar?

— Não.

— Uau, isso é incrível.

Os olhos dele suavizaram.

— Não, você é incrível. Amo o que você está fazendo aqui. Realmente, ficou ótimo. Você já fez muita coisa em tão pouco tempo.

O Skype chamou no meu computador. Virei-me para Jean-Luc.

— Posso retornar a ligação mais tarde.

— Atenda. — disse ele — É sua mãe.

— Eu te amo. — eu disse.

— Eu sei.

Abri a tela de vídeo.

— Oi, mãe!

— Estou muito animada para ver todo o trabalho que você fez com sua casa. Me mostre.

— Olá, Anne. — disse Jean-Luc.

Embora passasse horas no telefone com minha mãe, algo que eu adorava a seu respeito, Jean-Luc não era fã de vídeo. Ele me deu um beijo na bochecha e acenou para a tela, antes de se esgueirar escada abaixo, deixando-me levar minha mãe numa excursão de casa. Ela fez "Ohs" e "Ahs".

Alguns dias depois, buscamos as crianças no aeroporto. Estavam um pouco mais quietos e reservados, hesitantes. Porém, quando abriram a porta para a cozinha, agora pintada de laranja com duas pinturas italianas que adornavam as paredes, antes nuas, e a grande tigela de prata recheada com frutas sobre o balcão, abriram sorrisos. Quando entraram na sala de estar, seus olhos dispararam de um lado para o outro. Um tapete agora decorava o chão. Adicionando-se tons de verde de almofadas, mantas, velas e plantas — tudo graças às maravilhas da IKEA e ao dinheiro que recebemos como presentes de casamento — eu percebia que eles estavam extasiados.

Mas foi quando fomos ao andar de cima, que as crianças viram a maior mudança. As estantes IKEA estavam juntas, o computador e a impressora estavam sobre uma mesa nova, e um tapete peludo borgonha enfeitava o chão. As paredes antes nuas haviam sido pintadas e decoradas com fotos da família. Peguei um porta-retratos vazio da estante. Era de madeira pintada de prateado com flores entalhadas.

— *C'est pour la photo de ta mère.* — era para a foto da mãe deles.

— *Merci.* — Elvire disse — *Merci.*

Não importava o que sua avó tinha lhes dito, não importava o que tinham passado com Natasha, os dois precisavam saber que eu não ia a lugar nenhum. Aquela agora era a minha casa e não havia porta giratória. Eu estava lá para ficar. Eu sabia que nunca iria substituir a mãe deles, mas agora eu era uma parte de suas vidas.

— *D'accord.* — disse Jean-Luc — *Range tes sacs. On partira demain.*

Partiríamos no dia seguinte?

— *Ah, oui.* — disse Max — *On ira en Espagne.*

Eu havia estado tão ocupada, que tinha quase esquecido da viagem anual com o clube de mergulho de Jean-Luc naquele fim de semana. Era hora de viver sua paixão subaquática, algo que nem as crianças nem eu já tínhamos feito. Na tarde seguinte, carregamos o carro e dirigimos pouco mais de três horas até L'Estartit, um vilarejo à beira-mar localizado na região da Costa Brava no norte da Espanha. Elvire, Max e eu nos juntaríamos ao grupo para uma manhã de mergulho: um *baptême de plongée*. Caminhamos até o centro de mergulho, passando por restaurantes e inúmeras lojas típicas de qualquer comunidade balneária europeia: as que vendiam protetores solares, jangadas, cangas e quinquilharia, o tipo de loja em que Elvire e Max poderiam passar horas. Eles pararam em frente a uma das boutiques.

— *À plus tard* — disse Jean-Luc.

Mais tarde significava agora. As crianças dispararam para dentro da loja. Jean-Luc deu-lhes três minutos e os puxou para fora.

Enquanto meu marido, mestre de mergulho, estava ocupado com seus colegas, as crianças e eu fomos colocados nas mãos da nossa instrutora, uma ruiva catalã com cabelo de fogo, que falava tanto espanhol quanto francês. Contudo, não falava inglês e isso me deixou extremamente nervosa. Enquanto entendia os conceitos básicos de mergulho, eu esperava que não perdesse nada importante. Porque eu poderia morrer. Max foi o primeiro a levantar a mão quando ela perguntou quem queria ir primeiro. Elvire foi a segunda. Fiquei por último.

— *C'était bon?* — perguntei a Max quando ele voltou do mar para o barco.

Se tinha sido bom? Ele fez sinal de positivo com o polegar.

— *Tu as eu peur?* — Deus sabia que eu estava morrendo de medo.

Ele deu de ombros.

— *Non, pas vraiment.*

Quinze minutos depois, Elvire subiu a escada, seus olhos azuis brilhando sob o Sol espanhol. Com um grunhido e um aceno de cabeça, um homem cheio de sal com uma barba por fazer me chamou. Ele me fazia lembrar de um pirata — só faltava o tapa-olho. Primeiro, colocou um cinto pesado em volta da minha cintura, depois apontou para um par de pés de pato, que eu coloquei. Ele me entregou uma máscara e jogou o colete estabilizador e o tanque na água.

— *Sautez!* — disse.

Um passo de pé de pato de cada vez, fui até a escada e pulei na água, batendo os pés por alguns minutos, esperando a nossa instrutora, que era fácil de ver, já que sua roupa de mergulho era equipada com chifres vermelhos sobre o capuz e uma cauda pontuda no traseiro. Ela nadou até mim, me ajudou a amarrar o colete e, em francês, me disse para colocar o regulador na minha boca e respirar.

De mãos dadas com o diabo, comecei a descida lenta pelo Mar Mediterrâneo. Os três primeiros minutos foram um inferno absoluto. Meu medo não era a vida marinha nadando ao meu redor; era a asfixia. Sempre tinha pensado que a primeira vez que eu tentasse mergulho seria numa piscina, porém ali, eu estava em águas abertas. A instrutora ajustou meu colete, tornando mais fácil minha orientação. Pouco a pouco, meus nervos se acalmaram e minha respiração se tornou mais natural, estável. A vida do mar era abundante — centenas de minúsculos peixes fluorescentes roxos, grandes peixes listrados de preto e branco, pequenos amarelos, azuis e até mesmo algumas estrelas-do-mar. Segurando a mão dela, eu relaxei um pouco e aproveitei — ou tentei aproveitar — o mundo ao meu redor.

Cinco minutos mais tarde, saímos. Eu ainda estava viva, me sentia mais do que viva. Tinha vencido mais um dos meus medos. Jean-Luc sorriu para mim de cima do deque. Com o amor do meu lado, eu percebi: poderia fazer qualquer coisa.

Setembro chegou de mansinho, e as crianças voltaram para a escola, Jean-Luc voltou a trabalhar, e eu fiz meu melhor para me acomodar naquela nova vida como imigrante madrasta dona de casa. Por enquanto. Durante o dia, eu cortava as ervas daninhas no jardim e podava as roseiras, enquanto batia papo furado com meus vizinhos pela cerca de arame que separava as propriedades. Um casal na casa dos 70 anos, Claude e Paulette, me agraciaram com tomates enormes *coeur du boeuf* de seu jardim e *foie gras* caseiro. Embora meu francês tivesse melhorado, ainda era, por vezes, difícil de me comunicar com eles, mas eu estava tentando.

Um dia, ociosamente, entrei na minha página do Facebook. O que eu encontrei me surpreendeu a ponto de me deixar sem fala. Meu pai biológico não apenas tinha me rastreado, como tinha me enviado um pedido de amizade e uma mensagem dizendo que eu tinha sorte de viver na França e, além disso, que eu tinha um meio-irmão de 16 anos, que eu deveria conhecer um dia.

Fazia mais de vinte anos desde que tinha tido notícias dele pela última vez. E aquilo? Era aquilo que ele mandava? Sua atitude indiferente de não dar as caras me deixava consternada. Não consegui impedir que as lágrimas caíssem quando disse a Jean-Luc. Sufoquei minha raiva.

— Preciso colocar um ponto final nisso agora. Não o quero mais na minha vida, aparecendo assim sem aviso-prévio.

— Sam, eu já lhe disse uma vez antes, você tem de tirar todo o veneno da sua vida. Se não o fizer, ele vai te matar. — ele apertou meus ombros — Então, faça-o.

Levei três dias para encontrar as palavras certas:

Caro Chuck,

Desculpe, Charlie, você é um completo estranho e minha amizade não está à disposição. Não, eu não te odeio, nem desejo mal, mas ninguém precisa trazer à tona as lembranças dolorosas do passado, quando já foram superadas. Quanto a seu filho, se ele ou eu algum dia quisermos entrar em contato um com o outro, entraremos. Por favor, respeite meus desejos e continue com sua vida do jeito que tem sido: sem minha mãe e sem mim.

Tudo de bom,
Samantha Platt Vérant

Capaz de dizer adeus em meus próprios termos, finalmente tive o encerramento de que eu precisava. Ufa. Toda a minha raiva reprimida tinha ido embora. Até o meu coração parecia mais leve. Liguei para Tracey a fim de atualizá-la a respeito da minha última vitória.

— Você não tem curiosidade sobre seu irmão? — perguntou ela.

— Tenho. Você acha que a gente se parece?

— Só há uma maneira de descobrir. Peça uma foto.

— Não posso, Tracey. De certa forma, me sinto aliviada de finalmente conseguir colocar para fora o que eu sentia depois de todos esses anos. Estou feliz que Chuck esteja fora da minha vida.

— Tem certeza?

— Sobre Chuck, sim.

— E sobre seu suposto irmão?

— Só o tempo irá dizer.

Por mais que eu tivesse reescrito meu passado com Jean-Luc, também tinha sido capaz de fechar o livro sobre uma história assombrosa que me impedia de seguir adiante por completo. Mas será que eu tinha realmente superado? Mais uma vez, só havia uma maneira de descobrir. Peguei a sétima carta de Jean-Luc da pasta de plástico azul para relê-la.

Carta sete

PARIS, 23 DE NOVEMBRO DE 1989

Samantha,

Nunca recebi qualquer notícia sua, nem mesmo uma única carta com um "Como vai você, cara?". Tenho certeza, agora, de que minhas cartas te surpreenderam de modo negativo. É provável que você tenha ficado se perguntando se eu era um completo idiota e a única maneira de parar esse absurdo era não me responder. Acho que você está errada por se comportar dessa maneira. Claro, só nos conhecemos por um tempo curto, mas somos seres humanos e não funcionamos como máquinas, regidos por um programa. Não me arrependo de nada; nem falado, nem escrito.

Realmente espero que você responda a esta carta. Gostaria muito de ter alguma notícia sua. Só porque existem cinco mil quilômetros entre nós, não significa que temos de apagar a amizade. Gostaria de saber os motivos por trás do seu silêncio.

Talvez você tenha razão. Não importa. Assim é a vida. Não vou mais escrever se você não quiser. Então, desejo que tudo dê certo para você em Syracuse.

Cordialmente,
Jean-Luc

Fechei meus olhos com força, grata por finalmente ter ganhado coragem para responder a Jean-Luc. Eu tinha me encontrado. Coloquei a carta de volta no plástico de proteção que separava as sete cartas da pilha de outras cartas, que formavam, pelo menos, cinco centímetros de espessura.

De quem eram todas aquelas outras cartas? E por que diabos eu as estava guardando? Não precisava mais me apegar ao passado, procurar validação emocional ou inflar meu ego. Não quando, no presente, tinha tudo que eu sempre quis. Tive uma inspiração.

Isqueiro em mãos, juntei tudo no quintal, pronta para purgar. Sem fôlego por causa da emoção, coloquei uma pilha de cartas na churrasqueira e acendi um canto. Folhas amassadas curvaram-se e se tornaram cinzentas, depois pretas, por fim se transformando numa pilha de cinzas fumegantes. Nuvens de fumaça subiam até meu nariz. Envoltas em chamas alaranjadas, lembranças de relacionamentos passados crepitavam e assobiavam, e nomes, há muito esquecidos, desapareceram. Os vapores de carvão e poeira encheram meus pulmões. Sufoquei uma tosse e joguei mais cartas na pilha, dizendo *au revoir* para um admirador secreto e um *adieu* final a namorados do ensino médio e da faculdade. Meus olhos lacrimejavam e ardiam, mas eu não poderia parar a limpeza. Prendi a respiração e joguei outra carta antiga sobre as chamas em celebração. Era o cartão "Toque mais uma vez, Sam", de Chuck.

Uma estranha sensação de prazer inundou meu corpo. Assisti ao cartão de Chuck queimando, até que se tornasse uma pilha de cinzas. Depois joguei outra carta nas chamas, tentada a dançar ao redor do fogo em algum tipo de ritual tribal bizarro, enquanto cantava "Free at Last", enfim livre.

Jean-Luc chegou do trabalho e me encontrou no jardim, cercada por uma nuvem de fumaça, atiçando o fogo com um tubo de ferro. Seus olhos dispararam para o pinheiro enorme acima da grelha.

— Sam, que diabos você está cozinhando?

— Estou queimando todas as minhas cartas antigas. — virei-me para encará-lo, atiçador em punho — Menos as suas, claro. E algumas da Tracey.

A risada dele começou lenta e, depois, cresceu.

— Mas poderíamos ter lido juntos. E poderíamos ter rido.

Ele já tinha todos os pontos que compunham minha vida; não tinha necessidade de ligá-los uns aos outros. Minhas sobrancelhas franziram.

— Mas pensei que era romântico, um gesto simbólico…

— E é.

Jean-Luc estalou os lábios, colocou as mãos na minha cintura e me puxou para um beijo. *Soupe de langues!* O período de lua de mel estava longe de terminar. Desvencilhei-me de seu abraço, antes que as temperaturas subissem demais.

—Você acha que vai durar? Esta paixão?

Jean-Luc sufocou outra risada.

— Sam, como eu te disse numa das minhas cartas, uma vida sem paixão é como um céu sem lua ou sem estrelas, como um mar sem peixinhos.

— Mas você não me escreve mais cartas de amor. — provoquei.

— Não preciso. Você está aqui comigo, agora mesmo, bem onde deveria estar.

Sim, ali estava eu, no presente, vivendo a vida no sul da França, casada com um homem que eu tinha conhecido havia mais de duas décadas. Como meus pais haviam me dito logo após a minha adoção, amor não vinha com DNA; vinha de se abrir o coração, assim como meu pai de verdade, Tony, tinha feito por mim. Assim como eu poderia fazer de todo o coração agora. O resto, como diziam, era história.

Vinte anos atrás, eu tinha pavor de amor, de me permitir ser amada, e deixei Jean-Luc parado, sozinho, numa plataforma na Gare de Lyon. Mas o trem finalmente tinha parado na minha estação. Quando abri mão da raiva, da culpa e do medo, finalmente deixei o amor entrar. Pelo menos uma vez, toda a minha vida havia saltado para o caminho certo e estava seguindo em frente, avançando a toda velocidade.

L'amour! Encore l'amour! Toujours l'amour![39]

---

39 O amor! Ainda o amor! Para sempre, o amor!

Epílogo

Esta noite estou cozinhando com o coração, escolhendo acreditar em mim mesma, em vez de ter medo.

Embora eu sempre tenha sido uma aventureira da culinária, fazendo experiências com receitas arrancadas das páginas das revistas *Bon Appétit* e *Gourmet* desde que tinha 12 anos, Jean-Luc e eu costumamos preparar juntos esta refeição em especial. Ele pilotando o fogão; eu, a ávida subchefe, fatiando e picando salsinha, chalotas e alho. Agora, graças ao seu treinamento gentil, tenho um pouco mais de confiança no que diz respeito à arte de preparar os pratos flambados da gastronomia francesa. Além do mais, não posso permitir que um pouquinho de calor me assuste na minha própria cozinha.

Finalmente chegou a hora de dominar meu nervosismo de flambar — sozinha.

Na primeira tentativa, o fósforo ganha vida sibilando, produzindo um fio de fumaça. Dou um passo para trás, estico o braço e toco a ponta acesa no *pastis* com a mão firme. Chamas incendeiam e o aroma da bebida de anis permeia a cozinha. As labaredas se assentam num fogo brando, e solto o ar que estava preso no meu peito. Só que minha técnica ainda não é impecável. Para o deleite da gata, um camarão roliço cai no chão. Bella ergue as ancas e pula sobre a presa. Posso não ter conseguido mexer direito com a frigideira, mas consegui deixar uma pantera em miniatura muito feliz.

Depois de ajustar o temporizador, giro o botão para deixar o fogo baixo, o que vai permitir que o sabor do *pastis* penetre no camarão só um pouco mais. Jean-Luc já colocou a mesa lá fora e eu saio no jardim para me juntar a ele.

—Vinho? — ele pergunta.

Concordo com a cabeça e coloco minha cadeira onde posso ouvir a cozinha, notando o perfil bonito do meu marido, as costeletas bem cuidadas e o queixo talhado, com uma leve sombra de barba, enquanto ele tira a rolha da garrafa de Cabernet d'Anjou.

Continuo tão atraída por ele como da primeira vez em que nos conhecemos, há mais de vinte anos.

Bem quando estamos a ponto de fazer um brinde com as taças, o temporizador na cozinha apita. Antes que eu possa mover um músculo, Jean-Luc diz:

— Fique. Fique.

Ele pula da cadeira e entra na casa. Alguns segundos depois, ele volta às pressas para o deque e coloca uma sacola de papel preto brilhante sobre meu prato. Vejo o nome de uma joalheria: *18k, Montres et Bijoux*.

Aponto, boquiaberta.

— Mas não era para me comprar nada…

— Eu queria. — ele dá de ombros e solta o ar bufando como apenas um francês consegue fazer sem parecer bobo.

— Mas o camarão…

— Pode esperar um minuto. Eu desliguei o fogo. — ele aponta a sacola — *Ouvre-le.*

Ele não precisa traduzir as palavras para o inglês. Sacudindo a cabeça, coloco a mão entre as camadas de papel de seda rosa-choque para descobrir uma pulseira dentro de uma caixa revestida de cetim. O fecho é delicado, mas Jean-Luc consegue abri-lo em questão de segundos. A corrente envolve meu pulso e um pequeno coração de ametista toca minha pele, as facetas reluzindo à luz de velas. Algo sobre a forma como a luz reflete na joia, quase pulsando, me traz um momento de completa clareza. Olho para o céu estrelado antes de encontrar o olhar de Jean--Luc, tentando recuperar meu fôlego. Só posso sussurrar:

— Obrigada.

As mãos dele envolvem a minha.

— Sam, você nunca, jamais, precisa me agradecer.

Ah, mas eu agradeço.

Três anos atrás, quando deixei um casamento sem amor, abri falência, comecei a levar cachorros para passear e voltei para a casa dos meus pais no sul da Califórnia, pensei que as coisas não podiam ficar nem um pouco piores. Mas então, num momento de saudade e memória, usei a internet para procurar Jean-Luc e dei continuidade a um romance inacabado de décadas passadas. Esta noite comemoramos nosso segundo aniversário de casamento.

Esta é a história de como formatei minha vida e reiniciei meu coração.

Agradecimentos

Às vezes é preciso um vilarejo para transformar um livro de sonho a publicado. Gostaria de começar agradecendo Anna Klenke, minha editora fabulosa, que pegou minha história de uma pilha de lama da Sourcebooks e acreditou nela o suficiente para, de um mero sonho, transformá-la num projeto acabado. *Merci mille fois!* Da mesma forma, gostaria de agradecer à equipe da Sourcebooks. Muito obrigada a todos vocês por acreditarem na minha história e em mim.

Para meus pais, Anne e Tony Platt, por onde começo? Obrigada por seu amor inabalável e por não me deixarem afundar quando a vida me arrastou para baixo. E, pai? Obrigada por virar a página nas partes mais sensuais. O mesmo vale para Dottie Thomas, minha avó. Além disso, faço um brinde às minhas duas melhores amigas de todo o mundo: Tracey Biesterfeldt e minha irmã, Jessica. Esta história também é de vocês.

Um grito especial vai para todos os escritores maravilhosos que estiveram comigo nesta viagem desde quase o primeiro dia. Obrigada às minhas leitoras-alfa Susan Oloier e Christine Sarmel, cuja sinceridade e críticas honestas ajudaram meu livro a crescer. Obrigada ao meu exército de leitores-beta: Sara Raasch, Jill Hathaway, as irmãs Roecker, Kelly Polark, Jaye Robin Brown, Stephanie Hayes, Rachel Eddey, Pam Ferderbar, Judy Mintz, Colene Beck, Mary Metzger, Robin Tolbert, Stina Lindenblatt, Wendy Forsythe Van Dyk, Stephen Fisch, Diane

Lotny, MC Callaghan, Debra Wolf, Kim O'Brien, Pam Serp, Stacy Mahoney, Karla Wheeler, Liz Johnson, Meg Vernon, Michelle Cassera, Christina Schmitt, Kristin Gaudio, Judy Ravitz, Karin Barnes e Edina e Rob Markus. E, por fim, obrigada à consultoria especializada de profissionais da indústria, Stephanie DeVita, Jay Schaefer, Candace Walsh, Victoria Twead e minha tia, Randi Platt. Quer vocês tenham feito uma crítica completa, tirado minhas fotos de autora, me ensinado mambo, lido alguns capítulos ali e acolá, ou apenas me encorajado, preciso que todos vocês saibam que significou (e ainda significa) tudo para mim.

Mudar-se para um novo país pode ser uma experiência assustadora. Assim, um enorme e sincero agradecimento a *"les chicks"* de Toulouse: Monique Nayard, Oksana Ritchie, Trupty Vora, Lindsey Hebblethwaite, Zoe Levi e Melissa Hall, que não só leram para mim, como também se tornaram amigas instantâneas.

Eu seria negligente se não mencionasse todas as almas lindas que conheci graças às mídias sociais: em AbsoluteWrite.com, com Verla Kay, no Twitter e no Blogger, especialmente meu contingente francês de expatriados: Sara Dillard Sylvander, Sarah Hague, Kasia Dietz, Lindsey Tramuta, Kristin Espinasse e Aidan Larson, cujos blogs proporcionaram amizade e conselhos muito necessários.

Obrigada aos pais de Jean-Luc, Marcelle e André, às suas irmãs Isabelle e Muriel, e a seus cônjuges e filhos. Aos meus pais adotivos franceses, Christian e Ghislaine, e sua filha, Anne; e a todos os amigos de Jean-Luc. Obrigada a todos por não fazerem apostas sobre quanto tempo duraria meu casamento com Jean-Luc.

A Max e Elvire, sou a mulher mais sortuda do mundo por ter vocês dois em minha vida. Quanto a Jean-Luc, sei que você queria que eu contasse nossa história como um relato fictício, matando-o no final! Mas a verdade é *sempre* melhor do que a ficção. Meu coração está em suas mãos. *Je t'aime très fort. Je t'aime.*[40]

Finalmente, gostaria de agradecer a você, caro leitor, por se juntar a mim nesta aventura amorosa. Agora guarde este livro, viva e ame sua vida ao máximo, sem medo, sem raiva e sem arrependimento. *L'amour! Encore l'amour! Toujours l'amour!*

---

40 Eu te amo muito. Te amo.

Este livro foi composto nas fontes Bembo, Bell MT, BlackJack, e impresso em papel *Norbrite* 66,6g/m² na Yangraf.